# 밤문학
# 인문학

# 밤문학
# 인문학

**펴낸날** 2020년 3월 27일

**지은이** 김종국

**펴낸이** 주계수 | **편집책임** 이슬기 | **꾸민이** 전은정

**펴낸곳** 밥북 | **출판등록** 제 2014-000085 호

**주소** 서울시 마포구 양화로 59 화승리버스텔 303호

**전화** 02-6925-0370 | **팩스** 02-6925-0380

**홈페이지** www.bobbook.co.kr | **이메일** bobbook@hanmail.net



ISBN 979-11-5858-646-1 (03810)

※ 이 도서의 국립중앙도서관 출판시도서목록(CIP)은 e-CIP 홈페이지(http://www.nl.go.kr/cip)에서 이용하실 수 있습니다. (CIP 2020009906)

대리기사 눈에 잡힌 **밤의 사람들**

# 밤문학
# 인문학

김종국 지음

밥북

·들어가면서·

# 밤에 만난 보통사람들 이야기

한 가족이 저녁 외식을 하고 차에 올라탔다. 할아버지가 대여섯 살 정도로 보이는 손자에게 고기가 맛있었느냐고 물었다. 그 꼬마는 입맛을 다시며 대답했다. "역시 고기는 씹는 맛이야." 고기도 먹어본 사람이 그 맛을 안다고 했다. 십 년이면 강산도 변하고, 무엇이든 할 수 있으며, 전문가가 될 수 있다는 만 시간의 법칙이 적용되는 세월이다.

큰아들 유학 기간 학비라도 보탤 겸 시작한 대리기사 일이 어언 십 년이 되었다. 난 전문가 반열에 올랐는가? 난 십 년의 대리운전을 바탕으로 무엇을 할 수 있는가? 없다. 5~60년대만 해도 운전면허가 기술자격증 같은 것이었지만 오늘날에는 살아가는 데 필요한 생활자격증일 뿐이다.

보석도 쓰임에 따라 그 가치는 천차만별 달라진다. 운전면허증도 사람에 따라 쓰임이 다르다. 나의 운전면허증은 많은 사람들에게 도움을 주고 생명을 지켜 주는 용도로 쓰였다. 대리기사의 삶은 힘들고 고달프지만 우리가 필요한 누군가를 대신해 뛰고 달렸다. 경찰은 어떻게든 음주운전을 단속하여 처벌하려고 힘을 쓰지만, 대리기사는 음주운전을 예방한다. 이를 통해 개인의 위험과 가족의 불행을 막고 나아가 재산과 생명, 나라 경제까지 지킨다는 자부심이 있다. 이 자부심으로 대리기사 누구나 한두 가지 사연을 품은 채 매일 밤 뛰고, 대기하고, 운행하길 무한 반복한다.

매일같이 스쳐 가는 손님들이지만 한 사람 한 사람의 면면을 마주하게 된다. 치열한 삶의 현장에서 인간의 안과 밖(이성과 본능)을 보고, 느끼며 깨달으면서 이런 사람의 모습과 사는 이야기가 결국 인문학이라 생각하고 글을 쓰기 시작했다.

인간의 정신세계를 탐구하며 고전인문학의 전성시대를 대표하는 소크라테스, 플라톤, 공자, 맹자 등 성현들의 말씀은 수천 년이 지난 오늘날도 여전히 지혜의 길잡이가 되고 있다. 지금껏 인문학은 주로 철학과 문학의 영역에서 지식인의 전유물처럼 여겨졌지만, 최근에는 일반인들의 교양으로 많은 관심을 받으며, 새로운 관점으로 재해석되어 누구나 쉽게 인문학을 접하고 있다. 이러한 현상은 많은 이들이 삶과 밀접하게 인문학을 통해 보다 풍요롭고 의미 있는 삶을 살려는 태도 때문으로 보인다.

세상은 하루가 다르게 급변하고 있다. 가장 큰 변화를 이끌 인공지능(AI)은 이미 우리 생활 속으로 깊숙이 들어와 있다. AI를 통해 면접을 하는 곳이 등장할 정도이다. 사람과 같이 생활할 수 있는 가정용 휴먼로봇이 상용화되는 것도 얼마 남지 않았다. 로봇과 인공지능을 개발하는 MIT대학의 천재 과학자 마빈 민스키 교수는 20년 뒤면 인간의 뇌만큼 똑똑한 기계를 만들고, 50년이 지나면 상점에서 자신이 필요한 부품을 구입해서 뇌에 부착할 수 있다고 주장한다. 이렇듯 미래에는 로봇과 인간이 연결되고 로봇이 인간의 생각과 심리를 습득하여 진화되며, 인간과 인간의 뇌파가 서로 연결되는 시대가 열린다. 인간의 정의가 다시 수정되어야 하는 시대가 도래하는 것이다. 이때가 되면 인문학 역시도 지금과는 다르게 재해석이 될 것이다.

어쩜 휴먼로봇보다 더 빨리 실용화될 수 있는 게 무인자동차다. 무인자동차 운행이 시작되면 대리기사라는 직업은 사라지게 된다. 그때가 언제일지 모르지만 머지않은 미래임은 확실하다. 이 시대 대리기사로서 그때가 오기 전에 대리기사의 눈에 비친 세상과 사람의 이야기를 담아내야겠다고 생각했다.

대리기사가 사라지는 날까지 대리운전을 할 기사들에게 선배로서 팁을 전하고, 손님들 스스로도 자신들의 모습은 어땠는지 안다면 좋을 것 같았다. 이를 통해 손님과 대리기사의 관계를 간접 경험하고 서로 이해와 배려가 되었으면 하는 바람이다.

빠르게 변해가는 혼돈의 시대에 우리 주위에서 쉽게 만나는 보통사람들과 그들이 살아가는 모습. 이 책은 이런 이야기를 담았다. 평범한 사람들의 이야기를 담은 인문학으로 생각하고 가볍게 읽으며, 거울에 비치는 자신의 모습을 한번 생각해 보는 사유의 시간이 되었으면 한다.

2020년 1월 김종국

## ·차례·

제3장

## 남자들의 비밀



제4장

## 배려가 필요해

제5장

## 그래도 살 만한 세상



제6장

## 대리운전의 법칙

## 대리기사의 눈물

중학생 둘을 두고 지역 아동센터에서 일하고 있는 한 남자가 자식들 학원비에 보탬이 될까 해서 대리기사 일을 시작했다. 며칠 하다 보니 손님들 중 격려의 말을 해주고 팁도 주는 사람이 있어 나름 재미가 있었다.

그러던 어느 날 외제 차를 처음으로 운전하게 되었다. 목적지인 고객의 집에 다 와 가는데 갑자기 고객이 계기판을 보더니 사이드브레이크를 풀지 않고 운전했다고 야단을 쳤다. 기사는 처음이라 잘못했다고 여러 차례 사과하였으나 손님은 수리해 달라고 한다. 보험사에 문의하니 이런 사고는 접수가 안 되고 혜택도 없으니 개인이 해결해야 한다고 했다.

외제 차 수리센터에서 86만 원이란 견적이 나왔지만 하는 수 없이 수리를 맡겼다. 그다음 날 수리 센터에서 연락이 와 부품 추가비가 28만 원이 있다고 입금해 달라고 요구하였다. 이 외에는 더 없냐고 몇 번이나 확인하고 결제를 하였다. 그런데 다음날 차주가 4박 5일 수리기간 다른 차량 렌트비로 400만 원을 요구하면서 본인의 차를 찾아가지 않는다고 연락이 왔다. 그 차주는 건설업체 사장이었다. 차만 고치면 다른 건 문제 삼지 않는다고 했다고 했는데….

답답한 마음을 전한 이 얘기는 2016년 8월 4일에 방송된 MBC 라디오 '여성시대'에 어느 청취자가 보낸 '대리기사의 눈물'이란 사연이다.

애들 학원비에 보태려는 아주 소박한 꿈을 가지고 시작한 일인데 학원비는커녕 4~5달 정도 벌어야 하는 돈을 하루아침에 날렸으니 그 답답하고 안타까운 맘을 누가 알겠는가?

겨울에는 외제 차를 배차받으면 운행을 안 하는 대리기사들이 꽤 있다. 얼음판이나 눈길을 만나 아차 하는 순간에 전세금을 날리는 기사를 봐왔기 때문이다. 요즘은 서울 시내에 흔한 것이 외제 차다. 그러나 돈 벌고자 일하러 나온 이상 이것저것 따지고 고르면 언제 수입을 얻겠는가.

누구 하나 나의 편을 들어주거나 위로해줄 이 없는 외롭고 아픈 마음을 어두운 밤하늘에 묻어버리고 휘영청 떠오른 달에만 마음 달래며 오늘도 대리기사는 달려야 한다.

사회로부터 아직 직업으로도 근로자로도 인정받지 못하고, 리스크를 안고 밤거리를 달리는 대리기사들의 생활…, 내가 겪고, 듣고, 보았던 이야기들을 적어 본다.

제1장

# 밤에 뛰는 사람들

## 참아야 하느니라

오월은 익히 알듯 가정의 달이다. 5월 5일 어린이날로부터 어버이날, 스승의 날, 성년의 날, 부부의 날 외에도 줄줄이 기념하는 날이다. 뭔 날이 그리 많은지 달력 보기도 싫다. 여기에다 각자의 생일이나 기념일, 집안일이 한두 개 겹치면 진짜 가정의 달이다. 참 좋은 달인 데도 대부분 남자들에게는 힘든 달이 아닌가 싶다.

그렇지만 5월은 일하기 참 좋은 계절이다. 춥지도 덥지도 않고 저녁이 되면 살짝 실바람도 불어주니 싱그러운 달이다. 친구와 저녁을 먹고 얘기하면서 대기하다 나 먼저 콜을 잡고 출발하였다. 첫 운행은 주로 강남에서 시작한다. 운행을 하면서 친구와 한 번씩 카톡을 하는데 그날은 10시가 되어도 연락이 없다.

'웬일이야! 아직 출발을 못 했나…?'

카톡으로 문자를 보냈다. 그런데 경찰서라고 답이 왔다. 전에도 한두 번 접촉사고가 난 적이 있었는데 또 사고 아닌가 싶어 전화를 했다.

"왜, 사고 났어?" 난 다짜고짜 물었다.

"사고는 사고인데… 맞았어."

"뭐 맞아? 네가, 왜?"

그 친구는 키는 좀 작은 편이지만 군 출신에다 체격이나 힘으로 맞을 성격이 아닌데 놀랐다. 내용인즉 이렇다.

내가 나가자 친구도 곧 콜을 잡았단다. 두 사람이 기다리고 있었는데 한 사람이 좀 많이 취해 보였다. 많이 취한 사람이 손님이 아니길 바라고 물었다.

"어느 분을 모시면 되겠습니까?"

기대와 달리 취한 사람을 잘 모시라고 옆에 있는 사람이 답을 하였다. '힘들겠구나' 생각하고 키를 받고 운전석에 앉아 시동을 켰다. 뒷문에서는 옆에 있던 사람이 취한 손님을 타라고 하는데도 그 사람은 차에 탔다 내렸다를 반복했다. 출발하려 하면 뒷문을 열고 내리려고 하고, 문을 닫으면 다시 내리려고 해서 친구가 사이드브레이크를 올리고 말했다.

"이러시면 위험하니 전 가지 못하겠습니다. 조금 술이 깨신 후에 다시 콜을 불러 주십시오."

함께 있던 사람이 간곡히 사정하는 바람에 할 수 없이 그를 태우고 출발하였다. 도착 위치를 찍으려고 네비게이션을 켜고 자택을 누르니 입력이 되어 있지 않았다. 대리하는 사람들은 이럴 때 참 난감하다.

"사장님 자택이 어디십니까?"

"몰라, 그냥 가. 그것도 몰라?"

손님은 소리만 질렀다. 처음 콜 받고 강북 어디라는 동은 알고 있다. 일단 그곳으로 방향을 잡고 운전을 했고 손님은 이내 잠이 들었다. 영동대교를 지나 얼마 후에 도착지 근처에 정차한 다음 손님을 깨우기 시작했다.

"사장님! 말씀하신 근처에 도착한 것 같은데 어딘지 말씀해 주세요."

"뭐야, 이 자식이… 맘에 안 들어."

그는 다짜고짜 소리치며 뒷좌석에서 비스듬히 누워 있었는데 어느새 벌떡 일어나 손을 앞으로 쭉 뻗어 주먹이 얼굴까지 날아왔다. 친구는 순간 피하면서 문을 열고 차에서 내렸다. 그 순간 손님도 뒷좌석에서 술 취한 사람치고는 빠르게 뒷문을 열고 내리더니 친구 있는 곳으로 달려와서는 맘에 안 든다고 일방적으로 때렸다. 친구는 이유야 어떻든 그 순간은 이유도 없고 사정할 틈도 없이 맞았다. 속에서는 여러 갈래 생각들이 스쳤지만 어떻게 대처해야 할지는 뚜렷한 답과 행동이 나오지 않았다.

간혹 손님들은 기사가 길을 잘못 들거나 운전이 좀 미숙하면 뒷자리에서 발로 좌석을 차기도 하고 욕을 한다거나 시비를 걸기도 한다. 어떤 이는 의도적으로 꼬투리를 잡아 시비를 걸고는 무작정 내리라고 하면서 대리비도 지불 않고 그냥 가버리는 경우도 있다. 그야말로 요지경 세상이다.

얼마나 맞았을까. 복싱의 트레이너 파트너가 된 것처럼 손님은 친구를 코너로 몰아 열심히 때렸고, 친구는 두 손으로 얼굴 쪽을 감싸며 인간 빽이 되어 벽 쪽으로 등을 대고 있었다. 어렴풋이 옆을 보니 어느새 구경꾼들이 모여들어 재미나는 구경을 즐기고 있었다. 그런데 어림잡아 30명 정도 되는 사람 중 어느 한 사람 나서서 말리는 이가 없었다. '이런 개 같은 세상' 때리는 시어머니보다 말리는 시누이가 더 밉다더니, 친구는 때리는 그 손님보다 그냥 구경하는 저 사람들이 더 미웠다.

현대인들은 너무 똑똑해 어딜 가도 말 잘하고 나서기 좋아하는데 어찌 이런 일에는 누구 하나 나서지 않고 참으로 얌전했다. '시민은 어디로 가고 있는 걸까! 무엇이 잘못되었는가? 언제부터 국민의식이 이렇게 변했는가?' 이런 생각을 하는데 친구의 등이 시려 왔다. 그 손님이 친구의 옷깃을 잡고 흔들자 등이 벽에 스치면서 상처가 나 등이 쓰라리기 시작한 것이다.

10여 분 되었을까. 친구는 몸도 군데군데 아파오고, 맞고 있는 자신도 비참하고, 구경꾼들의 즐거움을 더해주는 눈요기도 싫었다. 친구는 이 사람을 밀치고 기분이나 풀게 패버리자는 생각에 이르렀다. 심장이 터질 듯 화가 치밀어 두 주먹이 쥐어졌고 피해자가 가해자로 되는 순간이었다. 멀리서 경찰의 사이렌 소리가 들려왔다. 친구가 차에서 내리면서 재빨리 경찰에 신고를 했던 것이다. 둘은 파출소에 가 조서를 꾸미면서 집에다 전화를 걸었다.

"여보, 나 파출소에 왔어."

"왜, 뭔 일이야? 사고 났어?"

아내는 겁을 먹고 당황하듯 물었다.

"아니, 내가 사고를 낸 건 아니고…."

아내를 안정시키려고 간단히 상황을 설명했다.

집에 가서 안 일이지만 친구와 전화를 끊고 친구의 아내는 울었다고 한다. 옛날 같으면 한순간도 참지 못하고 일을 저질렀을 사람이, 맞았다는 생각에 맘이 아프고 슬펐던 것이다. 그러던 중, 대학 1학년인 딸애가 들어와 엄마 왜 우냐고 물어봐 그 상황을 얘기했다. 딸은 아빠 성격을 닮아 무작정 파출소 가자고 거기 어디냐고, 아빠 팬 그 사람 가만 안 둔다고 마구잡이로 엄마 손을 당기면서 가자고 했다. 두 모녀는 아빠가 가족을 위해 그 성질 한번 내지 못하고 맞고 있었다는 그 슬픔에 서로 껴안고 한동안 무척이나 울었다.

친구는 그날 진정 가정이 무엇인지, 무엇이 가정이란 울타리를 강하게 만드는지 어렴풋이 깨닫게 되었다. 친구는 맞아서 슬픈 상처보다 더 큰 행복을 얻었고, 가족의 힘과 눈물로 가정의 울타리가 더 단단히 굳지 않았나 생각했다. 다행히 친구는 심하게 다친 곳은 없었다. 등과 손목, 얼굴 광대뼈 등 여러 곳에 상처는 났지만, 손님이 술이 과한 탓에 파워가 없었던 모양이다.

다음 날 친구와 손님은 서로 잘 정리가 되어 그 일은 마무리되었다.

그 이후에 친구와 한잔 술을 하면서 그때의 일을 얘기하였다. 친구는 사실 자존심도 상하고 창피해서 그땐 얘기 못 했는데 멱살 잡히고 맞으면서 영화의 스크린처럼 짧은 순간에 오만 생각이 들어 이성을 잃을 뻔했다고 했다. 자기가 여기서 이 손님을 치면 피해자가 가해자가 될 수도 있으며, 그에 따른 경제적인 면도 생각하고 여러모로 약자였기에 참기는 참았으나 돌아오는 길에 참 많이 울었다고 했다.

얼마 전에 TV 프로그램 〈대화의 희열 2〉에 출연한 범죄 심리학자 이수정 교수는 20년 동안 연구한 결과로 "인간은 누구나 범죄자가 될 수 있다"는 한마디로 정리했다. 이 교수는 '범죄자들과 만나면서 그들과 나의 차이가 뭔가 생각해 왔다. 인간의 본질은 비슷한데 왜 저 사람은 안에 있고 나는 밖에 있는가? 그 차이는 마지막 순간에 그들은 참지 못했다는 것'이라고 말했다.

친구는 그 순간 가족과 자신의 약한 부분 때문에 참았지만, 그 결과 잘 끝났고 좋은 결과로 마무리되었으며 무엇보다 마음의 큰 선물을 받았다. 오월 가정의 달, 그리고 부부의 날이기도 한 날, 그 무엇보다 가족으로부터 따뜻한 정을 받았다며 행복해했다. 그 이후로 친구는 아내의 잔소리에 그저 미소만 짓는다고 한다.

# 기회주의자들

"기회를 기다리는 사람이 되기
전에 기회를 얻을 수 있는 실력을 갖춰야 한다."

- 도산 안창호 -

내가 좋아하는 말 중 하나다. 실력이 없으면 기회가 찾아와도 잡지 못한다. 실력 없이 기회를 기다린다는 것은 허황된 꿈에 지나지 않는다. 실력이 없으면 기회를 잡더라도 순식간에 사라져 버리는 안타까움을 맛보게 된다. 이때 대부분의 사람들은 자신의 문제로 보기보다 운 탓으로 돌리곤 한다.

기회는 부정적인 면보다 긍정적인 측면에서 쓰이는 단어다. 도둑질하기 좋은 여건을 기회라 하지 않고, 자신의 발전과 꿈, 목포를 위한 노력의 과정에서 오는 걸 기회라고 한다. 기회란 마땅히 이래야 함에도 어설프고 추악하게 기회를 잡으려는 사람들이 있다.

대리운전 중 사고발생 때 드러나는 사람들의 본성을 들여다본다.

여성병원으로 이름이 알려진 차병원 사거리에서 발생한 일이다. 신사동 사거리에서 동호대교 방향으로 가기 위해 좌회전 신호를 기다리고 있었고, 내 앞에는 5~6대의 대기차가 있었다. 이때는 9호선 지하철공사가 한창인 때라 바닥은 철판이었고, 도로 중앙에는 칸막이가 세워져 복잡하기 그지없었다. 좌회전 신호가 들어오자 앞차들이 빠지기 시작하였다. 대개 좌회전은 직진신호보다 시간이 짧다. 차병원 사거리 좌회전 신호는 다른 곳보다 더 짧았다. 4~5대의 차들이 빠져나가자 노란불 신호로 바뀌는 시점에 앞차 한 대가 달려나가고, 난 꼬리를 물고 인도 선을 지나 사거리 3분의 1 진입하였으나 늦은 감이 있어 차를 세웠다. 차 머리가 30도가량 좌측으로 돌아가 있고 좌측에서 직진 차량이 방해가 안 되게끔 후진을 해 줘야 했다.

사이드미러를 보고 액셀러레이터를 살며시 밟은 순간 뒤에서 경적 소리가 요란하게 났다. 순간 반사적으로 브레이크를 밟았다. 그리고 룸미러를 보니 뒤에 승용차가 있었다. 충돌은 없는 듯했으나 혹시나 해서 내려보니 영업용택시였고 택시기사가 부딪쳤다고 차를 빼라고 소리친다. 차가 비스듬한 상태라 사이드미러에는 사각지대여서 감지를 못했다. 손님은 뒷좌석에서 술에 취해 자고 당황한 난 차도로 우측 옆에 이동시켜 정차했다.

차 상태를 살피기 위해 하차하여 뒤에 있는 택시를 향해 걸어갔다. 택시기사도 차에서 내리더니 접촉사고 때 어디서나 자주 보이는 모습으로 뒷목을 손으로 감싸면서 억지로 얼굴을 찌푸리고는 내뱉는다.

"뒤로 그렇게 후진하면 어떡합니까?"

그 모습을 본 순간 '아~ 잘못 걸렸구나' 짐작했다. 가해 차의 뒤범퍼와 피해 차 택시의 앞범퍼를 살펴보니 부딪친 흔적은 보이지 않았다. 그러나 가해자 입장에서 사과부터 했다.

"죄송합니다. 보지 못했습니다. 괜찮으세요?"

심하게 부딪친 것도 아니고 흠이 난 것도 아니니 같은 기사라 용서를 받아 볼 마음으로 대리기사를 밝히고 연신 사과를 하였다.

운전하는 분들은 알겠지만, 그 처지가 되면 자신도 모르게 큰소리치는 것이 한국에서는 으레 통하는 행동이다. 이분 역시 다르지 않았다. 순간 느꼈다. 그냥은 안 되겠구나. 대리기사는 사고 시 자부담금이 있다. 2~30만원이다. 보험사마다 다르지만 1년 또는 2년에 2~3회 정도 보험처리를 하면 다음 갱신 때는 받아주지 않는다. 해서 기사들은 큰 사고가 아니면 5~10만원으로 현장에서 마무리하려고 한다.

이 말을 하려고 하는데 택시기사의 목소리가 더 커지자 차에서 자고 있던 손님이 나왔다. 상황을 설명해 주니 뭐 괜찮은데 그러느냐고 본인은 상관없으니 그냥 가자고 한다. 해결이 다 되었다고 진정시키고 차 안으로 태웠다. 나의 차로 사고가 났으면 시간이 가더라도 해결하겠지만 손님의 차이고 늦은 때라 시간을 지체할 수가 없었다.

택시기사에게 돌아와 합의금을 말하려 하는데 갑자기 깨끗한 택시 앞범퍼를 발로 차면서 이게 뭐냐며 야단이다. 여기서 더 응수했다가는 시간 낭비고 감정싸움으로 이어지겠다 싶어 보험처리 하겠다고 말하고 접수를 시켰다. 다른 데 흠이 난 것도 아니고 깨끗한 범퍼를 왜 갈겠다는 건지 이해가 안 되었다. 시간이 지나 어렴풋이 알 것 같았다.

30대 중반, 한창 사업할 당시 성산대교 남단에서 접촉사고가 난 적이 있었는데 그때 그 택시기사의 말이 생각났다. 제품을 열차로 부치기 위해 서울역에 가는 중이었다. 평소에도 성산대교 남단은 염창동 인공폭포 방향에서 오는 차와 성산대교 북단에서 내려오는 차, 그리고 성산대교를 타기 위해 빠져나가는 차로 항시 정체 구간이다. 그날은 토요일 1시쯤이라 퇴근하는 차가 많아 매우 혼잡했고 속도를 내지 못한 채 떠밀려가는 느낌이었다.

난 성산대교 북단에서 남단으로 내려와 우측으로 끼어들기를 해야만 했다. 지금은 이런 경우 좌, 우 한 대씩 들어가는, 법규는 아니지만 배려와 규율이 생겼지만 그때는 서로 차 머리만 먼저 밀어붙이는 때였다. 차들이 조금씩 움직이는 것을 보고 끼어들기를 하여 앞차가 나가는 것을 확인하고 액셀러레이터를 약하게 밟는 순간 앞차가 정지하였다. 순간 접촉이라기보다 밀착 정도로 붙었다. 그때 앞차를 보니 영업용택시였다. 예나 지금이나 그렇듯 기사는 뒷목을 잡고 운전석에서 내려, 차를 옆으로 빼라고 했다. 그리고 보험처리를 하라고 강하게 밀어붙였다. 난 시간이 없었다. 사정을 얘기하니 그럼 50만원을 달라고 했다.

1995년쯤이니까 간단한 접촉사고로 이 돈이면 적은 금액은 아니다. 그때 지참한 현금이 30만원이라 다 주고 돌아서려는데 그 기사가 하는 말이 이랬다.

"재수 없이 걸려 술 한잔 마신 돈이라고 생각해라!"

기사들은 이럴 때를 위해 다섯 가지 정도 보험에 든다고 한다. 각 보험사에서 기본적인 금액만 받아도 몇백이 된다고 설명까지 자상하게 해주었지만 뭔 말인지 모르겠고 지금도 모르지만 걸려들기만 하면 폭식해 버리는 거미 같다는 느낌밖에 없다.

예를 들다 보니 두 가지가 다 택시기사 이야기가 되었다. 일반인의 평범한 이야기도 하나 해볼까 한다.

횟집 주차장인데 넓은 편이었다. 내가 몰아야 할 손님의 차는 벤츠이고 차가 벽 쪽을 향해 주차돼 있었다. 뒤에 차 한 대가 있어 그 차를 이동해야만 앞차가 빠지는 상황이다. 그때 주차관리 하는 분이 그 차에 타고 후진하는 것을 백미러로 확인하고 나도 후진으로 액셀러레이터를 약하게 밟는 순간 뒤에서 경적이 울렸다. 동시에 정지하고 앞으로 당겼다. 그리고 뒤차가 후진하기를 기다리는데 주차관리 아저씨가 내리라는 거다. 내가 뒤 차를 박았다는 것이다. 운전하는 분들은 다 알겠지만 차와 운전자는 한 몸처럼 느낌이 오는데 나나, 뒤에 타고 있던 손님 두 명도 아무 반응이 없었다. 내려 확인하는데 아무 이상은 없었다.

주차관리인이 뒤 차 차주를 불렀고 그는 상황설명을 하니 큰 흠도 없고 차(국내 차) 연식도 되었으니 괜찮다고 했다. 그런데 대리를 부른 차주는 말을 못하고 함께 있는 친구가 야단이다. 그 친구는 막무가내로 보험처리나 보상을 하라고 했다. 사과해도 될 분위기가 아닌 것 같아 보험접수를 하고 얼마 후에 사고처리반이 도착하여 처리했다. 다음 날, 보험담당에게서 연락이 왔는데 대리를 부른 벤츠 차주는 보험처리를 안 하겠다고 하는데, 상관이 없다던 뒤에 차주가 보험처리를 해달라고 한다는 거다. 이해는 한다. 대부분의 사람은 이런 기회에 새것으로 갈고 싶을 것이기 때문이다. 이것도 기회인 셈이다.

휠만 조금 닿아도 바퀴 네 개를 다 갈아달라는 사람, 접촉사고 시 다른 부위까지 다 수리하는 사람, 사이드브레이크를 풀지 않고 출발했다고 수리비를 요구하는 자, 주차를 불안하게 해놓고 대리기사에게 빼라고 하면서 조금이라도 부딪치면 보상해 달라는 자… 법망을 이용해 보험사기로 이득을 보는 사람은 말할 것도 없지만, 이처럼 너무 다양한 기회주의자들이 연약한 벌레들을 기다리고 있다. 약자를 이용해서 이득을 보는 것이 기회가 아니라 자신이 보다 낳은 도약을 위해 실력을 갖추어 기다리다 잡는 것이 기회가 아닐까.

# 대리기사에게 정의란?

하버드대에서 가장 인기 강좌로 꼽히는 것이 마이클 샌델 교수의 '정의' 강의다. 이 수업에서 던지는 전차기관사의 딜레마 이야기는 '정의'에서 빠지지 않고 등장할 정도로 유명하다.

마이클 샌델 교수는 각자 자신이 전차기관사라고 가정하게 한 다음 질문을 던진다. 전차는 시속 100Km로 달리고 있는데 선로 앞쪽에 작업을 하는 인부 5명이 있다. 그런데 이 기관차는 브레이크 고장인 상태다. 그대로 갈 경우는 인부 5명이 다 죽는다. 때마침 유일하게 한쪽으로 돌릴 수 있는 비상 철로가 보인다. 그 비상 철로에는 1명의 인부가 작업을 하고 있다.

– '이때 당신은 비상 철로로 돌려 1명을 희생시키고 5명을 살릴 것인가, 처음 가는 방향으로 갈 것인가?'

이것이 첫 번째 질문이다.

이 경우 대부분의 사람들은(일반인과 학생) 비상 철로로 가는 쪽이다. 이 글을 읽는 사람도 대부분 그럴 것이다. 이때 두 번째 질문이 이어진다.

– '비상 철로에 있는 한 사람이 당신의 가족 중 한 사람이라면 어떻게 하겠는가?'

잠시 생각해 보면 방금 답변에 갈등이 일어난다. 당신은 어떤가? 또 다른 방향에서 질문을 해보자. 이번에는 전차기관사가 아니라 전차가 지나가는 다리 위에서 잠시 후에 벌어질 그 광경을 지켜보는 사람으로 가정한다. 브레이크 고장인 전차가 달려오고 있다. 마침 당신 앞에 덩치가 큰 사람이 다리난간에 기대 서 있다. 당신은 충분히 그 남자를 떠밀 수 있다. 만약 남자가 떨어지면 전차는 그 남자에 의하여 정지되고 5명의 인부는 살릴 수 있다.

– '당신은 이 남자를 어찌하겠는가?'

고대 그리스 대표적인 철학자 플라톤은 이상적인 나라가 정의로운 국가라고 했다. 이 글에서는 국가에서 벗어나 일상생활에서 벌어질 수 있는 일을 대리운전하다 생긴 한 사건을 통해 개인적인 정의 차원에서 생각해 보았다.

올림픽대교 남단에서 좌측으로 한강과 올림픽대로와 나란히 위치한 지역이 송파구 풍납동이다. 동네 안으로 들어가 보면 토성이 펼쳐져 있어 도시에서의 또 다른 경관을 볼 수 있는 곳이기도 하다.

풍납동 주도로 2차선 한 사거리에서 좌회전 신호를 받기 위해 대기 중이었다. 밤 11시가 좀 넘은 시간이었고, 동네 안쪽이라 차들은 한산한 편이었다. 목적지가 얼마 남지 않아 편안한 마음으로 신호를 기다리고 있는데 운전석 뒤쪽에서 차체가 흔들리는 것을 느꼈다. 사이드미러로 보니 승용차가 후진하다 뒷문 쪽에 부딪혀있었다. 손님에게 설명하고 차에서 내리니 승용차는 가만히 있지 않고 뒤로 당겨져 있었다. 사고 상태로 있어야 촬영도 하고 상황판단도 하는데 왜 차량을 후진했느냐고 물었더니 부딪치지는 않았다는 거다.

운행차량(대리운행 차량)은 승합차라 차체가 높았고 상대 차량은 연식이 좀 되어 보이는 승용차였다. 운전자는 왜소한 체격에 예순이 넘어 보이는 남자였고, 친구와 동행하고 있었다. 부딪힌 흔적이 보이는 데도 인정을 안 하는 것 같아 차량의 진행된 경로와 차량의 높이를 계산한 것까지 설명해 주었다. 각자 보험처리를 위해 사고접수를 하자고 했다. 난 사고접수를 하였는데 그는 인정도 하지 않고 사고접수 하는 것도 어물거렸다.

이상했다. 말을 하는데 발음도 정확하지 못했다. '음주운전인가?' 그가 어디론가 전화하고 동행한 친구와 이야기하는 동안 내가 접수한 사고처리반에서 출동했다. 사고 상황을 설명해 주고는 그를 보니 아직 신고를 못 하고 있었다. 보험회사에 사고 접수를 못 하고 안절부절못하는 모습을 보니 무슨 이유가 있는지 궁금하기도 하고 안쓰러워 물어보았다. 보험자가 본인이 아니고 딸 앞으로 되어 있다고 한다.

먼저 도착한 사고처리 직원이 설명하고선 인정하는지 물어봐도 그는 인정하지 못하는 말투로 미적거렸다. 혹시 음주운전 같은 기분이 들어 인정하고 빨리 갔으면 하는 초조한 마음이 들었다. 그는 딸과 다시 통화를 하는 듯했다. 그러는 중, 어디선가 경찰차가 왔다. 누군가 음주운전자가 있는 것 같다며 신고가 들어와 출동했다는 것이다. 느끼는 감정은 비슷했다. 보험사고처리 직원이 나에게 와 자기가 신고했다고 했다. 이유를 물어보니 상대 운전자가 음주운전을 한 것 같다는 거다. 화가 났다. 혹시나 하는 마음 때문이다. 경찰은 내게 와 음주측정을 하고 다시 상대 차량 운전자를 측정했다. 난 조마조마했다. 음주는 아니었다. 다행이다. 내가 왜 그의 입장이 되어 노심초사했는지…?

큰 사고나 만취도 아니었고 그의 나이나 초라한 행색에서 그냥 아무 일 없기를 바랐다. 그러나 음주를 했을 경우, 그리고 그가 그냥 갔다면 다른 어떤 사고로 본인과 또 다른 타인에게 큰 불행을 줄지도 모른다. 내가 그 사람을 위해 모른 채 지나가는 게 정의로운 것인지, 사고처리 직원처럼 신고하는 게 정의인지 난 아직 답을 찾지 못했다.

칸트는 도덕적 이성을 집대성한 독일의 철학자이다. 칸트가 말하는 도덕성으로 정의를 보자. 높은 곳에 있는 마을에서는 한 가게만 과일을 팔고 있다. 이 가게에서는 사과 한 개를 천원에 받아 와 이천원에 판매한다. 한동네에 사는 '갑돌이'는 사과를 천원에 받아와 천육백원에 판다면 마을 사람들은 싸게 사 먹고 자신은 더 많이 판매할 수 있다고 생각했다. 옆에서 지켜보던 철수는 천사백원에 판매하겠다고 생각했다. 철수는 신선한 과일을 싸게 제공하면 마을 사람들에게 더 많은 과일을 먹일 수 있다는 생각이다. 여기서 서로 가격 경쟁을 하고 있지만 칸트는 갑돌이와 철수에게 도덕적 차이가 있다고 한다. 철수는 신선한 과일을 싸게 제공하여 마을 사람들에게 많이 먹이는 것이 목적이지만, 갑돌이는 저렴한 가격으로 많이 팔아 남는 이익을 통해 본인의 부를 생각했다는 거다. 갑돌이의 생각 자체가 칸트는 정의롭지 못한다고 한다.

칸트에게 묻고 싶다. 나와 사고처리반 직원의 행위는 도덕적으로 누가 더 정의로운지?

# 직업의식

이제 대한민국에서도 실업대란이란 말이 수시로 오르내린다. 지금 시대는 평생직장보다 평생 직업을 가져야 하는 시대다. 과거에는 한 직장을 들어가면 평생직장으로 생각하고 그곳에서 몇십 년을 일하고 정년을 맞았고, 그게 당연한 일인 줄 알았다.

지금은 잘 다니는 직장이라도 언제 그만두라고 할지 모른다. 직장에 다니더라도 경제적으로도 힘들어 투잡, 쓰리잡까지 하는 이들도 주위에서 심심찮게 볼 수 있다. 대리기사도 예전에는 전업으로 하는 사람이 많았는데 요즘은 투잡, 쓰리잡으로 하는 사람이 대다수다. 이 일을 하는 사람은 무시할 수 없는 숫자인데 과연 대리라는 일이 직업일까?

아직 춥다고 하기에는 이른 겨울로 가는 문턱. 두꺼운 옷은 입지 않았지만 차가움이 느껴지는 바람결에 따스한 외투가 생각나는 날이다. 한 콜만 타고 사당동 복개천에서 대기한 지가 한 시간을 훌쩍 넘겼다. 과천에 정부청사가 있을 때는 사당동에서 받는 콜이 꽤 있었는데 정부청사가 세종시로 빠져나가 2013년부터는 과천은 물론이고 사당까지도 타격을 입는 듯하다. 한두 콜은 뜨지만 내가 가고자 하는 방향과는 달라 취소를 하던 중 강북 쪽(강북 쪽은 일이 많이 없는 지역)으로 콜이 올라와 망설이다 시간이 더 지체될 것 같아 미련 없이 잡았다.

출발지에 도착하니 손님도 거의 비슷하게 왔다. 손님은 담배 한 대 피우고 타겠다며 나에게 키를 주면서 추우니 먼저 차에 타 있으라고 한다. 매너가 좋게 보이는 손님이었다. 그러나 대리기사 입장에선 빨리 출발하는 게 좋다. 잠시 후 출발하고 이런저런 짧은 일상의 말을 몇 마디 한 다음 손님이 물었다.

"대리운전, 직업으로 하기 힘드시죠?"

"네, 각자 하기 나름이죠." 손님들이 흔히 하는 질문이라 깊은 생각 없이 대답은 했지만 '직업'이라는 단어를 쓰는 손님은 없었다. 그가 뭔 뜻이 있는지는 모르지만 가벼운 맘으로 답했다.

"뭐 대리가 직업이라고 할 것까지 있습니까." 나름대로 겸손을 표하였다. 말이 끝나자마자 비스듬히 앉아 있던 몸을 바로 세우며 나를 보고는 반문한다.

"대리가 직업이 아닙니까?"

조금 전과는 다른 표정과 말투로 나를 응시하며 말투에 힘이 들어갔다. 뭔가 좀 이상하다는 느낌에

"사람마다 각자 생각하는 게 다르지 않겠습니까." 찝찝한 맘으로 마지못해 대답했다.

"아니 아저씨가 직업으로 생각 안 한다면서…." 이젠 대화가 아니라 역정을 낸다. 야단을 치는 분위기다.

"직업으로 생각도 안 하면서 대리를 왜 해?" 갑자기 시비 거는 버전으로 돌변하더니 한술 더 뜬다.

"이 사람 운전 못 하게 시비 걸어볼까?"

'갑자기 이 분위기는 뭐야? 차가운 날씨보다 더 싸늘해져 가는 이 공포스러운 분위기는….' 순식간에 돌변한 그에게 어떻게 행동해야 할지 몰라 나는 앞을 보고 운전만 했다. 그러자 그가 직업으로 생각 안 하는데 왜 대리운전을 하느냐고 똑같은 말을 되풀이하며 나를 쳐다본다. 손님 성격상 그냥은 안 넘어갈 것 같아 뭐라도 말을 해야 했다.

"사장님! 제가 말을 잘못한 것 같은데 죄송합니다." 사과를 했다. 그는 내 말은 듣는 둥 마는 둥 했다.

"운전 못 하게 할까? 응." 아예 협박처럼 말투가 변하였다.

어떠한 행동이 나올지 어떤 말을 더할지 알 수 없고 나 또한 기분이 상해 마음이 불안정해지기에 안전한 운전을 위해 조용히 말을 해야 했다.

"사장님! 저 지금 운전하고 있습니다. 전 지금 사장님을 안전하게 모셔야 하지 않습니까. 몸을 그렇게 하시면 사이드미러가 안 보입니다. 제 말에 기분이 상하셨다면 용서하십시오. 죄송합니다. 그러니 제가 안전운전하도록 기분 푸세요."

서로 기분이 더 이상 상하지 않게 내가 할 수 있는 최선의 말을 했다.

그가 인상을 쓰며 숨을 잠시 고르고 있다는 느낌이 들었다. 강북 동쪽을 가려면 사당에서 이수교차로 해서 동작대교를 넘어 강북 대로로 가야 했다. 지금까지 벌어졌던 일은 사당에서 이수교차로, 즉 2킬로 정도밖에 안 되는 거리에서 순식간에 벌어졌다. 잠시라도 기분에 변화가 있을 때 빨리 가려고 액셀러레이터는 밟는데 평소 때와 달리 속력이 나지 않아 차종을 보니 승합차였다.

강북 도로를 열심히 달리는 내내 그는 나를 쳐다보고 뭐라고 중얼거리며 소리 한번 쳤다가 시비도 잠시 걸어오곤 했다. 난 목적지에 빨리 도착하기 위해 아무 생각 없이 앞만 보고 달렸다. 마침내 영동대교 북단을 빠져나와 목적지 주위에 다다르자 주차를 해 달라고 했다. 기분을 맞추며 시원하게 대답하고는 주차를 하는데 그는 뭔가 아직 분이 안 풀리는 듯했다. 시동을 끄고 차에서 내려 키를 건네주고 인사하고는 얼른 뒤돌아 갔다. 이 순간에 서로 감정이 섞이고 고함이 나면 말다툼에 싸움으로 이어진다. 그래서 그 자리를 얼른 피하고 싶었다.

급히 돌아가던 난 그제야 '내가 뭘 잘못했고 또 저분은 왜 화가 났을까'라는 궁금증이 생겼다. 그 생각을 하니 다시 뒤돌아 가 묻고 싶었다. '왜 화가 났느냐고? 당신도 현재 대리운전을 하는 분이냐고?' 피하듯 급히 돌아서 와버린 내가 뭔 말을 잘못한 것인지 올라온 감정을 죽이고 생각해 보면서 걸었다. 대로변을 달리던 자동차도 두 눈을 부릅뜨고는 생각해 보라는 듯했다.

순간 나는 내가 뭔 말을 잘못했나, 그가 왜 화를 냈는지가 중요한 게 아니라는 생각이 들었다. 생각은 이어졌다.

'나는 대리운전을 왜 하는가, 그냥 심심해서 하는 건 아닌데 그럼 이것도 일이고 직업이란 말인가? 현재 나의 마음가짐이 잘못되어있지는 않은 건가? 해가 지고 어둠이 내리면 습관처럼 무의식적으로 폰을 켜고 거리로 나와 달리고 있지 않나?'

현재의 내가 어디로 가야 하는지도 모른 채 그냥 달리는 것은 아닌지 차가운 바람이 살결을 스치며 정신 차리라고 속삭이며 지나간다. 미움보다는 이런 생각을 하게끔 해주어 오히려 감사하다고 초겨울 바람아 날아가 그에게 전해주면 고맙겠다.

## 아내는 몰라

해님과 달님은 서로 만날 수 없는 사이인가! 해가 뜨면 달은 숨어버리고 달이 뜨면 해는 달아나 버린다. 사랑은 밀당(밀고 당기는 것)을 잘해야 한다고 하지만… 얼마 전에 TV에서 본 같은 직장에서 일하는 맞벌이하는 부부 모습이 떠오른다.

그 부부는 남편이 야근을 하고 나면 아내는 퇴근하는 남편에게 아기를 현장에서 인계하고 출근하여 곧바로 근무에 들어가고, 남편은 아기와 함께 집으로 들어온다. 다음 날에는 반대로 남편이 아내에게 아기를 넘기고 근무하며, 아내는 아이와 함께 집으로 간다. 함께할 수 없는 해와 달 같은 부부이다. 고 김광석의 노래 '너무 아픈 사랑은 사랑이 아니었음을' 처럼 이 부부에게 너무 힘든 일상에서의 사랑은 사랑이 아닐 수도 있다고 생각하니 마음이 아프다.

오늘도 해는 야근을 하는지 술을 먹는지 연락은 없고 달만이 눈을 둥그렇게 뜨고는 높은 곳에 있는 집에서 아래를 보고 있다. 도시의 밤거리는 찬바람을 가르는 차들만이 두 눈을 부릅뜨고 도로를 쉴 새 없이 달리며 하얀 연기를 짧게 남긴다.

이제 대리운전도 3개월을 넘어서면서 어느 정도 익숙해졌고 때는 늦겨울이자 초봄을 기다리는 2월이다. 시곗바늘도 이 추운 바람을 피했다가 가야 할 만큼 춥기만 한 영하의 기온 속에서 새벽 1시가 넘어가고 있다. 이 시각에 거리를 뛰어다니거나 전철 역사 내 바람을 피할 수 있는 곳에서 두꺼운 옷을 입고 뭔가 열심히 폰을 보고 있다면 대부분 대리기사들이다. 찬바람을 피하는 곳에서 잠시 졸음을 달래는 기사들도 눈에 띈다. 나도 같은 신세지만 그런 모습을 보노라면 참으로 서글퍼진다.

나도 집으로 가기 위해 천호동에서 강남 교보문고로 가는 셔틀버스(자정이 지나면 대리기사들만 태우고 수도권을 운행하는 봉고차)에 몸을 실었다. 강남에 있는 교보사거리(신논현전철역)는 수도권에 있는 모든 지역을 연결해 주는 셔틀버스터미널이다. 이곳은 스마트폰 활성화와 더불어 형성되기 시작하였다. 자정을 넘어서면 도시 안의 또 다른 도시가 형성되는 곳. 아마 옛날 지방 시외버스터미널을 방불케 할 정도였으나 차츰 그 분위기가 많이 사라졌다. 구청의 단속과 셔틀운행 업체 간 경쟁 때문이다. 대리기사들은 이 셔틀버스 운행이 없다면 더 힘들게 일할 수밖에 없다. 시대가 변화면 그 변화에 맞는 일이 계속 생겨나고 또한 사라진다.

셔틀버스를 타니 오늘도 지친 대리기사들의 일상이 무거운 공기가 되어 작은 버스 안을 꽉 메우고 있다. 겨울이라 두꺼운 옷에 보통 검은색 코트와 잠바를 입고 말없이 앉아 있는 분위기는 그리 좋지 않다. 셔틀을 타고 가면서 한 콜이라도 잡으려고 폰을 열심히 보는 사람, 잠시 피로를 풀려고 선잠을 청하는 사람, 이어폰으로 음악을 감상하는 이들의 분위기에 누구 하나 말을 하는 사람은 없다. 하지만 어딜 가나 꼭 튀는 사람은 간혹 있어 자기 자랑을 하는 사람과 누가 들어 주든 말든 얘기하는 이들도 있다.

기사들의 열정인지 바깥과 기온 차인지 창가엔 서리가 하얗게 서려 있다. 강남 테헤란로를 달리고 있는데 기사 한 사람이 폰을 받으면서 주위에 있는 기사들에게 조용히 해 달라고 부탁하면서 통화를 한다.

그는 밖에서 친구들을 잠시 만나는 중이라면서 나지막이 속삭이듯 통화를 하였다. 잠시 후 셔틀버스가 교보사거리에 도착하여 차 문을 여니, 차가운 바람이 차 안으로 쏜살같이 밀려 들어왔다. 차에서 내려 길을 건너려고 신호를 기다리는데 좀 전에 통화했던 그 기사가 옆에 같이 서 있었다.

"오늘 많이 하셨습니까?" 보통 기사들은 서로 만나면 처음 보는 사람이라도 같은 일을 한다는 이유만으로도 친한 것처럼 대화를 한다.

"늦게 나와 얼마 못했습니다."

"근데 좀 전에 통화하실 때 아내와 통화한 것 같은데 대리운전하는 거 모르시나 봐요?" 호기심에 물어보니 대답을 못 하고 잠시 폰만 만지작거렸다. 내가 괜한 질문을 했나 싶었다.

"죄송합니다. 괜한 질문을 했나 봅니다."

"아닙니다." 그의 작은 소리 답변은 달리는 자동차가 몰고 오는 바람에 실려 날아가 버린다.

신호는 푸른색으로 바뀌고 우린 건널목을 건넜다. 셔틀 오는 시간은 지역마다 다르지만 보통 20분에서 30분의 배차 간격이 있다. 미안하기도 하고 춥기도 해서 마트에서 따스한 캔 커피를 하나 사 그 사람에게 건네면서 다시 미안하다는 말을 했다. 그는 고맙다는 말을 하고는 캔 커피를 받아 머뭇거리면서 말을 했다.

"아내는 제가 대리운전하는 거 모릅니다."

"근데 얼마나 이 일을 하셨는지 모르지만, 매일 늦게 들어가면 핑계도 하루 이틀이지요. 뭔 사정이 있겠지만…"

그 사람은 갖고 있던 캔 커피 마개를 톡 하고 땄다. 아직 식지 않은 캔 구멍에서 하얀 김이 어슬렁거리며 나왔다.

"뭐, 특별한 사정은 없지만 아내가 이런 일 하는 거 싫어할 것 같아 말을 못 했습니다."

"그래도 말을 하셔야 편히 일하시죠. 신경 쓰여서 어떻게 해요?"

나와는 상관없는 일이지만 투잡 하는 거 같기도 하고 궁금하기도 하여 나도 얼마 안 되었지만 선배로서 상담해주고 싶었다. 지금이야 투잡, 쓰리잡까지 하는 이들도 많고, 심지어는 자기 가게를 하면서 잠시 대리운전하기도 하고, 주말 모임 회비를 내기 위해 하기도 한다. 심지어 대학생들도 방학이면 학비와 여행경비를 마련하기 위해 하기도 한다. 하지만 십 년 전만 하더라도 대리운전한다는 게 좀 창피하기도 하던 시절이었다. 새벽 두 시가 되니 멀리 간 대리기사들이 셔틀에서 내려 모여들기 시작하고 사람들의 짧은 하얀 입김은 영하 추위를 말해주고 있다.

"저도 어떻게 해야 할지 잘 모르겠습니다." 그 사람은 짧은 말과 함께 커피 한 모금 마시고는 입김을 내뿜으며 말을 이어갔다.

"큰아들이 유학하고 있는데 지금 일하는 게 잘 안 되어 잠시 해야 할지 몰라서…"

들어보니 그의 사연은 이렇다.

그는 지방에서 서울로 올라와 결혼하고 자녀가 둘이다. 나이는 쉰 초반이고 아내는 괜찮은 곳에서 일을 하며 맞벌이를 하고 있다. 큰아들은 중학교 때 유학을 가고 작은아들은 국내에서 학교에 다니고 있다. 근데 아내는 안정된 직장에서 반 공무원 같은 일을 하다 보니 사업하는 사람의 사정을 잘 모른다. 사업을 하면 당연히 돈을 잘 버는 것으로 알고 힘들 때는 생활비를 조금 줄여서 주면 이해가 안 된다며 짜증을 내며 자존심을 건드린다. 그가 1톤 차라도 마련해서 장사라도 할까 하면, 아내는 말로는 하라면서도 심각하게 의논을 할라치면 아내는 주위의 시선이 신경 쓰인다고 말린다. 그는 그런 사정이 있다 보니 아내에게 사실대로 말하지 못하는 처지였다.

좋은 곳에서 폼 잡고 일하면서 돈도 많이 벌고 싶은 맘은 누구라도 있다. 잘 아는 대리기사 중에 건설 사업을 하다 연쇄부도 맞고 나이 들어 할 것이 없어 대리운전을 한 지 십오 년째인 60세 중반 분이 있다. 이분은 과거에 평균 생활비 주던 게 있어 부도난 지 십 년이 넘은 지금도 365일 하루도 빠짐없이 매일 10만원씩 준다는데 그것은 힘든 일이다. 또 다른 대리기사는 생활비는 따로 주고 매일 5~7만원을 준다고 한다. 하루라도 빠지면 그의 아내는 난리가 난다고 한다. 10만원 현금을 주려고 하면 14만원 정도 수입이 되어야 한다. 수수료며 차비, 식비 등을 빼야 하니까.

이 내용 때문에 대리기사들이 수입이 좋다고 생각할 수 있지만 10년 전이면 몰라도 현재는 몹시 힘들다. 물론 어느 일을 하든 그 조직에는 잘하는 사람이 있고 못 하는 사람이 있다. 잘하는 사람은 상위 3%라고 하지 않는가. 중요한 것은 지금 대리운전하는 사람들 대부분이 50~60대라는 점이다. 자기 몸 생각 안 하고 무조건 열심히 했다가 건강이 안 좋아진 사람들이 참 많다. 표시 안 나는 성인병을 비롯해서 무릎과 치아 질환, 위장병, 잠 부족과 부적절한 생활패턴에서 오는 다양한 신경성 질환과 육체피로와 만성피로 등을 달고 산다. 물론 때로는 아주 즐겁게 일하는 사람, 천직처럼 일하는 사람도 있으며 건강 챙기면서 열심히 잘하는 사람도 있다.

짧게 자기 사연을 얘기한 그 기사는 손에 쥔 캔 커피를 입에다 넣고는 쓴 인생의 맛을 느끼는지 아니면 커피가 식어서인지 인상을 약간 쓴다. 이야기 듣다 보니 내가 타야 할 셔틀은 한 대가 지나가 버렸고 그 기사의 셔틀이 도착했다. 내가 뭔 말을 해 줄 수 있겠는가? 건강하라는 짧은 말만 하고는 우린 멀어져야 했다.

아내들도 나름의 생활을 해야 하기에 어쩔 수 없겠지만 일반 서민들이 일하면서 버는 돈은 대부분 일정한 금액이다. 그 외에는 어떻게 벌어야 할지 특별한 방법이 없다. 그래서 오늘날 이 땅의 서민들은 투잡, 쓰리잡을 하고 있다.

그렇게 열심히 죽자 살자 일하고 그다음은 뭐가 남고 뭐가 기다리고 있을까? 길게 불어오는 찬바람은 말한다. '가족이 무엇인지… 너무 아픈 사랑은 사랑이 아니며 눈에서 멀어지면 맘도 멀어져 버리고 함께하지 못하는 가족은 가족이 아니라고.'

오늘도 깊어가는 한겨울 신논현 사거리에는 포차에서 호떡을 먹는 사람, 어묵 국물로 추위를 달래는 사람, 해장국에 밥 한 그릇 말아 오늘의 피로를 풀며 일과를 정리하는 이들로 활기를 찾기 시작한다.

## 이천원의 자존심

자존심이라는 단어를 사전에 찾아보면 '남에게 굽히지 않고 자신의 가치나 품위를 스스로 지키려는 마음'으로 명시되어 있다. 이 자존심은 사람으로서 자존심, 남자로서 자존심, 기술자로서 자존심 등, 각 개인의 성(性)이나 신분에 따라 다를 수 있다. 심리학에서는 자존심의 발달이 어릴 때부터 이뤄진다고 하며, 부모가 아이의 자존심에 영향을 준다고 한다.

부모에게 영향을 받아 자존심이 만들어지는 것은 부모의 가치나 관점에 따라 달리 형성될 수 있다. 내 어머니는 나에게 항상 "우리 '국'이는 착하지"라고 하셨다. 어머니의 그 말씀을 들을 때마나 '난 착한 아이구나, 그리고 착하게 자라야 하는구나' 생각하게 됐다. 나 자신도 모르게 어머니 말씀대로 세뇌(?)되면서 자란 것이다. 착하게 산다는 것이 뭔지는 딱히 몰랐지만, 부모님 말씀 잘 듣고 말썽부리지 않기, 나쁜 짓 안 하기, 거짓말 안 하기, 도둑질 안 하기 등이라고 생각했다. 종교도 따지고 보면 인간으로서 착하게 살라는 것이 아닌가 싶다. 법정 스님께서도 살아생전에 착하게 살라는 말을 자주 하셨다고 한다.

자정이 넘어가고 마지막 콜을 잡기 위해 이수역에서 대기 중, 행당동 1

만3천원이 광채를 내며 잡으라고 폰이 떨고 있다. 보통 1만5천원인데 마지막 콜이고 어차피 집 방향이라 즐겁게 잡았다. 손님은 여성이고 3백 미터쯤에 있는 것을 확인하고 뛰어갔다. 그리고 동작대교를 건너 강북대로로 차는 달렸다. 언제나 그렇듯 마지막 콜이 집 방향으로 가면 금액에 상관없이 기분이 좋다. 집 방향이라 길을 특별히 묻지 않고도 요리조리 잘 달렸다. 여성손님이라 별 말없이 운전만 하였다. 대리 시작한 지 몇 달 되지 않아 남자 손님보다 부담이 많다. 먼저 말하기도 이상하고 작은 행동 하나에도 신경이 쓰인다. 차만 재잘거리며 강북대로를 달린다. 동작대교만 건너면 행당동까지는 얼마 걸리지 않는다. 어느덧 금호사거리를 빠져나오고 있었다.

"행당역에서 어느 쪽으로 가면 됩니까?"

"그 위쪽으로 좀 올라가시면 됩니다."

성동구 쪽에 살아도 그쪽은 한 번도 올라가 보지 못한 곳이었다. 처음 가는 길이라 같은 왕십리라도 낯설었다. 다 올라갔다 싶었는데 왼쪽 오른쪽 아래로 옆으로… 지금 생각하면 행당 사거리에서 상왕십리방향으로 새로 난 도로인데, 행당동 대림아파트 뒤쪽으로 조금 위치가 높은 편인데다가 처음 가는 초행길이고 밤이어서 좀 높아 보였다. 아파트 지하 주차장 입구에서 다행히 손님께서 여기 세워 달라고 했다.

"여기 세워 주세요, 그리고 얼마예요?"

본인이 콜을 불렀으니 가격을 알 것인데 왜 또 물어보나 싶었다. 근데 이 짧은 순간에 보상심리가 발동되는 것 아닌가. 인간의 뇌는 과연 얼마나 큰 용량으로 되어 있는 것일까? 얼마나 속도가 빠른 것일까? '여기까지 왔으니 팁을 받을 만도 하겠지, 이분이 과연 모르고 물어보는 것일까? 그럼 얼마를 더 달라고 해야 하나, 지금껏 손님이 주는 외엔 한 번도 더 달라고 해본 적이 없는데 이 한 번으로 나의 자존심이 깨져야 하나?' 등을 생각하는데 1초도 안 걸리고 내 입에서 만오천원이라는 말이 튀어나오고 말았다. 그러자 여자 손님은 방금과는 다른 억양으로 한 박자도 쉬지 않고 바로 한마디 했다.

"아저씨, 만삼천원 아니에요?"

"저… 여기… 그러니까…."

혼자 머무적거리고 있었다. 손님은 이미 만오천원을 들고 있었던 돈을 건네주며 "됐어요" 한마디 하고는, 뒷좌석에서 내려 운전석으로 돌아왔다. 난 운전석에서 내려 출입구를 몰라 어디로 나가면 되냐고 물었다. 그녀는 성의 없는 말투로 "그쪽요" 쏘아붙이듯 한마디 하고는 앞문을 꽝 닫고는 가버렸다. 지하주차장으로 들어가는 자동차 후방 브레이크등이 깜박임이 내 심장의 불규칙과 같았다. 지하로 쑥 내려가는 자동차처럼 내 몸도 저 깊은 땅속으로 하염없이 꺼져 내려가는 듯한 기분이었다.

'아~ 말로 표현 못 할 이 기분. 알면서 왜 물어보았는지…? 지금껏 지켜왔던 내 양심이 큰 것도 아닌 이 작은 것에 그것도 대항 한번 해보지 못하고 무너지는 이 허무함. 누구에게도 말 못할 이 더러운 자존심.'

멍하니 서 있는데 뒤에서 빵~하고 비켜달라는 자동차 경적 소리가 들려왔다. 그제야 정신이 들어 언덕길을 내려오는데 저 아래로 보이는 화려한 불빛들이 날 비웃는 듯한 눈초리로 깜박이고 있다. 폰을 켜려고 하는데 손에는 아직 지갑에 넣지 않은 만오천원이 들려 있다. 순간 욱하는 설움의 감정이 북받쳐 오르는데 세종대왕께서 빙그레 웃으며 힘내라고 한다.

'그래, 이천원에 내 양심과 자존심을 팔았으니 그 가치만큼 벌어보자!'

밤하늘을 쳐다보니 별들이 예쁘게 윙크한다. 그 이후로 팁 요구를 하지는 않지만 경유 시나 대기, 명분이 있을 경우는 그 이유를 설명한다. 나에게 남은 작은 자존심을 위해서.

# 선입견

며칠 동안 참 지겹게도 눈이 많이 내린다. 서울 거리가 온통 흰 도시가 되어 버렸다. 무엇보다 청소부 아저씨들과 제설 작업하는 분들이 힘든 날들이다. 이제는 하얀 아름다움에 무뎌져 가는 사람들의 표정. 흰 것이니 그냥 눈이고, 하늘에서 눈이 내리니 그냥 눈이 또 오는가 보다 한다. 걷기에 좀 불편하면 이번에는 많이 왔는가 봐, 하며 눈이 쌓여 있어도 이런 식으로 그냥 지나가는 시간들이다.

눈이 많이 오면 대리기사들은 좋다. 가격도 올라가고 고생했다고 팁도 잘 주기 때문이다. 한마디로 같은 콜을 타고 같은 시간이지만 수입이 좋다는 거다. 가격이 오르는 것은 대리기사들이 평소에 가는 곳이라도 눈이 왔을 때는 힘든 곳이나 외각으로 12시 전에는 가지 않으려 하기 때문이다.

기사들이 가지 않으니 상황실(손님과 기사들을 연결해주는 사무실)에서도 요금을 올릴 수밖에 없고, 상황실에서도 그만큼 수입이 좋아진다. 눈, 비 올 때는 손님들도 알아서 평소 때보다 먼저 몇천원 높여 부르면 콜을 빨리 받을 수 있다. 평소와 같은 가격에 가려 했다가는 시간만 보내고 결국 높은 가격에 갈 수밖에 없다, 물론 예외는 있을 수 있겠지만 희박한 일이고 평소 주말과는 또 다르기 때문이다.

대리기사 한 지도 한 분기가 지나가고 있다. 이른 저녁, 일하기 전 종이컵에 차 한잔하면서 대리기사들과 이른 저런 얘기들을 나눈다. 날이 차가워 재빨리 식어버리지만 그래도 믹스커피는 종이컵에 먹는 게 신기할 정도로 맛이 난다. 옛날 미국으로 이민할 때 공항에 마중 나와 있는 사람이 중요하다고 했다. 이민한 사람들은 자기를 마중 나오는 분의 직종에 따라 자신도 그 직종의 일을 갖는 게 대부분이라고 한다. 나도 내 친구가 양재역에서부터 시작하는 법을 알려줘 처음에는 한동안 거기서 시작하였다.

어느덧 8시가 지나가고 있을 무렵 양재에서 반포 삥바리(대리 가격이 1만원일 때, 서울에서는 최저. 즉 기본값)가 보이자 가까운 거리라 한 콜이라도 빨리 타려는 마음에 승낙을 눌렀다. 손님을 모시고 별말 없이 반포 고속버스터미널을 지나가고 있었다.

"사장님 어느 쪽으로 가면 됩니까?"

"사거리 지나 직진해 주세요."

그곳은 반포대교 사거리고 지나면 구반포로 간다. 거리상으로는 얼마 되지 않지만 오늘 같은 날 춥기도 하고 거리가 미끄러워 다시 나오기가 애매한 거리다. 사거리를 지나 몇 미터 가면서 다시 길을 물었다.

"다다음 신호등에서 좌회전해 주세요."

눈에다 빙판길이라 신호 준수하고 규정 속도에 맞춰 아파트로 들어섰다. 손님은 좌회전, 직진 등 몇 차례 주문을 더 한다. 이때쯤 난 이미 기분이 점점 가라앉고 있었다. '뭐야! 초입도 아니고 맨 끝이잖아.' 혼자 투덜거리며 그래도 안전 운행은 해야 했다.

일한 지 얼마 되지 않지만 그동안 지켜보니 꼭 힘들게 오는 손님들이 까다롭고 팁도 없다는 거다. 장사를 하는 사람들은 첫 마수를 많이 따진다. 이상하게도 대리운전도 첫 손님의 상황에 따라 그날은 그 첫 손님 상황과 비슷한 일들 연속이라는 걸 많이 느낀다. 첫 손님이 뻥바리이면 그날은 뻥바리가 많고, 까다로운 손님이면 그날은 까다로운 손님만 만나고, 목적지가 힘든 곳이면 대부분 그날은 힘든 곳으로 간다. 뭐 내 합리화일 수도 있다.

생각대로 아파트의 끝부분이고 내 기분은 상해 있었다. 아무 생각 없이 주차를 마치고 손님이 옆에서 먼저 내리고 난 시동을 끄고 운전석에서 내렸다. 손님은 돌아와 고맙다며 접은 것도 아니고 만 것도 아닌 지폐를 내게 건네곤 갔다. '만 원 주면서 그냥 주지, 이건 또 뭔 표현이야!' 생각하며 인사도 제대로 못 하고 몇 발자국 돌아가다 돈을 챙기기 위해 만 원짜리 지폐를 폈다. 그런데 천 원짜리가 두 장이 더 있었다. 만이천원이다. 기분이 찜찜했다. 흙에 얼룩진 발아래 지저분한 눈보다 더 질퍽거리는 느낌이다.

팁을 주고 안 주고 문제가 아니고, 또한 팁이 작고 많아서도 아니었다. 내 생각이 틀렸다는 것과 그분이 건네주는 그 묘한 행동이 날 물먹은 솜처럼 발걸음을 무겁게 했고 내 발은 눈 속에 더 깊게 박힌다. 그 옛날 손자가 시골 할머니 댁에서 놀다 떠나올 때, 먼지 나는 버스에 올라타는 손주 녀석에게 할머니가 주던 돈이 생각났다. 할머니들은 보물창고이자 요술 주머니인 속주머니에서 꺼낸 때 묻고 꼬깃꼬깃한 지폐를 많이 주지 못한 미안함과 함께, 남 볼 새라 접어서 주었다. 할머니가 주던 그 돈의 모양과 행동을 난 그 손님에게서 보았다.

'뭐가 그리 부끄러웠을까, 아니면 미안했을까?'

대리기사들은 팁을 많이 주면 좋다. 하지만 많은 팁보다는 고마움이 깃든 팁을 바란다. 때론 돈 자랑하는 팁, 생색내는 팁, 눈치 보며 마지못해 주는 팁, 미안해하는 팁 등이 있지만 주고도 욕먹을 팁도 있다.

'내가 뭐 그리 많이 안다고, 대리하는 주제에 손님에게 먼저 잣대를 재는가, 왜 사람을 판단해 놓고 결과도 보지 않고 먼저 생각해 놓은 선입견으로 남을 대하는가?'

부끄러웠다. 그분이 가는 모습을 다시 한 번 볼 자신이 없어 그저 세찬 바람에 날리는 눈발을 맞으며 공허한 가슴으로 걸었다. 깊은 눈길은 무거운 나의 마음을 아는 듯 한발 한발 나의 무게를 표시해 준다. 걸음걸음 이런 선입견을 품지 않을 것을 반성하고 다짐하면서 네온사인이 춤추는 신사동 거리로 발길을 옮겼다.

제2장

# 가정은 안녕하십니까?

## "지금 이대로가 좋잖아요!"

9월의 어느 휴일.

무더운 여름이 지나가는 느낌이 확연히 피부로 느껴진다. 코로 들어오는 차가운 공기가 폐로 들어와 공기 정화기처럼 한 바퀴 휘돌고 나면 가슴의 상쾌함이 뇌까지 전달된다. 두 눈 또한 맑고 밝게 보이는 듯하다. 붉게 물든 서쪽 먼 하늘에서 한 줄기 흰 담배 연기를 내뿜으며 어디론가 여객기 한 대가 날아간다. 낮 길이도 많이 짧아졌다. 새들도 해가 지면 집을 찾아 돌아가건만 저 비행기는 저물어가는 이 저녁에 어디로 홀연히 가는지…?

휴일은 콜이 잡히는 데로 타야 한다. 특별한 곳이 없기에 많이 움직여야 수입이 되기 때문이다. 두 번째 콜을 잡았는데 골프를 치고 오는 사람들이었다. 잠실 한 아파트에 차들을 두고 와 세 사람을 내려 주고 가는 콜이었다. 공 치고 오는 사람들은 끝없는 스토리와 아쉬움 등, 골프 이야기가 펼쳐진다. 이 사람들 역시 시끄러울 정도로 왕왕거리며 열을 올리고 있다. 그러던 중 한 손님이 입가심으로 생맥주 한잔하자고 제의하자 옆에 있던 사람이 그 말에 반대하며 한마디 한다.

"야! 우리는 그런 멜 받지 말아야 하잖아. 안 그래? 그러니 빨리들 그냥 가자고."

그 말을 듣고는 모두 웃는다. 그리고는 이와 비슷한 얘기들을 하면서 서로 웃느라고 야단법석이다. 어느덧 잠실에 도착하고 세 사람은 내려 각자 차를 타고, 나는 남은 손님의 보금자리인 집을 향해 계속 달리기 시작했다. 태양은 서산으로 넘어가고 긴 가로등 불빛들이 한산한 강남의 도시를 밝히고 있다. 운전을 하다 갑자기 아까 들은 얘기가 궁금해 손님에게 물어보았다.

"저, 사장님! 좀 전에 친구분들이랑 얘기 중에 '그런 메일 받지 말자'라는 말씀을 하시던데 무슨 말인지 궁금합니다."

"아~ 별말은 아닌데, 참 안타깝습니다."

"……"

"친구가 있는데 기러기 아빠입니다." 그는 말을 꺼내고는 담배 하나 피겠다고 양해를 구하고는 이야기를 계속 이어갔다.

"그 친구가 기업체에 다니는데 내년에 정년퇴직이라 일 년을 더 다녀도 그리 득 될 것도 없고 해서 아내에게 말했답니다. 자초지종을 설명하고 외국에 있는 가족들에게 들어가겠다고 했답니다. 그래야 경제적으로도 좋고 가족도 좋지 않겠느냐고." 그가 담배 연기를 한입 가득 머금고는 길게 내뿜는다. 입에서 나온 연기는 진공청소기 속으로 빨려 들어가듯 창밖으로 슝 하고 날아가 버린다.

"그런데요?"

"며칠 있다 아내에게 이메일이 왔답니다."

"……?"

"이런저런 얘기를 하고는 마지막에 '여보 안 들어오면 안 될까요?'라고 했답니다. 현재가 서로 편하지 않으냐며."

그 사람들처럼 웃을 일도 아니고 딱히 할 말도 없다. 가끔 운전을 하다 보면 기러기 아빠들의 얘기도 있는데 자신들 이야기는 거의 없고 대부분이 옆에 있는 사람들의 얘기다.

어떤 손님은 자기와 일을 같이 하는 사람인데 알만한 대학 연구직이라 연봉 또한 적지 않는 편인데도 자신은 고시원 생활을 하면서 융통성 없이 돈은 모두 외국에 있는 가족에게 보낸다고 안타까워했다.

언젠가 모신 손님은 둘째 아이가 초등학교 저학년 때 자폐증 증상이 있는 것 같아 미국으로 아내랑 보냈는데 아이가 외국물이 맞는지 그곳에서는 괜찮아졌다고 한다. 몇 년이 지나 이젠 애도 괜찮고 하니 들어오라고 했단다. 아내는 당신이 미국으로 오든지 아니면 헤어지자고 한다며 하소연을 했다.

기러기 아빠가 안타깝기는 하지만 얘기만으로 어찌 남들의 생활을 속속들이 알겠는가. 차는 바람을 가르며 올림픽대로를 달리고 있었다. 휴일이라 그리 정체되는 곳은 없었다. 그 손님은 한마디 더 한다.

"제 친구의 지인은 이런 메일도 받았답니다."

"……."

"딸이 유학하며 엄마와 같이 외국에 나가 있는데 아빠가 힘이 든다고 학기도 다 끝나가고 하니 이제 들어오라고 했답니다. 얼마 후 딸로부터 답이 왔는데 아빠가 있었기에 열심히 공부했다며 힘든 아빠를 생각하면 맘이 아프다는 둥 참 뿌듯한 내용이 이어져 가슴이 찡~ 하더랍니다. 그런데 마지막 글귀에 '아빠 우리 이대로가 좋아요'라는 문장을 읽고 한동안 멍하니 있다 하염없는 눈물을 흘렸다고 합니다. 그래서 우리는 그런 이메일 안 받으려고 일찍 들어가자고 한 겁니다."

운행을 하다 보면 기러기 아빠들을 간혹 만난다. 이들의 이야기를 들어보면 남편의 찬성으로 보내는 것은 20%도 안 된다. 대부분 아내의 의지로 보낸다. 그리고 조기 유학에 관해서 다수에게 물어봐도 남성들은 반대가 많은 반면 여성들은 여유만 된다면 찬성이다.

2000년대 들어 유행어가 돼버린 기러기 아빠! 기러기는 암수 의가 좋은 새로 절개를 지키고 사랑을 상징하는 새로 쓰이며, 전통 혼례에서 목안(木雁)을 전하는 의식으로도 쓰이는데 어찌하여 외로운 새가 되었는가!

기러기는 울음소리가 구슬퍼서 슬픈 노래 가사에도 많이 등장한다. 또한 기러기는 홀로 되면 평생 재혼하지 않고 새끼들을 키운다고 하는데 아마 힘들고 외롭고 슬퍼도 오직 자식을 위해 희생한다는 의미에서 기러기 아빠란 말이 붙여진 것 아닐까?

기러기 아빠 이후 재력이 좋은 독수리 아빠, 주제 파악도 못 하고 유학을 보내 근근이 버티는 펭귄 아빠 등 신조어가 쏟아지고 있다. 앞으로는 또 어떤 아빠의 유형이 나올지 몰라도 진정 가족이 무엇인지 어떤 교육이 올바른지 행복 또한 어디에 있는 것인지부터 한 번쯤 생각해 볼 일이다.

# 비 오는 날의 수채화

장대비가 세차게 내리는 무더운 장마철이다. 습도도 높고 무더위도 연일 이어지고 있다. 그래도 비가 올 때면 간간이 불어오는 바람결에 시원함을 느낀다.

학창시절 비가 내리면 즐겨 불렀던 노래가 입가에서 절로 나오곤 한다. '빗속을 둘이서', '빗속의 여인', '비와 외로움' 등. 비에 관한 노래는 참 많기도 하다.

고향이 부산이라 해운대와 광안리해수욕장을 많이 갔다. 해운대는 관광단지로 학생 출입금지지역이라 여름철 백사장은 학교에서 단체 청소하는 거 외에는 가보지 못한다. 그래도 가는 학생들이 많았는데 지도 선생님의 단속에 영화에서처럼 도망 다니기도 하고 잡혀 야단맞기도 한다. 그래서 광안리를 많이 가는데 여름 성수기 전 장마철에는 손님이 없다.

비 오는 날 광안리 바닷가에는 둘 혹은 세 명씩 짝을 지은 여학생들이 우산을 들고 백사장을 거닐 때가 많다. 파도치고 보슬비 내리는 쭉 뻗은 백사장에 허리가 잘록한 흰 교복과 단발머리에 무릎 아래까지 내려온 검정 또는 파란 치마와 흰 운동화를 신은 여학생이 우산을 받쳐 든 모습은 자체로 한 폭의 그림이다.

그 장면을 보고 가만히 있을 남학생들이 아니다. 말 잘하는 친구가 총대를 메고 우산도 안 쓰고 비를 맞으며 여학생에게로 달려가서는 우산을 같이 쓰자고 하면 여학생은 비 맞고 있는 그 남학생이 안쓰러워 보통 허락한다. 그리고는 긴긴 백사장을 거닐며 얘기의 꽃을 피우는데 그 성난 파도 소리도 들리지 않을 정도로 얘기 속으로 파고든다. 간간이 할 말을 잊으면 괜히 번들거리는 자갈돌 하나 집어 들어 힘자랑이라도 하듯 파도 치는 곳을 향해 힘껏 던지거나, 모래 속에 숨어있는 이쁜 조개껍데기 하나 주어 선물이라고 건네기도 했다. 돈 안 들이고 얼마나 값어치 있고 아름다운 선물인가.

이 선물은 다음에 만나면 정말 보기 좋은 작품으로 둔갑하여 돌아온다. 그 조개껍데기에 색을 입혀 글을 쓰고, 니스나 무색 매니큐어로 마무리하면 이 세상에서 하나밖에 없는 소중한 조개껍데기 작품이 된다. 이 모든 것이 비 오는 날의 싱그럽고 아름다운 수채화가 아니겠는가!

이런저런 생각으로 콧노래를 부르고 있는데 폰의 진동이 손바닥으로 전해져 온다. 콜을 잡고는 연락을 해보니 여성이다. 비도 오고 하나라도 더 탈 마음으로 장소를 확인하고 우산에 떨어지는 빗소리를 음악처럼 들으며 빠른 걸음으로 갔다. 40대 후반으로 보이는 여성이 일행들과 인사를 끝내고 나와 차로 함께 갔다. 비는 부슬부슬 어두운 밤길을 적시며 사람들의 발길을 재촉하고 있었다. 우리도 얼른 차에 타고는 시동을 걸고 목적지로 향해 액셀러레이터를 밟았다. 윈도 브러쉬로 손을 흔들고는 골목길을 미끄러져 나가고 있었다. 손님은 방금 헤어진 사람들과 전화로 웃고 소리치며 시끄럽게 떠드는 수다에 정적인 빗소리 또한 소음으로 들린다. 차는 내부순환도로로 올라 달리고 있다. 언제 폰을 끊었는지 손님은 내게 말을 건넨다.

"아저씨 비 오는데 안전운전하세요"

"네." 길게 답을 하면 또 뭔 얘기가 길어질까 봐 짧게 대답했다. 그러나 손님은 계속 말을 이어간다.

"아저씨! 요즘 경기가 어때요?"

흔히 요즘 손님들이 하는 질문이라 단답형으로 "다 어렵죠" 했더니 내게 말하는 건지 독백인지는 몰라도 계속 말문을 열었다.

"너무 힘드네. 어떻게 해야 할지도 모르겠고…."

"……."

"아저씨 요즘 가게도 잘 안 나가죠(매매)?"

"다들 경기가 안 좋아 부동산도 말이 아니니 상가 매매도 잘 안 된다고 합니다. 장사하시는 가 봐요?"

"장사는요, 그냥 직원 몇몇 데리고 조그맣게 뭐 좀 하는데 이번처럼 힘들기는 처음이네요. 가게를 내놓아도 안 나가고 차라도 팔아야 하는데 차도 매매가 안 되네요."

"그랜저 같은데 이 정도면 빨리 판매될 것 같은데요."

"이차 오래된 겁니다. 내 주제에 그랜저 끌고 다닐 것도 아닌데 그냥 옛날부터 있는 것이라 끌고 다닙니다." 손님은 잔잔히 웃으면서 대답했다.

손님의 목소리는 좀 전에 통화할 때 보다 가라앉아 있었다. 내리는 비는 여전했다. 촉촉하게 앞 유리창에 부딪힌 빗방울이 바람결에 떨며 뒤를 향해 훽 날아가 버린다. 사연 실은 이 차도 목적지를 향해 열심히 비바람을 맞아가며 달려가고 있는데 손님을 어디론가 통화를 한다.

"어디야? 엄마 지금 가고 있어."

가족인가 보다. 딸과 아들을 번갈아 가며 통화를 하며 얼마 있으면 도착하니 아빠 잘 모시고 아빠 좋아하는 것 시켜드리고 먼저 먹고 있으라는 내용이었다. 다정스러운 말투로 아이에게 사랑한다는 말을 남기고 전화를 끊었다.

"오늘 가족들과 외식을 하시나 봐요?"

"외식은 아니고 그냥 애들이 뭔가 먹고 싶다고 해서 아빠랑 같이 자리합니다."

참 현명한 것 같다. 자식들이 몇 살인지는 모르겠지만 대화 내용으로 봐서는 딸은 사회인 같고 아들은 학생인 듯했다. 유령이 되어가는 오늘날 아빠들인데 이 손님은 자식들에게 아버지의 자리를 잘 일러주는 것 같다. 교육이 따로 있나, 가정의 산교육이 진정 교육이다. 옛날 어머님들은 자식들에게 이런 말을 했다.

"네 아버지가 시대를 잘못 태어나 그러시지 참 훌륭한 분이시다." 말 한마디에서도 아버지의 위신을 만들어 주고 지켜 주었다.

"보기 좋은데요, 자제분들도 착한 것 같고 참 화목하신 것 같습니다. 아저씨도 참 훌륭하신 분이신 거 같습니다."

"네~ 행복하죠…."

가볍게 웃으며 대답하는데 뒤끝이 좀 흔들리면서 아주 낮은 신음소리를 냈다. 뭔가 이상해 룸미러로 뒤를 보니 두 손으로 얼굴을 감싸고 깊은 숨을 쉬고 있다. 약간 기분이 이상해졌다.

'내가 얘기를 잘못했나. 뭔가 실수한 것 아니야?'

맘이 착잡해질 때 그 여자 손님은 참고 있었듯 울음을 터뜨려 버렸다. 그냥 울음이 아니다. 가슴에 맺혀있던 음식 찌꺼기를 토해 내는 듯, 한 맺힌 여인의 울음이다. 뭔 말도 못하고 차만 조용히 몰았다. 비도 방해가 될까 봐 소리 죽여 우리 차를 피해 간다. 깊고 짧게 참 슬피 울더니 미안하다는 말과 함께 입을 연다.

"아저씨 미안합니다."

"아니 괜찮습니다. 근데 제가 뭔 실수한 말이라도 있는지…?" 꼬리를 흐렸다.

"아니에요. 그냥 눈물이 나네요. 사실… 우리 아저씨는 눈 한쪽은 실명이고 남은 한쪽은 실명에 가까워요. 그리고… 팔 한쪽은 못 씁니다."

'아~'

속으로 나도 모를 긴 의성어를 내뱉고는 더 이상은 뭔 말을 할 수가 없었다. 아니 뭔 말인 듯 그 눈물을 말릴 수 있는 위로의 말이 되겠는가. 잠시의 침묵이 흐르고 그 손님은 조용히 그리고 따뜻한 목소리로 입을 열었다.

"자신감을 잃어가는 남편을 위해, 그리고 아이들 교육을 위해서도 아버지의 자리를 제가 만들어 줘야 할 것 같아 열심히 생활하려고 합니다. 근데 힘은 좀 드네요."

잔잔한 미소를 짓는다. 그래도 내 가정이 있어 행복하다는 말과 함께 선물을 하나 준다고 껌 한 통을 건네주고는 차에서 내려 가족이 있는 곳으로 갔다. 그 값진 껌은 아직 뜯지도 않은 채 한 통이 내 책상 위에 그대로 있다. 그냥 추억처럼 고이 간직하고 싶어서다. 부디 행복하기를 기원한다.

# 신혼, 깨가 쏟아진다는데…

세상이 다 변해도 변하지 않는 것이 하나가 있다고 하는데 그것은 '모든 것은 변한다'는 사실이다. 세상 만물 변하지 않는 것이 없다. 십 년이면 강산이 바뀐다고 했는데 21세기에는 십년 앞을 예상할 수가 없다고 IT 분야 전문가들은 말한다. 문명은 그렇다 치더라도 문화마저 한국 사람들 성격처럼 빠르게 변해가고 있다.

언제부터 나온 말인지 모르지만 여성들이 남편들을 보고 '나이 먹으면 한번 보자'라는 말을 한다. 정말이지 남자들이 밖에 나와 으스대듯 아내에게 큰소리치고 산다고 아무리 사람들 앞에서 당당하게 말해도 곧이곧대로 듣는 사람은 없다. 70이 넘으면 연민의 정으로 남편을 데리고 살고, 60이면 안타까워서 그냥 살고, 50세가 넘으면 남자의 행동에 따라 아내의 저울이 어느 쪽으로 기울어 아내의 처분대로 살고, 40대는 법으로 산다고 한다.

60세 전후 되는 손님들의 말을 듣고 있으면 설거지랑 청소는 기본적으로 눈치껏 하고 있다고 한다. 처음에는 누가 보는 것도 아닌데 쑥스럽고 행동과 생각이 어긋나는 어색함이 있는데 조금만 해보면 나름 즐겁다고 한다. 요즘은 정년퇴직한 남성들도 요리 배우는 것이 인기수업 중의 하나라고 한다. 하기야 어떻게 보면 남성들이 더 살림을 잘할지 모른다. 군 생활을 경험했고, 과거 캠핑 문화가 있었고 시골에서 도시로 나와 자취를 했던 실력들이 있어 영양가 있는 반찬은 못할지 모르지만 뒤처리나 정리 정돈은 잘할 것이다. 이때 아내들의 표현이 중요하다. 남자들은 '너 잘났다'고 칭찬하면 호랑이 굴에도 들어간다. 아내는 남편이 한 것이 맘에 안 들어도 혹은 다시 손을 대더라도 남편 앞에서는 칭찬해야 한다. '내 남편 잘하네, 야~ 정말 나보다 났다' 이런 말까진 못하더라도 그냥 '고마워'만 해도 남편들은 힘이 팍팍 들어간다. 간단히 말하면 칭찬을 하라는 거다. 신혼 때 선배들이 소주잔 기울이며 침이 튀도록 교육했던 와이프 잡는 방법들은 신기하기도 했고 가슴이 펴지고 뿌듯하게 느껴지면서 뭔 일이 있으면 그 선배들이 다 해결해 줄 것만 같았다. 하지만 그 선배들이 이젠 먼저 귀가를 한다.

요즘 손님들을 모시다 보면 나이에 상관없이 아내에게 참 잘한다고나 할까, 전화 통화만 봐도 행복하게 살려고 노력하는 것 같다. 집에 들어가는 중에 아내에게 전화를 한다. 과거와는 사뭇 다른 풍경들이다. 술 먹다가도 집에서 전화가 오면 아예 안 받거나 짜증을 내는데 이제는 남편들이 먼저 연락을 한다. 물론 다 그렇다는 건 아니다. 그런 사람들을 보면 부러운 듯이 한마디 하곤 한다.

"사장님, 가정에 참 잘하시네요."

"요즘 이렇게 안 하는 남자들이 있습니까?"

언젠가 젊은 손님이 집 근처에 들어서면서 아내에게 전화를 했다. 내용은 별다른 것 없이 '집에 다 와간다, 뭐 먹고 싶은 거 없나, 맥주라도 사갈까?'이다.

"사모님에게 참 잘하십니다." 부드럽게 말을 건넸다. 그러자 말씨가 갑자기 사투리로 바뀌면서 투박한 말투로 툭 내뱉는다.

"내가 잘하고 싶어서 이럽니까?"

비스듬히 뉘었던 몸을 일으키며 창문을 조금 열어 담배를 한 개비 입에 문다. 순식간에 돌변한 분위기에 말도 못하고 그냥 운전대만 잡고 눈치만 봤다. 뭔가 할 얘기가 많은 듯 먼저 입을 열었다.

"내가 잘하고 싶어서 이러는 것이 아니고요, 며칠 전에 싸웠습니다. 그래서 화해나 할까 하고 그런 겁니다."

"어쨌든 사장님께서 먼저 다가가면서 손을 내미는 것이니까 그 또한 잘하는 거잖아요"

"어휴~ 정말!"

그분은 뭔가 분이 차있는 듯이 스팀 온도가 올라가는 것이 보였다. 내가 괜한 말을 했나 싶었다. 기왕 이렇게 된 거 이유나 알고자 물어봤다.

"어떤 일로 싸우셨는데 아직 화가 안 풀리십니까?"

"결혼한 지 이제 2년이 지나가는데 작년 일 년 동안 장인 장모님 해외여행을 3번이나 보내드렸습니다."

"야~ 대단하시네요."

"내가 여유가 있어 그런 것도 아닙니다. 전 어릴 적에 양친 부모님께서 돌아가셔 큰 누님이 엄마처럼 절 키웠습니다. 큰 누님이 제겐 엄마인 셈이죠."

"누님께서 사장님에 대한 애착이 다른 형제들보다 남달랐겠습니다. 근데 부인이랑은 왜 싸우셨어요?”

그 남자는 호롱불처럼 라이터를 켰다. 식어가는 자신의 열을 다시 올리려는 듯 아까 붙이다 만 담배에 불을 붙이고 뜨거운 담배의 연기를 길게 들이마신다. 그리곤 이내 짧은 호흡과 함께 연기를 내뱉고 짙어가는 사투리로 말을 이어 간다.

“며칠 있다 큰누님 댁에 행사가 있는데 언제인지 확실히 몰라 연락을 한번 해 보라고 했습니다. 근데 ‘연락 오겠지’ 하며 안 하잖아요.”

“그것 가지고 싸우셨어요?”

“물론 그것 가지고 시작은 되었지만, 제가 결혼하기 전에 다른 것은 몰라도 한 가지만 꼭 잘해달라고 부탁을 했습니다. 난 부모님이 큰누님이다. 그러니 큰누님을 시부모라고 생각하고 꼭 잘해 주었으면 한다고 했죠. 그래서 저도 장인 장모에게 잘 해드렸고요.”

“아~ 그러셨군요.” 짧게 맞장구를 쳤다. 그러자 힘이 든 목소리로 말한다.

“나도 성격 보통이 아닌데 아내는 저보다 더합니다.”

봐도 그렇고 지금까지 말투로 봐서 고집도 있고 강하게 느껴지는데 아내가 이보다 더하다 하니, 남편이 봐 준 것이라 생각했다.

“그거야 사장님께서 봐줬겠죠.”

“아닙니다. 저희는 신혼살림을 두 번이나 했습니다.”

“왜요?”

“신혼여행 갔다 온 날 사소한 일 때문에 말다툼을 했습니다. 내 성질에 못 이겨 물건을 하나 던졌습니다. 그랬더니 와이프가 신혼살림 다 박살

내더라고요. 진짜 어이가 없었습니다."

언젠가 같이 일하는 대리기사의 이야기다.

시간은 밤 12시 조금 지났을까, 모 아파트로 가게 됐다. 손님은 결혼한 지는 얼마 안 되었는데 그날도 늦어 불안한 기색이라고 했다. 그래서 그 기사는 마음이라도 편히 가지라고 말했다.

"이 시간이면 늦지 않은 시간인데 왜 그러세요. 남자들 2차 하면 보통 한, 두시는 기본이잖아요."

그래도 불안한지 그 손님은 집에다 전화를 하는데 안 받는다고 안절부절못하면서 집에 도착하였다. 탈 때부터 돈이 없어 집에 가서 지불한다고 했기에 같이 아파트 집으로 올라갔다. 10층 즈음 되는 곳에서 내려 현관문을 여니 잠겨있어 문을 열어 달라고 해도 대답도 안 하더라는 거다. 남자는 대리비 줘야 한다고 지금 같이 있으니 문 열어 달라고 했다. 가까스로 들어갔는데 아내의 고함소리가 들려 나오고 남자는 빨리 주라고 부탁하듯 했다. 그리고 그의 아내가 문을 열고 나와 얼마냐고 물어봐 만오천원이라고 가격을 말했다. 짜증스러운 말투로 잠시 기다리라며 다시 들어가더니 뭔가 둥근 것을 들고나왔는데 돼지 저금통이었다. 그러더니 백원짜리와 오백원짜리로 만오천원을 줬다고 한다. 약 백여 개 정도 되더란다. 대리기사는 두 손으로 그것을 받고 보니 갑자기 화가 치밀어 올라 계단 밑으로 확 뿌려버렸단다. 백 개나 되는 동전 소리가 적막한 아파트 공간 계단으로 층층이 떨어지면서 울려퍼지는 그 소리는 듣지 않고는 느낄 수 없는 소음이자 그런 음악은 지금껏 듣지도 못한 화음이었다고 한다.

과거에 남자들이 신혼 때 아내 잡는 것부터 배웠는데, 요즘은 여자들이 언니들로부터 남편 잡는 법을 배우는 것인지, 성격이 바뀌는 것인지, 아니면 문화가 그렇게 가는지 대체 모르겠다.

큰길을 돌아 골목길을 들어서는데 마트 앞에 세워 달라고 한다. 술이나 사 가겠다고. 마트로 들어가는 남자의 뒷모습은 맞지 않은 옷걸이에 걸려있는 외투처럼 어색했다. 그 사람의 심정을 말해주는 것 같았다.

갓 결혼한 신혼부부들을 보면 고소한 참기름이 줄줄 나올 듯한 분위기와 영원히 싸움 없이 살 것 같은데, 왜 대부분 부부가 얼마 가지 못하고 다투는 것일까? 하기야 사랑이란 호르몬은 길어야 30개월이라고 하던가.

요즘 신혼부부나 결혼할 사람들을 보면 '지금이 참 좋을 때'라고 혼자 빙그레 웃으며 부디 행복하게 살아가기를 진심 어린 마음으로 바라곤 한다.

# 세상에서 가장 슬픈 것은

오랜만에 2시간 동안 긴장감 가득하게 2018년 12월에 개봉한 잠수함 액션 영화 '헌터 킬러'를 인터넷으로 보았다. 예고편을 보며 개봉하면 영화관에서 관람하겠다고 기다렸는데 연말이 대목인 대리운전 특성상 그만 놓치고 말았다. 혹시나 했는데 역시나 2018년 연말도 대목 재미를 보지 못한 채 지나가 버렸다. 인터넷으로 보는데 영화관에서 관람 못 한 게 못내 아쉬울 정도로 몰입한 영화였다.

한 달 후 2019년 1월에 또 잠수함 액션 영화가 예고되었다. 실화를 바탕으로 한 내용이라고 해서 영화관에서 보지 못한 '헌터 킬러'의 미련 때문에 꼭 봐야지 했는데 이 작품도 놓치고 말았다. 이 영화 또한 인터넷으로 보았다. '헌터 킬러'는 핵잠수함 침몰사건을 다룬 '쿠르스크'이다. 2000년 8월 12일 노르웨이 바렌츠 해에서 침몰한 러시아 핵잠수함 쿠르스크호 침몰사건을 소재로 한 작품이다. 훈련을 위해 출항하다 예기치 못한 폭발로 승조원 118명이 사망한 사건이다. 그중 23명은 잠수함 후미 9번 격실에 대피하여 한동안 생존한 채로 끝까지 믿음을 잃지 않고 구조를 기다렸는데, 러시아는 핵잠수함에 대한 기밀과 국가 체면 때문에 외국의 구조지원도 거부하였고, 결국 살릴 수 있었던 이들 23명 역시도 끝내 목숨을 잃는다.

영화의 주연인 러시아 해군 대위 '미하일'은 잠수함에서 끝까지 임무를 수행한다. 미하일에게는 어린 아들(미샤, 5~6세)과 임신한 아내가 있다. 끝까지 버티다 희망이 없어져 간다는 것을 안 '미하일'은 가족에게 편지를 남기려 하면서 동료이자 친구에게 물어본다.

"네 아버지가 돌아가셨을 때 몇 살이야?"

"3살."

"아버지에 대해 기억나는 게 뭐야?"

"없어."

"미샤도 날 기억 못 하겠네, 배 속에 있는 애는 말할 것도 없고."

그 후 장례식장에서 미하일이 남긴 편지를 그의 아내가 눈물과 함께 많은 사람들 앞에서 읽는다.

"영원한 건 없지만 시간이 더 있다면 당신에게 더 베풀고… 아이들에게 말하고 또 말해줘. 내가 당신만큼이나 너희를 사랑한다고. 다른 사랑을 찾길 바랄게, 나도 사랑해주고. 당신에게 비록 짧은 사랑이지만 내겐 당신만이 영원해."

사랑하는 사람에게 자신을 기억해 주기 바라는 안타까운 맘을 어떻게 표현할지 모르는 이 장면을 보고 문득 한 사람이 생각났다. 대리운전 손님이었던 남자이다.

몇 해 전 겨울. 새하얀 눈이 내리던 날이었다. 폭설도 아니고 진눈깨비도 아닌 적당한 겨울 풍경의 눈발이었다. 그는 강남에서 직원들과 적당히 한잔하고 기분도 좋아 보였다. 뭐가 그리 좋은지(술기운에 눈까지 오니 그런지, 사랑하는 가족에게 간다는 것이 기쁜지) 싱글거리며 음악도 듣고 한마디씩 내게 말도 시킨다. 나는 눈길 운행인지라 단답형으로 말해야 했다. 우측 사이드미러를 보다가 언뜻 보이는 그의 얼굴은 해맑은 표정이기도 했다. 운행에 신경은 쓰이나 궁금해 물어보았다.

"오늘 뭔가 좋은 일이 있으신가 봐요?"

"네, 직원들이 제게 잘해줘요. 직장도 좋고요." 한마디 하고는 연신 잔잔한 미소를 머금는다.

요즘 젊은 직장인들은 한잔한 후 대화 내용을 들어보면 직장에 대한 불평, 상사나 타 부서 사람에 대한 막말이 대부분이다. 이런 대화가 당연하게 느껴질 정도로 사회는 그렇게 흘러가고 있다. 순백으로 아름다운 눈일지라도 흙탕물 몇 방울 튀기면 아름다움은 사라지고 만다. 그 진흙 속에서 피어나는 연꽃 같은 이 사람의 표정을 알고 싶었다.

"요즘 IT로 대박 난 회사인가 봐요?" 내 물음에 그가 빙그레 웃으며 대답했다.

"그런 건 아닙니다."

"근데 직장에 대한 자부심도 강하고 직원들 좋은 면만 말씀하시고 여유 있는 표정이 궁금해서 여쭤보았습니다."

시간이 돈이라 빨리 가고 싶어도 눈길이라 속력을 내지 못한다. 가로등 불빛에 반사되어 살포시 내리는 눈은 참 포근하고 이쁘다. 차 안이 더운지 손님은 히터를 한 칸 줄이더니 입을 열었다.

"제가 병원에 몇 달 입원했었는데도 회사에서 다시 받아 줘 일하고 있습니다."

"그야 병가 처리하면 되는 거 아닙니까?"

"병가! 그렇지요. 근데 제 병은 기억을 읽어가는 병이라네요. 머리에 종양이 있다고 합니다." 갑자기 속도가 줄어든다. 브레이크를 밟은 것도 아니고 눈이 차를 막는 것도 아닌데 모든 것이 슬로우로 움직이는 느낌이다. 그다음은 뭔 말을 할 수가 없었다. 그 사람은 아무 일 없다는 듯 그저 미소 지으며 말을 이어간다.

"이런 나를 회사에서 아무 일 없듯이 받아주고 대해주니 사장님을 비롯해서 직원들에게 감사하고 고맙지요."

"네." 그냥 듣고만 있어야 했다.

"전 아내에게 말했습니다. 내가 아내와 아이를 못 알아볼 정도가 되면 요양원에 넣어 달라고요. 그리고 요양원도 제가 알아보았어요."

한숨이 나오는데 표시도 내지 못하고 깊은 가슴으로 삭일 수밖에 없다. 느리게 달리는 차도 어느덧 큰길을 돌아 목적지 가까운 곳까지 왔는지 좁은 도로로 들어선다. 소리 없이 흐르는 세월의 시간 같다.

"전 괜찮은데 아내에게 미안하고 특히 내가 우리 아이들을 못 알아볼까 봐 그게 마음이 아프고 제일 슬픕니다."

해맑은 그의 모습은 웃고 있어도 이내 눈시울이 뜨거운 것을 느꼈다.

"아~" 표현 못 하는 작은 신음이 입술 사이로 흘러나오는 것 외엔 아무런 말과 표현도 못 했다. 어떤 병인지 얼마나 심각한지 궁금하기도 했으나 차마 묻지 못했다.

차는 목적지에 도착했고 시동을 끄고 키를 건네주면서도 난 아무 말도 못 했다. 억지로 어설픈 표정으로 미소를 지우며 인사하는데 그 사람은 처음처럼 해맑게 웃으며 인사를 한다. 왠지 발걸음이 떨어지지 않아 뒤돌아보았다. 영화의 마지막 한 장면처럼 어디선가 강렬하게 비치는 조명과 반짝이는 눈가루가 그를 휘감았고, 거대한 아파트는 30대의 그를 흡수하고 있었다.

# 가족의 범위

역삼역 부근 어디에선가 귀에 익숙한 트로트 음악이 흘러나왔다. "고장 난 벽시계는 멈추었는데 저 세월은 고장도 없네~"

강남에서 트로트는 왠지 분위기가 어울리지 않는다는 느낌. 뭐~ 재즈나 달리는 외제 차 오픈카에서 들려오는 아이돌 노래, 주점이나 클럽에서 들려오는 댄스곡 같은 것이 강남과는 제격인 것 같은데, 어느덧 강남도 이렇게 바뀌어 가는지도 모른다.

고장도 없는 세월의 시계처럼 오늘도 시간은 흘러 도심의 빌딩 숲 사이로 붉은 해가 비집고 들어와, 누가 더 키가 큰지 시합이라도 하듯 강남의 거대한 건물들이 그림자를 길게 뻗는다. 그러면 나에게도 콜 탈 시간대가 왔다는 신호다. 역시 콜이 울렸다.

목적지가 썩 맘에 들지 않았지만 즐거운 음악을 들은 덕분에 기분 좋게 승인을 하고 고객이 있는 곳으로 달려갔다. 손님은 그리 많이 취하지 않은 듯했으나 분위기는 좀 무거웠다. 혼자서 연신 뭐라면서 전화를 몇 통이나 걸었다. 중간중간 내게 '요즘 힘드시죠?' 묻기도 하고 고함을 치다가 중얼거리기도 했다. 괜히 신경이 쓰였다. 힐끗 보니 폴더 폰을 쓰고 있었다.

'어~ 사업하는 분 같은데 폴더폰을 쓰시나?'

사업한다고 그것을 쓰면 안 되는 건 아니지만 그래도 정보와 속도가 곧 돈인데 사업을 하는 사람이라면 스마트폰을 써야 하지 않나 싶다. 폴더 폰이나 011, 017을 아직 쓰는 사람은 고집이 무척 세다고 한다. 하지만 쓰는 사람의 말을 들으면 그 나름대로 사정이 있다. 강남에서 잘 나가는 사업자 중에 폴더 폰을 아직 사용하는 사람을 간혹 보는데 그때는 '사업이랑 폴더폰은 상관없는 것이구나' 생각하기도 한다.

이런저런 생각을 하는 중에도 손님은 계속 전화기를 들고 이 새끼, 이놈이라는 단어를 쓰면서 통화 중이다. 잠시 통화를 들어보니 아들이랑 얘기하는 것 같았다. 아들이 여자 친구와 있는데 여자 친구를 바꿔달라고 하니 아들이 안 바꿔주니까 이 손님은 아들에게 왜 안 바꿔주느냐고 다툼을 벌였다. 결국 아들은 여자 친구를 바꿔주었고, 그 여자 친구가 '안녕하세요'라며 인사를 했는지 "안녕 못 한데요?"라고 투박한 말투로 답을 했다.

"우리 아들이 안 바꿔줘 안녕 못 합니다." 말도 끝나기 전에 아들이 다시 빼앗은 모양이다. 이 손님은 연신 왜 통화를 못 하게 하냐고 '못된 놈'이라면서 전화를 끊어 버렸다. 아버지는 아들과 좀 가까워지려고 노력하는 것으로 보였다. 소통 잘하는 아버지, 친구 같은 아버지가 되려는 것처럼. 이런 아비 맘을 자식들은 이해할까? 이처럼 어설프고 쉽지 않지만, 술의 힘을 빌려 되지도 않은 고집을 부려가며 자식과 소통하려는 이맘을. 옆에서 지켜보는 게 안타깝기만 했다. 나 또한 아들 둘을 둔 아버지이기에 공감이 되어 얘기하고 싶었다. 그러나 손님과 얘기하고 싶은 분위기는 아니다. 혼자 중얼 그리더니 또 어디론가 연락을 했다.

"야! 어디야? 친구랑 있다고? 할머니 댁에 갈 거야? 그냥 가면 되지.

이해가 안 간다."

같은 통화를 하면서 열을 냈다가 차분했다가 이해를 시키는 듯했다가 하더니 전화를 또 끊는다. 그리고 한마디 한다.

"요즘 애들 이해가 안 갑니다. 안 그래요. 아저씨?" 네게 묻는 듯 말을 던진다.

"아~ 네." 통화내용을 모르는 난 응수만 해줬다.

"앞에 통화했던 것은 아들놈인데 여자 친구와 있어서 통화나 하려고 바꿔 달랐더니 자식이 내가 못 미더웠는지 안 바꿔 주잖아요. 잠시 통화하게끔 하더니 바로 빼앗아 가버려요. 허~ 참. 같이 만나면 술도 사주고 용돈도 줄 텐데…."

혼자 말인 듯, 내게 하는 말인 듯하였다. 아쉬움과 화가 섞인 양 고개를 숙인 채 전화기만 열었다 닫았다 하였다. 말은 않지만 뭔가 깊은 생각을 하는 듯했다.

"그리고 두 번째 통화는 딸인데…."

잠시 말을 잇지 못한다. 신호도 이 손님의 편인지 정지신호만 계속 걸리고 있다. 신호는 파란불로 바뀌고 출발하려는데 손님의 말이 이어진다.

"딸이 유학하고 있는데 잠시 한국에 들어왔어요. 그런데 곧 다시 나갑니다."

며칠 후에 친할머니 칠순이어서 이번에 보지 못하고 나가면 또 언제 할머님을 볼지 모르니 칠순 모임 때 참석하라고 했단다. 그런데 딸은 이번에 한국 들어올 때 외국인 친구를 데리고 왔는데, 그 외국인 친구가 한국 문화도 모르고, 그런 자리가 어색한데 어떻게 같이 가느냐고 불참을 하겠다고 했단다. 그는 같이 온 친구에게 한국 문화를 보여주는 것도 공부가 되고, 또 한국가정의 생활 모습을 보는 것도 새로운 경험이 될 터인데, 딸이 친구를 핑계 삼아 참석 안 하겠다는 것이 화가 난다고 했다.

"기사님은 이해가 가십니까?

"글쎄요, 뭔가 이유가 있지 않겠습니까?" 이 상황에서 내가 뭔 얘기를 하겠는가.

"아직 며칠 시간이 있으니 잘 대화를 해 보시지요."

"그래야겠지만. 아니, 막말로 친구가 중요해요, 가족이 중요해요? 이해가 안 갑니다."

'저도 이해가 안 갑니다. 이해가 안 가는 제가 어찌 뭔 대답을 하겠습니까. 다만 아직 어리고 젊으니까, 사회를 모르고 친구들만 좋아하는 나이기에 가족에게 등한시하여도 이해해 주겠지, 생각하는 아이들이라고 이해해야 하나요? 시대, 시대 하는데 그 시대가 뭔지도 모르고 시대를 이해해야 한다니, 시대에 맞춰야 한다느니 하는 사람들이 난 이해가 안 갑니다. 맞춰야 할 것이 있고 지켜야 할 것이 따로 있지 않을까 합니다.' 내가 하고 싶은 말이었다.

언젠가 손님 중에 이런 얘기도 한 적이 있다.

손님 아버지께서 별세하셨는데 상이 끝나도록 누나의 두 딸(조카)이 오지 않았단다. 상중에는 정신도 없었고 왔다 갔는지 크게 신경을 못 쓰고 있다가, 장례가 끝나고 누님 집에 갔는데 마침 조카 둘이 있어 물어봤다고 한다.

"내가 바빠 너희 둘을 못 보았는데 언제 왔다 갔니?"

그런데 담담하게 조카들은 안 왔다고 했다.

"외할아버지가 돌아가셨는데 왜 안 왔어?"

그 물음에 큰조카는 외할아버지 언제 봤는지 기억도 없고 얼굴도 모르는데 왜 가야 하느냐고 되묻더란다. 그 말을 들은 손님은 화가 치밀어 올랐다. 아직 어린아이들이면 이해하겠지만 결혼도 하고 아이도 낳고 엄마로서 어른으로서 그런 말을 하니 할 말을 잊었다고 한다. 물론 조카들과 그 누님과 외할아버지 사이에 뭔 일이 있었는지는 모르지만 내 생각에는 살아생전에 얼굴을 자주 못 봐 남처럼 여겨졌던 것 같다.

기성세대는 젊은이들을 어디까지 이해해야 하나? 문화와 문명, 그리고 사람의 생각이 빠르게도 너무 많이 변해 왔다. 전통적으로 조부모, 부모, 자녀 등 삼대로 이루어진 가족이, 시대의 변화에 따라 부모와 자녀로 이뤄진 핵가족으로 급속히 변했다. 지금은 한부모가족이나 1인 가구가 급증하고 있다는 뉴스를 수시로 접한다. 강남에서 1인 가구 이사를 전문으로 하는 개인용달의 수입이 짭짤하다는 소식도 들린다. 혼밥, 혼술 그리고 혼자 즐기는 것(영화관람, 쇼핑, 여행 등)은 이제 남의 나라 이야기가 아니다.

우리들 마음속에 존재하는 가족이란 범위는 어디까지인지 스스로 한번쯤 물어야 하지 않을까 한다. 일 년에 두 번씩 명절이면 긴 시간 고생해가며 고향을 찾고 부모를 뵈러 가는 것은 어쩌면 자신을 위해 하는 일인지도 모른다. 강남에는 강남스타일만 존재한다고 생각하여 트로트가 나오면 이상하게만 받아들이지 말고, 가족의 개념마저도 변하는 것처럼 모든 변화를 받아들이고 이해하려는 태도가 필요하지 않을까.

고장도 없는 세월의 시계는 흘러 밤은 깊어가고 차들은 차츰 줄어든다.

# 부부들의 외출

시대 흐름에 따라 속설이나 유머도 변화하는 것일까! 과거에는 부부 하면 생각나는 말들이 주로 서로 닮아가는 사이, 가려운데 긁어주는 사이, 함께 가는 동반자 등이었다. 하지만 오늘날에는 웬수, 간섭하면 불편한 사이, 돌아누우면 남남, 각자 즐기는 사이, 문밖에 나가면 내 남자 내 여자가 아니라 생각하는 사람 등과 같은 웃지도 울지도 못하는 유머들이 나돌고 있다.

택시 기사들은 한 쌍의 손님이 타면 척 보고 부부인지 연인인지 안다고 하는데, 서로 얼굴 돌려 창문만 바라보면 부부요, 가까이 앉거나 얘기가 많으면 연인 사이란다. 식당에서 구별법도 어렵지 않다. 음식 시킬 때 '한우'면 연인 관계, 돼지갈비면 부부이고, 또 서로 챙겨 주면 연인이요, 각자 말없이 먹는 데만 집중하면 부부란다. 또 추가로 더 시키려고 하면 연인, 그만 먹자고 하면 부부란다. 유머로 떠도는 얘기이지만 참으로 씁쓸한 현실이 아닌가 싶다.

옛날부터 부부 하면 떠오르는 대표적인 장면은 길 걸어갈 때 남편이 앞에 빠른 걸음으로 가고 5미터쯤 뒤에 부인이 짐 보따리 들고 따라 걸어가는 모습이다. 좋아 보이는 모습은 아니지만 나름의 의미가 있는 장면이 아닐까 한다.

왜 부부는 한 몸이면서도 돌아서면 남남이라고 할 만큼 가깝고도 멀게만 느껴지는 사이일까? 여기 현대 부부들의 대표적인 유형을 얘기해보려고 한다.

### 외출만 하면 싸운다?

그날은 한 아파트 단지에서 방배동 가는 콜을 받았다. 주말이면 대부분 가족끼리 움직이므로 주택가에서 콜이 많이 뜬다. 약속한 아파트 단지로 가니 두 쌍의 부부가 다정스럽게 대화를 나누며 이별을 고하고 있었다. 한 팀이 키를 건네주며 차를 알려 주었다. 그 차는 외제 차였다. 이내 다음에 또 보자는 마지막 인사가 끝나자 차를 출발시켰다. 두 사람 다 뒷좌석에 앉았다. 부인은 아이들에게 저녁밥은 먹었는지와 지금 간다는 것을 문자로 알리고 그것을 남편에게 말하곤 했다. 남편은 아내 말에 대답을 하는 둥 마는 둥 하고는 자기 얘기만 한다.

"여보! 나 잘했지? 나 대단한 사람이야."

"예." 아내는 간단하게 답변하고는 연신 카톡만 하는 것 같다. 부인이 카톡으로 온 애들의 답변을 전달하자 남편은 또 자기 말을 앞세운다.

"그 선배 봐, 내게 잘하는 것 봤지? 내가 평소에 잘하고 내 파워를 아니까 당신에게 잘하잖아. "

"그래, 당신이 잘하니까 그렇지." 아내는 맞장구를 쳤다.

남편은 목에 힘이 들어가 자기 자랑을 몇 차례 얘기했다. 아내는 그 말에 간단히 거들었다. 참 분위기도 좋고 보기도 좋았다. 좀 있는 사람들의 대화는 뭔가 다를까 하고 귀를 기울였는데, 뭔 일을 하는지는 모르지만 주로 남편의 파워에 관한 두서없는 얘기들이었다. 물론 남자들은 대부분이 자기를 높이 평가하며 인정받으려는 속성이 있다. 그간 여러 계층의 남자들을 대하며 자기를 드러내려는 남자들의 계층 간 다른 점은 뭘까 생각해 보았다. 중산층 남자들은 일상생활에서 일어나는 일에서 자신의 존재를 과시하는 듯하고, 상류층은 자기의 인맥과 일에 대한 파워를 가지고 과시하는 게 차이점이 아닐까 한다. 남편이 계속 얘기한다.

"나랑 헤어지기 싫어서 한 잔 더 하자는 거 봐."

"……."

아내는 아무 말 없이 핸드폰만 만지고 있다.

"당신에게 맛있는 거 사준다고 하는데 먹지, 왜 빨리 가자고 했어?"

그러자 갑자기 아내가 버럭 하며 한마디 내뱉는다.

"당신은 그게 문제야."

"뭐가?"

"술을 먹었으면 상황을 보고 적당히 갈 줄도 알아야지."

그 말에 나는 '술 먹는 남성들이 옆 사람 생각합니까? 그 흥에 한잔, 한잔하는 게 보통이죠.' 속으로 답하며 운전만 열심히 했다. 좋았던 차 안의 공기가 급 저기압으로 변해버리는 바람에 나까지 싸해졌다. 불과 5분쯤 되는 시간이었다.

"내가 얼마나 먹었다고 그래?" 남편의 언성이 높아지기 시작했다.

"내가 여기 오자고 했어? 아니면 오고 싶어 했어? 당신 맘대로 약속해 놓고 갑자기 왔으면 좀 가만있지, 할 말 못 할 말 다해 가면서…." 아내가 말을 이어가자 남편은 소리를 질렀다.

"됐어, 그만해, 그만하라고…." 남편은 높은 언성으로 아내를 제압하고 한마디 내던진다.

"잘 먹고 잘 놀다 가면서 기분 좀 맞춰주면 안 되나?"

거기에 아내가 한마디 더 하자 남편은 '그만해라' '그만하자'라는 말만 연신 하고는 두 사람 다 침묵에 들어갔다. 어둠에 갈 곳 모르는 한강의 바람만 창가로 분위기도 모른 채 들이닥치고 있다.

사람들은 말한다. '부부가 여행이나 외출만 하면 싸운다고' 얘기를 한다. 사랑이 식어서일까, 아니면 남녀가 다른 구조여서일까, 성격 차이일까?

### 사랑해서일까, 착해서일까?

이른 주말 저녁, 결혼식을 마치고 친지들과 헤어지면서 콜을 불러 가는 60세 중반으로 보이는 부부다. 가는 목적지는 상도동. 두 사람은 차에 타서 방금 만난 사람들 얘기를 간단히 하면서 아내가 남편에게 한마디 한다.

"당신 오늘 술을 좀 덜 먹은 것 같은데?"

"응, 그렇지 않아도 집에 가서 더 마시려고."

"어쩐지~ 그래 좀만 더 마셔, 그런데 안주는 있나?"

"어, 있어."

뭐 평범한 대화지만 두 사람이 부드럽고 편안하게 대화를 나누는 모습과 음성이 좋았다. 슬쩍 룸미러를 보니 그리 세련되지도 추하지도 않은, 그냥 평범하게 보이는 부부다. 주고받는 대화가 친구처럼 거리낌이 없고 뭔가 인생의 고비를 넘긴 사람에게서 나오는 편안함 같은 게 느껴졌다. 두 사람은 참 편안하게 얘기를 하다 돈 얘기가 나오자 남편이 한마디 한다.

"여보, 그때 내가 준 돈 은행에 입금했어? 얼마 전에 통장을 정리하다 보니 입금이 안 된 것 같아서."

"아니, 입금 안 했어." 아내가 말했다.

"그럼 가지고 있어? 신경 쓰이게 입금하지."

"안 가지고 있어."

"그럼 누구 빌려줬어?"

"아니, 내가 썼어."

"뭐, 얼마나?"

"다 썼어."

'에고, 잘 나가다 분위기 안 좋아지겠다' 생각하고 남편의 반응을 보았다.

"허허."

태진아의 '외로워 마세요' 가사 중간에 '허허' 하고 나오는 것을 가사라고 해야 하나 추임새라고 해야 하나, 인생의 허무함 뒤에 나오는 허탈감 같은 탄식이고, 김국환의 '타타타' 마지막 부분에 나오는 의성어 같다. 아랫배에서 토해 내듯 깊은 소리, 옛날 할아버지들이 손자나 아랫사람들이 뭔가 맞지 않는 소리를 할 때 나오는 소리. 아무튼 남편은 굵고도 짧은소리를 내고는 한마디 한다.

"그걸 한 번에 다 써, 넣어놓고 조금씩 쓰지."

"뭐 귀찮게 넣었다 뺐다 해요. 뭐 한두 번 쓰니까 없어지던데."

"그래 잘했어, 다음부터는 넣어놓고 빼서 써. 불안하니까."

아내의 말투가 철없는 딸의 말처럼 들렸는지 모르나 남편은 대범하다. 아직 사랑해서일까, 아니면 마음이 착해서일까, 그동안 지은 죄가 많아서일까? 금액은 얼마인지 모르지만 대화 내용으로 봐서는 백만원 정도인 듯했다. 도착하는 시각까지 부부의 즐거운 대화가 이어졌다. 돌아오는 길에도 남편이 내뱉은 짧고도 깊은 '허허'라는 헛웃음 소리가 생각났다. 그 이후 내 마음이 꽉 찰 때는 가끔 한 번씩 그 소리가 들린다.

## 눈치 없는 남편

사십 대 초반쯤 보이는 두 부부가 같이 시간을 보내다가 한 팀이 먼저 집에 가는 길이다. 부인은 뒤에 앉고 남편은 조수석에 앉았다. 술 한 잔씩 하고 남녀가 승차하면 대부분이 남자들이 말이 많아지고 목소리가 높아진다. 알코올이 들어가면 용감해진다고 이 손님들 역시 남자가 먼저 기분 좋은 목소리로 한마디 던진다.

"잘 먹고 좋았어?"

"응."

"분위기도 괜찮았지?"

"응."

남자는 조금 취한 듯 자기 머리를 이리저리 휘저으며 비스듬히 누웠다, 앉았다를 반복하고, 여자는 뒷좌석에 앉아 핸드폰만 열심히 하면서 짧은 대답으로 마무리한다. 요즘은 전철을 타나 승용차를 타나 핸드폰만 열심히들 한다. 이 남편 역시 자기 자랑을 늘어놓으면서 부인에게 인정받으려고 한다. 친구 부부가 조금 안 맞는 것이 있음을 느낀 듯했다. 그래서 자기는 아내에게 잘 해주는 남편이라 생각하고 물어본다.

"자기는 나한테 불만 있어?"

"아니 없어."

"있으면 말해."

"없어."

"없겠지, 내가 자기한테 얼마나 잘하는데. 그리고 일밖에 모르는 거 자기도 잘 알잖아."

아내는 별 반응 없다. 폰만 열심히 만지는지 화면이 넘어가는 듯 핸드폰의 조명이 뒷좌석의 어둠을 변화시켜 주곤 한다. 남편은 비슷한 얘기를 계속하며 또 한마디 한다.

"자기야! 내게 불만 정말 없어? 있으면 얘기해."

"없다니까."

이런 똑같은 대화가 서너 차례 계속되니 이젠 내가 불안해졌다. 누구나 한 직종에 프로가 되면 감이라는 게 생긴다. 뭐라고는 설명할 수 없는 감각. 그만 물어봤으면 하는 맘이 들고 그만 물어보라고 말하고 싶었다. 남편이 또 물어본다.

"불만 없지?"

"없다는데 왜 그래?"

아내의 말투에 뭔가 짜증이 난 듯 음색에 변화가 온다. 당연히 짜증이 날 만도 하지. 그리고 바로 한마디 붙인다.

"불만은 아니지만 당신 때문에 힘들고 서러웠던 적이 요즘 있다…."

드디어 터졌다. '거 봐, 그만하라고 했잖아' 난 속으로 중얼거리며 조수석에 있는 남자를 슬쩍 보았다. 여전히 이리저리 머리를 흔들며 자세도 아주 자유로웠다. 아내는 말 나온 김에 계속 이어가자는 심사였다.

"내가 당신 직원이야?"

"뭐?"

남편은 말을 잇지 못하고 어물거린다.

"난 나 나름대로 빨리 배워가며 열심히 하려고 하는데, 일 못 하는 직원들 부리듯 하면, 말은 못하겠고 자존심 상해 일 못 하겠어."

남편은 '어~ 미안해, 그랬어'란 말만 하면서 계속 듣고 부인은 게임에서 역전의 기회를 잡아 순간을 놓치지 않으려는 선수처럼 마구 쏘아댔다.

내용은 이러하다. 남편이 조그만 사업을 하다 힘이 드니까 지출을 줄이기 위해 몇몇 직원을 내보내고 살림을 하던 부인이 남편 돕는다고 며칠 전부터 사무실에 나왔다. 부인은 처음 해보는 일이고 업무 파악도 해야 하고 나름 집안일과 더불어 열심히 하고 있는데, 남편은 아내가 하는 일이 성에 차지 않았는가 보다. 그래서 평상시 하던 대로 직원들 대하듯 지시를 했는데 그 말투와 행동이 부인을 섭섭하게 한 듯했다. 남편은 듣기만 하는 입장으로 연신 '알았어' '응'이란 답만 하고 앞으론 조심하겠다는 말이 이어지며 어느덧 목적지까지 왔다.

옛날, 동네서 부부싸움만 하면 이웃 사람들이 그 집 앞에 모여들었다. 사람들은 걱정 반 재미 반으로 구경을 했다. 뭐 제일 재미있는 구경이 불구경과 싸움 구경이라고 하지 않던가. 지금은 옛날처럼 그런 싸움을 볼 수가 없다. 보통 부부싸움은 남자의 잘못으로 시작되는 게 80% 이상이지만 구타를 당하는 건 여자 쪽이다. 남자가 잘못하고 여자가 힘이 없어 맞지만 여성이 좀 지혜롭게 상황 판단을 했으면 하는 아쉬움이 남는다. 물은 100%에서 끓지만 사람들의 감정은 각기 다른 온도에서 끓기 때문이다. 어느 사람은 50%를 넘기지 못하는 사람이 있는가 하면 90%가 되어도 끓을까 말까 하는 이들도 있다. 그런 만큼 사람에 맞게 멈추어야 하는데 상대가 잘못했으니 난 공격하고 상대는 당해야 한다는 식으로 막무가내이다 보면 폭발과 함께 힘으로 이어진다.

오늘날에는 제도와 의식의 변화에 힘입어 남성들이 힘으로 제압하는 일은 많이 없어졌다. 간혹 남편들이 맞는다는 소식을 뉴스에서 접할 때는 어찌 기분이 씁쓸해진다. 남녀가 같은 인간이지만 엄연히 다른 존재라는 것을 서로 알지 못하는 데서 오는 일 아닐까 한다.

대부분 부부싸움에서는 남자가 말로는 밀린다. 그래서 화가 나 베란다에 나가 담배를 한 대 피우면서 깊은 생각에 잠긴다. 아내는 남편의 뒷모습을 보면서 이제 반성을 하는구나 생각하고 약발 먹힌 김에 연신 공격

한다. 근데 그 남편은 긴 연기를 뱃속까지 들이키면서 이런 생각을 한다고 한다. '저거 어떻게 해 버릴까?'

이젠 남편들이 아내의 눈치를 보면서 살아가야 할 시대이다. 평소에 말 못하다가 술 한잔하면 말이 많아지는 남자들이여! 말을 하더라도 적당히 끊을 줄 모르고 눈치 없이 끝까지 하다가는 끝내 본전도 못 찾고 덤으로 혹까지 붙는다는 사실을 명심할지어다. 그래야 좋은 외출 돌아올 때도 즐겁다.

### 아들과 며느리의 차이

우리나라는 좋은 나라다. 많은 사람들이 그렇게 말한다. 사계절이 뚜렷한 나라. 세월이 가는 것이 보이고, 새롭게 오는 것이 보이는, 즉 시간이 보이는 나라.

어느덧 한 해가 다 가는 것이 보인다. 봄에는 꽃구경, 여름에는 물 구경, 가을에는 단풍구경, 겨울에는 눈 구경. 참으로 풍류를 즐기는 나라 대한민국. 며칠 전만 해도 단풍구경 간다고 관광버스들이 줄 지어 강원도로 향하는 것이 보이더니 어느새 도심의 가로수가 앙상한 뼈만 남은 채 가지들이 휑하다. 거리에는 떨어진 잎사귀들이 바람에 날리어 자동차가 달리 때마다 이리저리 거리를 쓸고 다닌다.

얼마 안 있으면 옷을 갈아입어야 하는 겨울의 문턱, 늦가을 저녁 시간이다. 서울 변두리에 첫 콜을 타고 왔다가 기분 좋게 바로 연결이 되었다. 중년의 부부였다. 어딜 갔다 오는지 두 사람은 별말이 없었다. 한국 부부들은 여럿이 있을 때는 그렇지 않은데 둘만 있으면 말이 없어지는 이유는 뭘까? 그래도 대리운전을 하며 보니 갈수록 분위기 잘 맞추고 말도 잘하는 남편들이 늘고 있는 것을 실감한다. 잘한다기보다 노력하는 모습이 보인다고 해야 맞는 것 같다. 남편이 고요한 차 안의 공기를 정화라도 하듯 말한다.

"수고했어." 아내는 기다렸다는 듯 답을 한다.

"난 정말 이해가 안 가요."

"뭐가 이해가 안 간다는 거야?" 차분하게 남편이 되물었다.

"당신 형제들요. 그리고 당신도요."

대화라기보다 따지는 말투였다. 갑자기 차 안의 분위기는 어두운 빛이 감돌았다. 나와 상관없지만 두려움이 들기까지 한다. 내가 남편 입장에 몰린 것처럼.

"당신이 장남도 아니면서 왜 나서고 그래요?"

"그럼 어떡해?"

"아주버니가 알아서 좀 해줘야지 동생에게 맡기는 듯하고, 막냇동생은 어려운 형편도 아닌데 가만히 있고. 왜 우리가 해야 하는데?" 뭔 일인지는 모르지만 집안일 때문에 아내가 기분이 안 좋은 것 같다.

"이 사람아, 그래도 다른 형제들보다 내가 형편이 좀 낫잖아. 이때 좀 도와주면 어때서?"

"난 몰라요. 이번에 당신이 어머님 병원비 다 내면 우리 이혼해요." 아내의 말투는 단호했다.

남편은 아무 말 없이 창문을 살짝 내린다. 아직 차지는 않지만 그래도 늦가을의 밤바람이 차 안의 열기를 휘감아 내리지만 남편의 속까지는 식혀줄지는 모르겠다. 아내의 입장은 알지 못한다. 사랑은 받는 이보다 주는 이가 더 행복하다고 하지 않았는가. 물론 현실과는 다르기도 하겠지. 그러나 힘없고 불행하게 도움받는 것보다 도움 줄 수 있는 현실이 더 행복하지 않을까! 곧 다가올 겨울에 두 사람의 마음까지 얼지 않기를 바랄 뿐이다.

남이 뭐라고 해도,

나는 남편에게 덕 되는 일 좀 해야겠다.

남이 뭐라 그러든,

어머니가 뭐라 그러든,

아버지가 뭐라 그러든,

누가 뭐라 그러든,

나는 아내에게 도움이 되는 남편이 되어야겠다.

- 성철 스님의 주례사 중에서 -

# 혼자는 외로워

외로움을 달래고 이 밤은 영원할 것 같다는 김종찬의 '토요일은 밤이 좋아'. 그 노래가 나올 때 토요일은 오전 근무하고 오후부터 친구들의 모임, 연인들의 데이트 약속이 잡히는 화려한 밤이었다. 주5일근무제가 되면서 금요일이 주말 저녁 분위기가 되더니 언제부터인가 목요일 저녁이 주말 분위기로 자리 잡았다. 어려운 경제 탓인지 요즘은 이런 분위기도 꺼져가는 듯하다.

과천 정부청사가 세종시로 이전한 후 사당동 상권도 많이 죽었다. 과천은 경기도로 바로 남태령 고개를 넘으면 맞이하는 곳이 서울 사당이다. 목요일, 금요일은 직장인으로 번잡하나 젊은이들이 주를 이루기 때문에 대리기사들에게는 예전처럼 그리 좋은 지역은 아니다. 목요일 하고도 밤 11시면 콜 수도 좀 있고 바빠야 할 시간인데 한가하다. 그냥 귀가할까 망설이고 있는데 마침 콜이 잡혀 출발지로 갔다.

출발지에 도착하니 가게였다. 주인인 듯한 남자가 손님을 가리키며 차 키를 준다. 손님을 보니 60대로 보이는 덩치가 있는 사람이다. 그는 가게 밖 의자에 앉아 횡설수설하고 있었다. 많이 취했다. 주인은 잘 모시라는 말만 하고 가게 안으로 들어갔다. 목적지는 성수동이라는 것은 알지만 자택이 어딘지 물어도 답을 못한다. 마지막 콜이 힘들겠다고 생각했다. 주인이랑 친구분 같아 자택을 물어봐 달라고 부탁했고 아파트, 동까지 알고서야 출발했다. 그 불안한 생각은 틀리지 않았다.

출발한 지 얼마 되지도 않아 "왜 이리로 가냐", "아직 이것밖에 오지 않았나" 등 잔소리가 시작되었다. 그리고는 뒷자리에서 구토를 하려고 하지 않는가. 길옆에 차를 얼른 정차시키고 창문을 내려 주었다. 볼일을 보고 좀 편안한 호흡 소리를 듣고 다시 출발했다. 빨리 가고 싶은 마음뿐이었다. '그냥 조용히 주무세요' 속으로 빌었다. 기도의 효과가 있었는지 뒷자리에서 누워 잠이 들었다. 시간은 자정을 향해 달려가고 난 손님의 보금자리를 향해 올림픽대로에서 성수대교를 넘어 달려가고 있었다. 멀리 남산타워가 바다의 등대처럼 방향과 오늘의 날씨를 알려 주고 있었다.

잠시나마 여유를 가지고 목적지인 아파트 지하주차장으로 들어섰다. 서울시 어느 아파트를 막론하고 늦은 시간에도 주차공간 찾기란 어렵다. 동과 호수를 아니까 최대한 가까운 곳으로 가는데 운 좋게 빈 자리가 있었다. 최근에 지은 아파트 외엔 주차공간이 좁은 탓에 손님이 먼저 내리는 게 좋으며 또한 서비스이기도 하다. 지금 이 손님은 더욱 먼저 내려야 한다. 후진 주차를 하기 위해 자리를 잡아놓고 내가 먼저 내려 손님을 깨워 뒷좌석에서 내리게 도와주고 옆 차에 기대게 했다.

주차를 하고 내려 보니 그가 넘어져 있었다. 난감했다. 부축해서 일으키니 중심을 잡지 못한다. 대리비는 두 번째고 집까지 부축하지 않을 수가 없는 상황이다. 나도 술을 먹는 사람으로서 이 정도면 어떤 상태인지 아니까. 아무리 취해도 집은 다 찾아간다. 하지만 몸을 가누지 못하면 사고가 발생할 수도 있다. 대리기사야 목적지까지 안전하게 운행만 하면 되지만 그 상황을 보고는 발걸음을 돌릴 수 없다.

간혹 한여름이나 추운 겨울에 집 주차장이나 근처 골목길에 주차해 주면 그냥 가라는 손님들도 있다. 여름에는 에어컨, 겨울에는 히터를 틀어놓고 잠이 들면 위험하므로 그냥 돌아서지 못한다. 몇 번이고 물어보고 창문이라도 조금 환기되게 열어놓고야 가지만 몇 번이고 뒤돌아보면서 발길을 옮긴다. 고향에서 자식을 배웅하는 어머니의 마음처럼.

팔을 부축하고 주차장에서 엘리베이터를 타기 위해 문을 열어야 하는데 비밀번호를 아무리 눌러도 문이 열리지 않았다. 여기 몇 동인지 물어봐도 대답도 않고 길가에 세워진 바람허수아비처럼 흔들거리며 연신 벽에 붙은 번호판과 씨름만 한다. 나만 답답할 뿐이다. 몇십 차례 시도하고서야 다행히 문이 열렸다. 내가 감사할 정도다. 엘리베이터가 다 왔으니 내리라고 땡 하며 종을 치고는 문이 열렸다. 그런데 못 내린다는 거다. 왜 그러느냐 했더니 지갑과 핸드폰이 없다는 게 아닌가. 차에 있을 거니까 주무시고 낼 아침에 가서 찾으라고 해도 막무가내로 지금 가져와야 한다고 떼를 쓴다.

이럴 때 최고의 해결사는 아내다. 마침 엘리베이터 앞에 현관이 있어 내리게 하고는 초인종을 눌렀다. 대답이 없었다. 왜 벨을 누르냐며 차에 가야 한다고만 한다. 난 답답한 마음에 연신 초인종을 눌렀다. 아내가 화가 나서 안 나오나 생각했다. 그렇다고 자정이 넘은 시간에 아파트에서 소리칠 수는 없고 손님은 아무도 없다는 말만 하는 것 같다.

할 수 없이 부축을 하고 차있는 곳으로 다시 내려왔다. 본인 차 보닛을

치면서 나더러 지갑과 핸드폰을 달라고 야단이다. 차 안을 찾아봐도 없다. 아마 가게에 두고 온 거 같다는 생각에 콜을 한 가게 사장에게 연락했지만 받지 않는다. 나도 짜증이 날 판이다. 손님은 놀이터에서 떼쓰는 아이마냥 차를 연신 치면서 폰 달라고 소리 지르고, 가게 사장은 연락이 안 된다. 나로서는 대리비도 못 받고 손님은 집에 갈 생각조차 안 하니 환장할 노릇이다.

도저히 혼자 감당이 안 되어 경비실로 향했다. 경비에게 상황을 설명하고 같이 내려가자고 했더니 자리도 못 비우지만 자기가 간다고 해결될 것도 아니니 경찰에 신고하란다. 사고 사건도 아니고 아파트 안에서 일어난 사소한 일인데 어떻게 신고하느냐고 했더니 그 방법밖에 없단다. 하는 수 없이 신고하고 다시 주차장으로 내려갔다. 손님은 차 앞에서 토를 하였고 옆 차에 의존하여 흔들거리며 어디 갔다 왔냐고 역정을 낸다. 내가 보호자였나 의심할 정도다.

다시 또 폰을 달라고 울먹이기까지 한다. 다시 한 번 찾아보겠다며 앞좌석 뒷좌석을 찾는데 뒷좌석 중간에 뭐가 잡히는 게 아닌가. 봤더니 핸드폰이다. 시트 색과 핸드폰 케이스 색이 비슷했다. 내가 더 기쁜 건 왜일까! 찾았다고 주었더니 내가 가지고 있다가 주는 거 아니냐고 한다. 뭐라 말할 수가 없었다. 지갑은 안 보인다고 했더니 자기 주머니에 있다고 한다. 다행이라 안도하면서도 화가 난다.

그 순간 경찰이 왔다. 난 경찰에게 자초지종을 설명하고, 경찰은 차에 엎드려 있던 손님에게 이것저것 물어본다. 그는 고개를 들면서 옆으로 보며 "나 혼잔데 왜? 아무도 없고 나 혼자라고." 그래서 인터폰을 아무리

해도 아무도 나오지 않았던 거였다. 그 말을 하며 경찰을 바라보는 눈빛은 도전적이었지만 촉촉이 젖어있었다. 이후는 자기들이 처리할 테니 가보라고 경찰이 말했다. 부탁한다는 인사를 하고 주차장에서 올라와 경비와 이야기하고 있는데 경찰차가 올라오는 게 아닌가. 집까지 바래다주고 오려면 빠른 시간이데….

그는 어떻게 되었나 물었더니 가도 된다고 해서 간다는 것이다. 한숨이 나왔다. '나도 목적지에 도착해서 주차만 해주고 가면 되지만 도의적인 면과 양심상 못 간 것인데….' 경찰에게 암튼 수고했다고 인사를 했다. 경찰차는 도깨비 뿔에 불난 것처럼 정신없이 반짝거리며 멀어져갔다.

1인 가구가 급속히 늘어가고 있다. 최근 기사를 보면 1인 가구 중 특히 50대 남성이 문제란다. 50대 남성이 가장 외로움을 많이 타기 때문이란다. 그들은 집에 가도 할 일이 없고 심심해서 바로 귀가하려고 하지 않는다.

씁쓸한 기분을 뒤로 한 채 아파트를 걸어 나오는데 연못에서 개구리들이 개굴개굴하며 우리가 있으니 걱정 말라는 듯 단체로 배웅을 한다.

제3장

# 남자들의 비밀

# 남자들의 생각

외국에서 한 번쯤 살다가 온 사람들은 사계절이 뚜렷한 대한민국처럼 살기 좋은 나라가 없다고 한다. 그런데 과거보다 봄과 가을이 짧아졌는지, 느낌이 그런지 이제 봄인가! 가을인가! 느끼자마자 계절은 벌써 여름, 겨울을 향해 가며 손을 흔든다.

대방역에서 여의도 별관 쪽으로 진입하다 보면 여의교라는 짧은 다리가 있다. 여의도에서 근무할 적 그 다리로 아침마다 지나면서 계절이 변하는 신비하고 아름다운 풍경을 매일 감상할 수 있었다. 특히 초봄이면 밤새 누가 와 물감을 한 트럭씩 붇고 가나 할 정도로 하루가 다르게 색이 변하는 형상이 마술처럼 신기했다.

주말이면 서울 주변 산에는 등산객들이 분주하다. 멀리서 보면 색칠한 개미들이 오물오물 삼각뿔 위로 오르는 것처럼 보인다. 우리나라 국민이면 등산을 한 번도 안 해 본 사람이 없을 정도로 등산은 건강을 위한 운동과 취미로 자리매김했다고 해도 과언이 아니다. 모든 것이 몸에 익히면 습관이 되듯 등산 또한 매주 산을 타다가 하루만 안 가도 몸이 뻐근하고 찜찜하다. 날씨 좋은 날도 좋지만 비나 눈보라 칠 때 산을 오르다 보면 그 맛 또한 일품이다. 그 순간만큼은 자신이 에베레스트 산 등반을 하고 있다는 착각이 들 정도로 자부심에 가슴이 뜨거워진다. 그 와중에 호황을 누리는 곳이 등산 장비나 등산옷 가게다.

지인 중 한 사람은 지역에서 난초동회회 회장을 하고 있어 구청에서 매년 한 번씩 행사를 하고 있다. 그는 난초에 대하여 여러 가지 정보를 말하는데 대체 난 구별이 되지를 않는다. 나에게는 풀일 뿐인데 그는 투자 가치가 있다며, 주말에 산행하다 난을 캐면 얼마라도 여비가 되고 간혹 대박도 된단다. 그렇다면 정말 괜찮은 취미다.

그동안 산만 열심히 올랐는데 이걸 듣고 있으니 그동안 무의미한 산행이었나 싶다. 알고 보니 난초도 있고, 약초 캐는 산행도 있고, 계절에 맞는 산나물 캐는 산행도 있다니 산행을 하면서 건강도 지키고, 취미생활도 하며 지식도 넓히며 수입도 되니 일거양득이다. 알면서도 나는 아직 실행을 해보지 못했다. 주말에도 대리를 하다 보니 피곤하다는 핑계로 산행을 못 한 지도 몇 해가 지났다.

초봄이라 아직 저녁 무렵 날씨는 싸늘한 느낌이 든다. 무심히 바라본 이른 저녁의 하늘에는 반짝이는 별들이 간간이 보인다. 주말이라 편한 복장으로 등산화도 신고 왕십리역 주위를 거닐다 반갑게 콜을 잡았다. 손님이 있는 식당으로 가니 몇몇 사람이 인사를 하고 남녀 두 사람이 차 키를 건네주었다. 짐을 싣는 승합차라 앞좌석에 두 사람이 다 앉아야 했다. 보아하니 산행하고 가는 부부 같았다. 두 사람은 그냥 산행에서 있었던 얘기를 주고받았다. 좋은 약초에 관해 이야기를 주고받다가 효과가 있니 없니 하는 것 보니 약초 모임 산행을 하고 오는 사람들이었다. 호기심이 나 물어보았다.

"약초 산행하고 오시나 봐요?"

"예."

"산도 타고 약초도 캐고 돈도 되고 그것(캐 온 약초) 가지고 건강도 지키고 여러모로 좋은 것 같습니다."

부러움을 내색하며 말했다. 두 사람은 힘은 들지만 재미있고 많은 것을 알게 되며 좋은 약초로 건강도 지키고 돈도 된다는 자랑을 늘어놓는다. 그러고는 두 사람의 대화가 이어진다.

"야~ 너 정말 네 마누라한테 잘해라." 여자가 말했다.

'뭐야, 부부가 아니잖아. 정말 부부 같았는데. 연인인가?'

우리를 태운 승합차도 알쏭달쏭하다는 듯 덜컹거린다.

"내가 못 한 게 뭐 있나?" 남자가 되묻는다.

"그럼 네가 잘하고 있다고 생각하나?"

"당연하지. 내가 뭐 마누라한테 힘들게 하는 것 있나. 다 내가 알아서 하는…."

"에구~ 내가 말해봐?" 여자는 한심하다는 말투와 표정을 짓는다.

"말해봐." 남자는 자신이 있다는 듯 힘주며 대답했다.

언뜻 얼굴을 보니 두 사람 다 선하게 보였다. 남자도 작은 키에 왜소하지만 환해 보이면서 즐겁게 사는 사람 같았다.

"너 마누라 몸도 안 좋은데 여자까지 만나냐?"

"만난다고 들키지 않았잖아."

"그게 잘한 짓이다. 쯧쯧."

그럼 이 둘은 부부도 아니면서 연인도 아니란 말인가! 내리면서 알았지만 같은 동네에 사는 약초 모임의 친구였다. 그러니 이 여자가 남자의 집안에 대하여 잘 알고 있는 터였다.

"그럼 네 마누라가 아플 때 집안일이나 좀 잘 거들어주던지, 말이나 다정하고 걱정스럽게 해 주지, 그렇게 남처럼 무관심하면서 다른 여자까지 만나는 게 잘못이 없다고 하니… 에그, 남자들이란…."

왜 또 남자들을 싸잡아 얘기한담. 뭐 남녀 얘기하면 끝없는 망망대해요, 넓고도 캄캄한 우주 아니겠는가. 이런 건 각자의 양심이란 놈이 결정해야 하는 문제일 테다. 남자는 오히려 내게 묻는다.

"아저씨! 제가 마누라 아픈데 알아서 하는 게 잘못되었나요?"

뭔 말을 하겠는가. 그냥 웃고 말았다.

남자의 아내는 체질적으로 허약한 편이어서 오랜 기간 건강이 좋지 않았다. 이 남자는 그런 아내 생각해서 옆에서 잔소리 안 하고 뭐 시키지도 않으며, 아내를 귀찮고 힘들게 하지 않으려고 자기 일은 스스로 알아서 하므로, 자기는 아내에게 아무런 잘못이 없다고 했다. 얼마 동안 얼마만큼 아픈지는 모르겠지만 옛말에 '긴 병에 효자 없다'고 했다. 시쳇말로 아무리 사랑하는 아내도 석 달 만 아파 방에 누워있으면 발로 차고 싶다는 게 남자들이다.

이런 일은 과정을 보는 여자들과 달리 남자들은 결과만 생각하기 때문이다. 예를 들어 자식이 다쳐서 들어오면 남자는 '왜? 어떻게 된 거야?'라며 이유부터 묻지만, 여자는 '아프겠다'며 얼마만큼 다쳤는지 걱정하며 같이 아픈 맘을 갖는다고 한다. 그러니 아이들은 자기를 걱정해주는 엄마를 더 좋아할 수밖에 없다.

어느 뇌 박사는 '자식들은 어머니는 식구로 인식하는 반면 아버지는 남으로 인식한다'는 참 서글픈 연구결과를 내놓기도 했다. 세상의 아버지들이 타고난 남자라는 이유로 이런 쓴맛을 느껴야 한다면 슬픈 일이다. 남자들이여! 이런 맛을 안 보려거든 소통하는 법을 배우고 익혀 가정에서 낙오자나 외톨이가 되지 말고, 웃으면서 즐겁게 가장으로서 책임을 다하자.

## 남자의 욕망

스쳐 지나는 바람처럼 계절도 그렇게 흐른다. 누가 표현했는지 몰라도 세월 가는 속도는 자기 나이에 비례한다고 했다. 20대면 20㎞, 50대면 50㎞로. 요즘 들어 세월 빠른 게 더욱 실감이 난다면 그만큼 나이가 먹었다는 뜻이다.

얼마 전 덥다고 차만 타면 에어컨을 켠 거 같은데 길거리에 낙엽이 보인다 싶더니, 오늘은 주위를 보니 늦가을이자 초겨울이 내 주위에 떡하니 와있다. 어릴 적 '무궁화 꽃이 피었습니다' 놀이처럼 술래가 잠시 눈을 감고 '무궁화 꽃이 피었습니다' 외치고 눈을 뜨면 저만치 있던 아이들이 어느새 내 옆에 와 있는 것처럼. 술래가 잡았던 포로들의 손을 쳐 데리고 도망가는 놀이처럼 이 계절도 시간이 데려가겠지.

가을은 남자의 계절이라고 했던가. 대리운전 생활을 하고부터는 그런 낭만도 느끼지 못하고 시간만 흐른다. 그러나 매 순간 분위기나 노래, 좋은 글을 보면 아직 메마른 감정은 아닌 듯싶다. 예전에 무심코 스쳐 버린 것들도 새롭게 맘에 와 닫고 그 맛의 깊이를 느끼게 된다. 늦가을 저녁 은은한 불빛과 함께 타고 들려오는 최백호의 '낭만에 대하여' 음률이 흐른다. 어느 한 구절이 뇌리에서 레코드판이 튄다. '궂은 비 내리는 날 그야말로 옛날식 다방에 앉아 도라지 위스키 한 잔에다… 새빨간 립스틱에 나름대로 멋을 부린 마담에게 실없이 던지는 농담 사이로….'

가락동에 손님을 내려주고 노랫가락을 입에서 흘러나오는 대로 흥얼거리며 거닐어 본다. 이곳에 오면 으레 기사들이 대기하는 곳이 가락시장역 먹자골목에 있는 외환은행(지금은 없어졌다) 쪽이다. 그곳에 가보니 두 명의 대리기사가 있었다. 서로 모르는 사이지만 서로 인사를 하곤 한다. 기사들 중에는 만나기만 하면 물 만난 고기처럼 말하기 좋아하는 사람들도 있다. 한 사람이 그 옆에 있는 기사에게 뭔가 얘기하더니 자기가 몇 살 정도 보이냐고 물어본다. 그 말을 들은 기사는 그리 관심 없다는 표정과 말투로 "글쎄요" 한다.

그는 건성으로 대답하곤 콜이 들어오는지 자기 폰만 본다. 그래도 질문을 던진 기사는 싱긋 웃으면서 또 물어본다.

"제가 젊게 보이나 봐요?"

"……." 옆 사람은 대꾸도 하지 않는데 이야기는 계속된다.

"낼 모래면 70이 되었는데 말입니다."

나이를 묻지도 않았는데 뭐가 그리 좋은지 싱글거리며 폼도 좀 잡는다. 궁금증이 나 힐끗 보니 키는 170이 안 되어 보이고 똥똥한 편에 둥근 형의 얼굴, 머리는 앞머리가 좀 올라가고 그러나 나름대로 단정한 머리다. 그야말로 정형적인 나이 든 어르신 스타일이라고 할까. 근데 왜 자꾸 물어보는지 궁금했다. 묻고는 싶었는데 그런 사람에게 말 걸면 귀찮을 정도로 혼자서만 말을 하기 때문에 그냥 참던 중 듣고만 있던 그 옆 기사가 물어본다.

“왜 자꾸 물어봐요?” 그러자 그가 기다렸다는 듯이 대답한다.

“나를 좋아하는 여자가 생겼어요. 제가 나이에 비해 젊게 보이나 봐요.”

“좋으시겠네요.” 성의 없는 말투로 툭 던져본다.

“좋죠. 그래서 새로 틀니도 했습니다. 조금 있다 전화 오면 데리러 갈 거예요.”

얼마나 좋으면 일하다 하다 말고 그녀를 만나러 갈까. 이빨까지 새로 다 하고. 어쩜 저 사람도 마지막 사랑을 만들고 있겠구나 싶어 그 즐거워하는 모습이 좋아 보였다. 듣고 있던 옆 사람이 뭔가 궁금한지 물어본다.

“그분은 몇 살인데요?”

“40대 중반이에요. 내가 젊게 보이니까 그 나이인데도 날 좋아하죠.”

지금까지 좋았는데 나이를 듣고 나니 뭔가 싸해지는 느낌이 들었다. 몇 번이고 자기 외모에 대한 질문을 하는 이유를 알았다.

“어떻게 만났는데요?”

옆에 듣고 있던 남자가 묻자 앞뒤 없이 구구절절 대답한다.

얼마 전 콜을 잡고 간 손님이라고 한다. 그 여성은 모 회사에 다니며 영업을 하는 사람인데 아저씨가 참 좋아 보인다고 연락처를 알려달라고 하였다. 열 여자 싫어하는 남자 없다고, 연락처를 알려 줬고 그 이후에 그 여성이 술 먹고 연락이 오면 그곳까지 택시를 타고 가 그 여성의 차로 집까지 바래다주곤 했다. 술자리도 한번 가졌다고 한다. 이런 말을 하는 도중에 다른 대리기사 한 사람이 와 듣고 있다가 끼어든다.

“아저씨 한번 했어요(성관계)?”

다짜고짜 말을 내뱉는다. 성격 한번 화끈하다.

"안 했어요."

"그럼 치워요. 그 여자가 정말 아저씨 좋아하는 것 같아요?"

"좋아하죠."

처음부터 듣고 있던 대리기사가 끼어들며 묻는다.

"그럼 그 여자를 태워주면 대리비는 받아요?"

"아뇨."

"아저씨 정신 나갔구먼."

자랑삼아 자기를 좋아하는 여자 얘기를 하던 그 사람은 환하던 얼굴이 회색으로 변해가고 작은 키는 더 줄어드는 것 같았다. 이러는 와중에 또 한 사람의 기사가 오더니 뭔 말이냐고 물어본다. 두 번째 온 기사는 뭐가 그리 신이 나는지 그동안 얘기를 늘어놓았다. 그 말을 듣던 기사도 한마디 거든다.

"아저씨! 그 나이에 서요?"

갑자기 한 사람을 공격하는 듯한 야릇한 분위가 되어 버렸다. 그래도 그 아저씨는 아무렇지도 않은 듯 대답을 한다.

"아침마다 왕성하게 아무 이상 없어요."

이 사람은 혼자 살며 살림은 넉넉하지 않은 것 같지만, 오랫동안 혼자 살다 보니 자신의 몸은 잘 챙겼다고 한다. 그 나이에도 아침마다 전선에 이상 없고 이틀에 한 번씩은 자위를 안 하면 안 될 만큼 건강하다고 했다. 옆에서 듣고 있던 사람이 당사자의 기분은 아랑곳하지 않고 내던졌다.

"그 여자가 아저씨 이용하는 거예요. 정신 차려요."

그는 한마디 툭 던져 놓고는 콜을 잡았는지 그 자리를 나가버렸다. 나

머지 사람들도 빈정거리거나 안타까운 말투로 정신 차리라며 충고하였다. 말을 듣던 그 기사는 오기라도 생겼는지 아니면 그동안 품고 있던 생각이었는지 금방이라도 끓어오를 것 같은 소리로 다짐하듯 말한다.

"난 절대 포기 안 해. 내가 그 여자와 사귀려고 대리하면서 모아둔 돈으로 틀니도 새로 했는데 절대 그만두지 못하지!"

투정에 고집까지 부리는 모습은 가여워 보이기도 했다. 기사들도 한 명씩 그 자리를 뜨고 분위기를 아는 듯 초겨울 바람에 구멍 난 가냘픈 낙엽만이 그 사람을 대신하듯 주위를 맴돌았다.

언젠가 탑골공원 박카스 아줌마의 심각성이 뉴스에 나온 적이 있었다. 노인들을 상대로 성관계를 하고, 성병을 옮기기도 하는 아줌마들이다. 할아버지들은 이 아줌마들을 통해 성병에 걸려도 창피해서 누구에게 말도 못하고 병원도 못 가는 실정이었다. 노인이라도 인간의 본능인 성욕을 어떡하겠는가. 어쩌면 박카스 아줌마는 그런 노인들에게 고마운 존재인지도 모른다. 돈 없는 노인들이 어디 가서 여자의 몸을 만져보고 옛날 그 느낌을 느껴보겠는가.

언젠가 개인택시 기사에게 들은 얘기다.

그가 점심을 먹으러 자택에 가는데, 그 동네에 사는 90세를 바라보는 어르신이 부르더란다. 그래서 무심코 갔더니 뭔가 말을 하려고 하다 말고 하더란다.

"어르신, 뭐 할 말 있으세요? 편히 말씀하세요."

그 어르신은 잠시 머뭇거리더니 호주머니에서 뭔가 끄집어내어 손에 쥐여주면서 동정 어린 눈빛만 보내고 말을 잇지 못하였다. 손에 준 것을 펴 보니 꼬깃꼬깃한 만 원짜리 지폐 몇 장이었다.

"어르신 필요하신 거 있으면 편히 이야기하세요. 저녁에 올 때 사다 드릴게요."

"저… 있잖아…."

노인은 말을 잇지 못하고 손만 만지작거리더니 거기 좀 데려다 달라고 했단다.

"어디로 말입니까?"

아픈가 해서 병원도 물어보고 목욕탕도 물어보고 식당을 물어봐도 아니라고 하였다. 가만히 생각하다 혹시나 해서 미아리를 얘기했더니 고개를 끄덕였다고 한다. 그 후로 그 기사는 노인이 한 달에 한 번씩 용돈 모아 연락하면 태우고 갔다 오곤 했다고 한다.

100세 시대. 이 시대의 화두는 어떻게 하면 오래 살 것인가가 아니라 어떻게 인간답게 곱게 늙으면서 살아갈 것인가가 아닌가 싶다. 노인이 된 후에 돈이 있다면 노후가 달라진다. 과거에 인사동에 있을 때 점심시간이 되면 노인들 대부분이 탑골공원에서 무료급식을 먹는 걸 볼 수 있었다. 그러나 여유가 있는 노인은 할머니를 사귀어 여름에는 냉메밀 집에서 데이트를 즐긴다. 그 모습을 보면 옛날 학창시절 빵집에서 데이트하는 소년 소녀 같은 분위기다. 참 아름답게 보여 나도 모르게 입가에 미소가 피기도 했다. 나이가 들어도 마음은 크게 변하지 않는다. 노인이나 중년이나 나이가 들어도 마음은 젊을 때와 똑같다는 표현을 자주 한다. 공감한다.

요즘 가끔 남자의 자존심은 무언인지 궁금해진다. 성감이 다하면 남자로서 아니 인간으로서 막이 내리는가? 물론 남자가 동물이 아닌 인간인 이상 이게 다가 아니다. 하지만 남자로서 자신감을 확인하는데 성은 무시할 수 없는 큰 부분이다. 인생의 여정 끝에 선 남자에게 사랑은, 그리고 자존심은 무엇인지 다시 생각해 본다.

# 남자도 때론 운다

여름으로 들어서는 첫 관문 장마철이다. 주말이 다가오는지 라디오에선 주말의 날씨를 알리는 일기 예보가 자주 들려온다. 대리운전을 하려면 일기예보를 보고 우산을 챙겨야 하는데 준비했다가 비가 안 오면 잃어버리는 경우가 흔하다. 기사 대부분이 운행을 하고 차에 두고 내리기 일쑤다. 비가 올 때는 또 손님들이 우산을 주기도 한다. 어느 손님은 기사들이 두고 간 우산만 해도 몇 개나 된다면서 우산을 챙겨 주기도 한다.

낮에 군 동기에게 전화가 한 통 왔다. 이번 주말에 이사를 한다고 좀 도와 달라는 부탁을 했다. 난 부산에서 대학을 졸업하자마자 아버님이 경영하는 가구 점에서 일했는데, 이를 알고 있는 친구는 신혼 때부터 이사를 하면 내게 부탁해 몇 차례 도와주었다. 그 친구가 자수성가한 모습을 옆에서 30년간 지켜봤는데 일과 가정 그리고 종교만 아는 성실한 친구였다. 그 성실성 덕분에 한 걸음 한 걸음 발전하며 성장한 친구였다.

일하는 것이 서로 다르기 때문에 최근 몇 년간 연락만 가끔 하고 만나지를 못했다. 근데 갑자기 이삿짐을 도와 달라고 연락이 왔다. 오랜만에 연락이 왔기에 인사 겸 이삿짐센터 안 불렀느냐고 물었더니 무슨 사정인지는 모르지만 나와 할 일이 있다고 한다. '뭔 일이 있으니 부탁하겠지'

생각하고 주말에 친구가 오라는 목동으로 갔다. 이사는 목동에서 일산으로 한다는데, 아침에 가면서 생각하니 그 친구 집은 다른 곳이었는데 그 사이에 이사를 했나 의문이 갔다.

아침 일찍 목동역에 도착하니 친구가 나와 있었다. 마침 비는 오지 않았다. 일을 하다가 마중 나왔는지 목장갑에다 티셔츠를 입고 땀이 나 있었다. 혼잡한 목동사거리도 휴일이라 조용하게 휴식을 취하는 한적한 일반 골목으로 변해있었다.

"갑자기 뭔 이사야? 본가는 여기 아니잖아?"

"몰랐어?" 되려 내게 아리송한 말투로 물었다.

"나 이혼했잖아." 나는 아무 말도 하지 못했다. 아니 뭐라고 물어야 할지 몰랐다.

"언제?"

"한~ 일 년쯤."

이유도 묻고 싶었고 상황도 알고 싶었지만 더 이상은 묻지 않았고 애들이 궁금했다.

"애들은?"

"큰애는 엄마랑 있고, 작은애는 집을 나와 혼자 있어."

큰애는 남자였고 작은애는 여자였다.

"딸이 왜 나와? 엄마랑 있어야지."

"몰라 힘들었나 봐. 그래서 내가 더 맘이 편하지 않아."

사업체는 아내에게 넘기고 몸만 나왔다 한다. 그동안 아내와 같이 운영을 해왔기에 회사는 어려움이 없을 것이다. 애들을 위한 결정이라고는 하지만 이해도 가지 않았으며 물먹은 솜처럼 내 마음도 무거웠다.

대리기사 일을 하면서 손님들에게 들은 이혼 이야기도 다양했다. 종교를 핑계로 제사를 지내지 않는 갈등, 어느 한쪽이 한 번의 바람에 참지 못하고 결정 내려버리는 상황, 심한 의부증이나 의처증, 남자의 무능력, 재산이 많아서, 생활이 너무 힘들어서… 셀 수 없이 많다.

뉴스에서도 가끔 나오지만 이혼 사유 중 제일 많은 건 경제적 문제와 성격 차이다. 최근에는 황혼 이혼이 무척 늘고 있다. 남자에게 황혼 이혼은 무리에서 쫓겨난 한 마리 늑대처럼 초라하다. 이혼하고 전 재산을 아내에게 주고 홀로 나왔다는 남자 손님도 몇 보았다. 그들은 경제적으로는 힘이 조금 들지만 남자로서 남편으로서 그런 결정에 후회도 없고 마음도 편하다고 했지만, 자식에 대한 안타까운 마음은 공통이었다. 주위를 보면 이혼녀는 많은데 이혼남은 쉽사리 찾기 어렵다. 그것은 남자들이 자존심 때문에 친구들에게도 이야기를 잘 하지 않는 탓이다.

아침 골목길을 거닐며 친구는 먼 하늘을 바라보며 장갑을 털었다. 그동안의 먼지를 털어내는 듯 보였다. 긴 한숨 소리가 들렸다. 자신의 의지와 상관없이 태어난 자식들은 또 자신의 의지와 상관없이 가족이 깨어지는 것을 맛보게 된다. 앞으로 얼마나 큰 상처가 될지 모를 아픔을 거역할 수 없이 받아들여야 한다. 그러나 자식들 때문에 부모의 심정이 찢어지는 것을 그들은 알까?

문득 이혼의 아픔을 간직한 한 손님이 기억난다.

천호동에서 한잔하고 상계동으로 가는 손님이었다. 대리운전한 지 일

년 채 안 된 추운 겨울날. 콜을 잡고 목적지에 가보니 손님은 취해 있었다. 차를 타고 출발하려고 하니 대리요금부터 지불하였다. 그리고는 좀 빨리 가 달라고 부탁을 했다. 겨울이면 대개 히터를 켜면 손님들은 숙취에 잠에 떨어진다. 이 손님도 출발한 지 몇 분 되지 않아 바로 잠들었다.

시간도 11시를 넘어서고 있으니 나 역시 빨리 갔다 와야 했다. 손님도 빨리 가기를 원하니 간선도로들이 연결되어 있어 속력을 좀 냈다. 분당선을 타고 강북대로로 내려 동부간선을 타려고 했다. 근데 순간 아차 싶었다. 분당선에서 내려 강북대로에서 동부간선 진입까지는 불과 1킬로 조금 넘는 정도였고 좌측에서 우측으로 붙여 들어가야 했다. 근데 우측에 접하는 차들을 피해 좀 더 가다 보니 진입구를 지나쳐 버렸다. 순간 멍해졌다. 6킬로 정도 가서 유턴을 받고 와야 했다. 그 순간 손님은 잠에서 잠시 깨어났는지 어디 가느냐고 물었다. 상황 얘기를 하고 실수해 죄송하다는 사과를 했다. 잠시 있더니 짜증 섞인 목소리로 중얼거린다.

"야~ 어디까지 가느냐고?"

"사장님! 금방 돌아올 수 있습니다. 5분 정도밖에 차이 안 날 겁니다. 죄송합니다."

"아이…." 욕까지 하면서 발로 운전석을 뚝뚝 찼다.

"사장님. 빨리 가려다 제가 실수는 했지만 이러시면 운전하는데 위험합니다."

나도 처음 당하는 일이라 긴장도 되고 불안했다. 다른 대리기사들이 손님들로부터 폭행당한 사례들도 듣고 해서, 손님이 어떠한 횡포를 부릴지 솔직히 겁도 났다. 그러나 어떠하겠는가. 내가 실수한 건 사실이고 간선도로에서 어찌할 방법은 없고 분명한 것은 앞에서 유턴할 수밖에 없다는 사실이었다. 뒤에선 여전히 공포 분위기로 말을 하는데 난 신경 쓸 수도 없고 빨리 그 반환점이 나오길 바랄 뿐 아무 생각 없었다. 시간은 얼마 안 걸렸는데 어찌나 멀던지 기어코 그 지점을 돌고 오니 맘이 한층 안정된 느낌이었다.

"사장님 이제 바로 들어섰습니다. 금방 모시겠습니다."

안도한 마음으로 상황을 전했다. 손님은 좀 누그러진 듯했다. 그리고는 어디론가 전화를 하다 다시 잠이 든 듯했다. 짧았던 이 순간의 시간이 어찌나 불안했는지 맥이 풀리자 차갑게 몰아치는 차창 밖의 겨울바람에 나의 뇌리가 얼어붙은 것 같았다.

상계동 가는 출구를 빠져나와 목적지 근처에 다다랐을 무렵 손님을 깨워야 했다. 그런데 불러도 일어나지 않았다. 또다시 당황되는 순간이다. 찬바람에 정신을 들게끔 창문을 여니 겨울의 칼바람이 기다렸다는 듯이 창문으로 순식간에 들어와 무거웠던 공기를 앗아가 버렸다. 손님을 흔들어 깨웠다. 잠시 후에 작은 신음소리를 내며 깨어나더니 어디냐고 물었다.

"목적지까지 다 왔는데 몇 동이십니까?"

"아~ 잠시만 기다려 주세요."

손님은 차에서 내려 길 건너 가게로 들어갔다. 잠시 후 비닐봉지를 들고 다시 차에 타더니 어디론가 전화를 했다. 상대를 어디로 나오라고 하는 것 같았다. 내게 다시 출발하자며 목적지를 말해주었다. 가까운 곳이다.

"애들 좀 만나러 왔습니다." 묻지도 않았는데 여기에 온 의도를 말했다.

난 좀 전에 있었던 일로 흥분이 아직 가시지 않아 대꾸도 하기 싫었다.

봉지를 만지는지 바스락거리는 소리가 났다.

"술을 한잔하다 보니 애들이 생각나 잠시 보고 가려고 빨리 오려고 했습니다."

이혼을 했다는 말을 안 했으나 그런 의미와 자식에 대한 부모의 마음이 느껴졌다. 좀 전에 칼바람이 들어와 차가웠던 차 안의 공기가 이 부모의 따스한 맘으로 순식간에 훈훈해진다. 좀 전까지 울분으로 가득 찬 내 맘도 어느덧 풀리고 있었다. 부모로서 같은 마음이 통해서일까?

목적지에 내려주고 되돌아오는 길은 차가워야 할 겨울바람이 따스함을 품은 채 뒤에서 불어와 나를 떠밀고 있었다.

# 아버지의 마음

초겨울, 이젠 계절도 시간의 흐름을 잊어버리고 빨리 찾아오는 듯하다. 환경 탓일까. 모든 것이 급속도로 변해간다는 생각은 실제 몸으로 느낄 만큼 변화를 인식한다.

주로 강남에서 대리를 시작하다 보니 최근에 IT를 하는 사람들을 만날 일이 간혹 있다. 컴퓨터의 탄생이야 오래되었지만 급속도로 발전한 시기는 2000년대 들어서면서라고 한다. 지금은 뭔가 새로운 것을 만들려고 하면 이미 다 개발돼 있거나 개발해도 그보다 업그레이된 기술이 곧바로 나올 정도라고 한다. 그러다 보니 개발하자마자 눈 깜박할 사이에 구 기술이 되어버리기 일쑤라고 한다. 자기 기술이 제일이라고 여겨 많은 자금을 쏟아부어 개발하지만 다른 곳에서 더 나은 것을 개발하고 있다는 소식이 들린다. 그럼 다시 자금이 필요하고, 그러다 사라지곤 한다. 핸드폰 개발자는 개발 시작부터 시장 시판까지 일정이 단 6개월이라고 한다. 난 이해가 안 가 왜 많은 돈을 들여 만든 상품을 다 팔기도 전에 또 만들어야 하느냐고 물었더니 그 기간에 다른 업체에서 더 나은 상품을 개발하기 때문이며, 그런 일이 너무 힘이 들어 이직도 생각한다고 한다.

'삼성맨' 하면 누구나 알아주는 부러움의 대상이지만 그들도 그만두고 싶은 생각을 많이 한다고 한다. 그래서 삼성은 신입직원 채용 시 2~30%를 더 채용한다나?

자기에 맞는 일을 하는 것이 최고라고 하지만 제 입맛에 맞는 직업을 찾아 일하는 사람이 몇이나 될지는 의문이다. 산업화에서는 실력이 없으면 생산직 일이라도 열심히 하면 되었는데 이제 생산직은 죄다 동남아 쪽으로 빠져나가고 자동화로 인해 직업군은 줄어들고 있다. 주위를 보면 힘든 일은 하지 않으려는 사람들이 많아지고 있다. 사람들은 들어갈 곳이 없다고 하고 현장에서는 사람이 없다 한다.

세월의 아쉬움을 잊었는지 다 떨어지지 않은 포플러 낙엽 한두 장이 어둠에 갈 곳 모르고 달리는 자동차가 남겨 놓은 바람 따라 이리저리 흔들리고 있는 시각. 잠실 신천에서 성동구로 가는 마지막 콜을 잡고는 약속한 주차장에 가니, 손님 두 사람이 서로 먼저 가라고 양보의 미덕을 보이고 있었다. 차 한 대가 먼저 빠져나가고 곧이어 어둠 속에서 보이지 않지만 먼지를 남기지 않으려고 주차장을 슬금슬금 기어 나왔다. 어두운 주차장에서 빠져나온 차는 순식간에 네온사인들이 불을 밝힌 눈부시게 화려한 도시의 한가운데로 들어서면서 올림픽대로로 진입하기 위해 잠실 종합운동장 사거리에서 신호대기로 정차를 하고 있었다. 손님은 더운지, 취기를 누그러뜨리려는지 뒤 창문을 내렸다. 차디찬 밤공기가 차 안을 휘감아 도는 느낌이 들 때 긴 한숨과 함께 다시 창문을 올리면서 내게 묻는다.

"자제분 계시죠?"

"예." 내 대답에 그는 굵고 짧은 신음과 함께 말을 이어 간다.
"참~ 난 이러지 않으려고 했는데 어쩔 수 없네요."
"……." 아무 말도 못 하고 다음 무슨 말을 할지 기다렸다.
"자식이 뭔지 아버지가 뭔지 내 주관과 생각대로 되지 않습니다."
"자제분 때문에 속상한 일이라도 있으세요?"
"그런 건 아니고… 제가 방송 일을 좀 하고 있습니다. 제게 큰딸이 있는데 이번에 대학을 졸업했어요. 해외도 두루 갔다 오고 뭐 실력도 있습니다. 근데 딸애가 방송 일을 꼭 해보고 싶다고 해서 방금 만나고 온 분께 자리 부탁 좀 하느라고 한잔했습니다."
"잘하셨네요. 근데 기분이 썩 좋아 보이지 않습니다."
"예. 난 내가 자식 때문에 줄이나 힘을 이용해 청탁할 줄은 생각도 못 했습니다. 그런 것을 부정해왔고 지금껏 해 보지도 않았는데 제가 지금 그 부탁을 하고 오는 길입니다. 그래서 맘이 무겁습니다."
"당연한 것 아닙니까. 다른 사람도 아니고 자제분인데." 사실 난 부럽기만 했다.
룸미러로 본 손님은 아무 말도 안 하고 스치고 지나는 한강 변만 바라보고 있었다. 뭘 생각할까. 오십 대 중반을 넘어선 모 방송국 직책이 있는 분 같았다. 그동안 직장생활을 하면서 얼마나 많은 청탁과 부탁들이 자신과 주위에서 일어나는 것을 봐 왔겠는가. 그런 것을 보면서 자신은 그동안 부탁도 안 했지만 들어 주지도 않았던 모양이다. 그런데 남도 아닌 본인의 자식 일인데 신경을 안 쓸 수도 없고 자식을 위해 그동안 쌓아 올린 탑을 무너뜨리니 얼마나 맘이 아프고 허무하겠는가.

자식을 언제까지 뒷바라지해야 하는지를 이슈로 토크쇼가 이뤄지고 일반인의 모임에서도 흔히 이야기한다. 고등학교 졸업까지다, 대학교까지는 해야 하지 않나, 결혼은 시켜야 하지 않나, 등등 여러 다양한 의견들이 나오고 있지만 정작 결론은 없다. 어느 부모치고 자기 자식 보살펴 주고 싶지 않겠는가. 중요한 건 자녀 독립 시기를 언제로 정하느냐이다. 독립 시기는 공부와 결부되기도 하지만, 꾸준한 가정교육과 부모가 있는 대로의 모습을 보여주고 알려주는 데에 따라서도 달라진다. 자녀들 각자는 그런 가정과 부모의 모습을 보며 자신들이 느끼고 깨달으면서 서서히 알아가지 않을까 한다.

언제부터인가 아이돌 붐이 일어나면서 가끔 연예인의 부모를 만나는 일이 있다. 한번은 아이돌 아버지를 만난 적이 있다. 시쳇말로 좀 뜨고 있으니까 자식보다 더 바쁘다고 한다. 또 어느 연예인 아버지는 어느 자리에 가서 함부로 행동을 못 하는 게 참 부담스럽다고 한다. 자식이 연예인을 한다면 부모들은 대개 처음에는 반대한다. 부모의 반대에도 본인이 열정을 다하여 뭔가 보여 줄 때 부모들은 마지못해 호응한다.

내 친구 자녀는 고등학교 때까지 축구를 하다 실력은 있는데 여러 사정으로 대학이나 프로팀을 포기하고 연기를 해보겠다며 학원에 보내 달라고 했다. 친구가 '축구만 했던 녀석이 무슨 연기냐'며 반대하자 그 아들이 지금 하지 않으면 평생 후회할 것 같으니 한 번만 보내 달라고 했다. 평생 후회할 것 같다고 하여 보내줬는데 6개월쯤 지났을까, 대학 연극영화과에 지원해보겠다고 하더란다. 그리고 가천대에 합격을 했다. 그 후로 일 년을 다니고 해병대에 입대하고, 제대와 동시에 중앙대 연극영화과에 편입해 일 학년 때부터 연극, 영화에 출연하는 열정을 보이고 지금은 기회만 되면 방송 및 영화에 출연하고 연극학원에서도 열심히 일을 하고 있다. 친구는 경제적으로 밀어주지 못해 미안함이 있었는데 아들이 하고자 하는 의지와 열정으로 길을 만들어 가고 있어, 아들이 고맙고 뿌듯하다. 친구 아들은 사회생활의 활력소가 되어 지금도 열정을 불태우고 있다.

또 다른 후배는 은행원이었는데 IMF 때 명퇴를 했다. 그 후로 여러 직업을 거치면서 힘든 생활을 하였다. 1남 1여의 자녀가 있었는데 큰애가 딸이었으며 중학교에 다니고 있었다. 중고등학교에 다니는 동안 그 흔한 학원 한번 보내지 못했다. 딸은 특성화 고등학교를 졸업하고 한 기업체에 입사하여 회사에서 디자인상도 타는 등 실력을 인정받았다. 그 후로 한두 군데 기업체와 공기업으로 옮겨가며 스펙을 쌓더니 2019년 초에 한 명 채용하는 인천 모 공기업에 고졸이 대졸의 자격으로 당당히 합격하는 영광을 누렸다. 이를 보더라도 부모가 어디까지 밀어주는 게 문제가 아니라 본인들이 얼마나 목표와 열정이 있느냐가 포인트이다.

한 번은 종로에서 모 은행 지점장 차를 운전하게 되었다. 그는 직장에 처음 들어갈 때 학벌의 필요성을 느끼는지 모르지만 진급과 살아남는 것은 본인 실력이라며 옛날과 달라도 많이 다르다 했다. 얼마 전에 직원 채용이 있었는데 지원자 입사원서를 보니 대부분이 짱짱한 이력이어서 놀랐다고 한다. 옛날이면 상고나 경영과 졸업생들이 지원했지만 요즘은 연대, 고대를 비롯하여 학과 상관없이 학벌도 높아졌다며, 학벌뿐만 아니라 가정환경도 좋은 지원자들이 많았다 한다.

그는 지원자 중에 학교도 성적도 집안도 별로 마음에 들지 않는 한 사람을 뽑았다고 한다. 하나같이 맘에 들지 않는데 왜 뽑았느냐고 물었더니 가정 형편이 어려운 집이었는데, 아버지는 도배 일을 하고, 어머니는 몸이 편찮은 것 같아 그 채용자가 지금 벌지 않으면 안 되니 아마 열심히 일할 것이라 믿고 채용했다고 한다. 학벌이 너무 좋거나, 강남에 사는 부유층 지원자들은 조금만 힘들어도 쉽게 나가버리고 여기 아니어도 갈 곳은 많으니 채용 시 신중히 생각을 많이 한다고 한다. 그 후로 채용한 그 신입직원은 기대에 실망을 주지 않고 열심히 일을 잘해 지점장 또한 만족하고 있단다.

회사와 직종마다 채용 방법과 기준은 다르지만 두루 보면 옛날과는 사뭇 다르다는 것은 확실하다. 시험 성적도 중요하지만 끼나 재치, 순발력도 필요하고, 확고한 목표를 향한 열정이 있는지, 화합과 소통을 잘할 것인지, 팀에 폐가 될 사람이 아닌지, 조금 실력이 모자라도 클 수 있는 인재인지를 본다.

AI가 면접을 보는 시대에 들어섰다. 부모가 도와주고 밀어주는 것은 한계가 있다. 이젠 순전히 본인들이 헤쳐 나가야 하는 시대이며 그렇게 되어야 한다. 말은 안 하지만 아버지들은 자식들에게 끝없는 사랑과 큰 산이 되어 주고 싶은 마음은 똑같다. 그런 자식들이 힘들어하면 마음이야 아프겠지만 강하게 성장하기를 바라는 마음으로 삭막한 초원으로 내보내는 야생의 동물처럼 아버지들도 강하게 마음먹어야 한다.

# 부모는 자식을 배반하지 않는다

예전에 상급학교에 진학하는 중고등학생 대상으로 체력장을 실시한 적이 있었다. 1972년~1995년까지 실시한 제도이다. 종목으로는 윗몸 일으키기, 제자리멀리뛰기, 던지기, 굽히기, 왕복 달리기, 100m 달리기, 턱걸이, 오래달리기(남 1,000m, 여 800m)가 있었다. 다른 과목에서 모자라는 것을 체력장에서라도 잘하면 진학하는 데 도움이 될까, 여름에도 땀 흘려가며 열심히 뛰었다.

골인점을 향해 달리는 1,000m 오래달리기처럼 학업을 마친 후 사회 진출하여서는 편안한 노후를 위해 50세~60세까지 열심히 뛰며 달려왔다. 시대의 변화에 따라 체력장이 폐지되었듯, 앞만 보고 달려와 보니 사회에서도 규칙이 바뀌어 더 뛰어야 한다고 한다. 힘들다, 이만하면 됐다는 불평도 해보지 못하고 사회와 문화의 변화에 발맞추기 위해 밀리고 이끌려 중년 세대들은 목표지점도 어딘지 모른 채 다시 달음박질하고 있다. 직업의 세분화처럼, 중년도 나뉘어 신중년이라는 단어까지 생겼다.

수도권에서는 50+캠퍼스가 몇몇 지역에서 활발히 운영되고 있다. 50세부터 65세까지 신중년과 인생이모작을 준비하기 위하여 배우고 익히며 참여, 활동하는 곳이다. 인생 2막을 위해 생활의 필요한 스마트 폰 활용법부터 창업, 창직까지 다양한 수업을 한다. 인생이모작이라는 '인생분기점'에서 생명 연장이라는 현실을 직시하여 아름답고 인간다운 삶을 살기 위한 준비로 체력도 단련시키도록 한다. 노후대책을 생각하고 고민하는 많은 키워드 중에 '자식 어디까지 돌봐야 하나'가 요즘 많은 관심사 중 하나다. 2019년 3월 초, 서울신문 기사를 보면, 2018년도 한국보건사회연구원이 15~49세 기혼여성 1만1,205명을 조사한 결과 59.2%, 10명 중 6명이 자녀가 대학 졸업할 때까지 경제적으로 돌봐야 한다고 응답했다고 한다. 2015년에도 62.4%로 당연 1위였다. 거슬러 올라가 2006년 '전국가족보건복지실태조사' 보고서에도 '대학 졸업까지'라는 응답이 46.3%로 가장 높았다.

그러나 현실은 그러하지 못하다. 2011년 경향신문의 특별취재팀의 기획시리즈 '복지국가를 말한다'에서 처음 사용된 신조어 '삼포세대'. 연애와 결혼, 출산을 포기한 청년층 세대를 뜻했다 . 이후 5포 세대(3포 세대+내 집 마련, 인간관계), 7포 세대(5포 세대+꿈, 희망) 너무 많아 셀 수도 없다는 n포 세대와 달관세대(무기력해진 청년 세대)까지 신조어는 계속 만들어졌다. 이뿐만 아니라 취업시장의 신조어도 등장했다. 장미족(장기 미취업자), 취업하기 힘든 세 가지 조건(지방대, 여자, 인문대생)을 갖춘 '지여인', 업체의 인턴직을 전전하다 보니 회사의 부장만큼 경험이 풍부한 '부장인턴', 그리고 호모(homo)와 인턴(intern)의 합성어로 된 '호모인턴스'(정직원이 되지 못하고 인턴 생활만 반복하는 취업 준비생). 이런 현실 속에서 자식들이 일하고 싶어도 못하는 안타까움에 있는데 부모에게는 또 다른 생각과 문제가 되고 있다.

언젠가 운행하면서 손님이 물었다.

"기사님은 자녀들에게 용돈이나, 생활 지원을 언제까지 해 줘야 한다고 생각하세요?"

나는 미혼 때부터 자식의 교육이나 경제적 지원에서 나름 기준이 있었다. 고등학교까지 지원하고 대학교부터는 본인이 장학금을 받든 알바를 하든 최대한 노력하게 하고 부족한 부분 있거나 이유가 타당할 때 지원해 주겠다는 게 나의 구상이었다. 하나 현실은 그렇지 못했다. 이유는 내가 경제적으로 부유했다면 당연히 그랬을 것이다. 비유를 하자면 친구와 만나면서 내 호주머니에 돈이 있으면서 얻어먹는 거와 정말 돈이 없어 얻어먹는 것이 다른 것처럼, 경제적 여유가 없어서 못 해준다는 생각을 자식이 할까 봐 실행하지 못했다. 가끔 두 아들과 술 한잔하는데 어느 때 작은 애가 '자기 친구들 보면 부모에게 용돈도 못 타 쓰는 경우가 많다'고 이야기했다. 그 말을 듣고 난 비시시 웃으면서 속으로 '내가 넉넉했으면 너희들은 힘들었을 거다'고 생각했다. 내가 결혼 후에도 변치 않았던 마음이었는데, 그 손님의 질문에 나의 답은 속뜻과 다른 말이 나왔다.

"요즘 많이들 힘든데 결혼 전까지는 돌봐야 하지 않을까요?"

또 다른 손님이 생각난다.

봄이 무르익은 5월 초, 상봉동에서 왕십리가 목적지인 코스라 동부간선도로로 달려가고 있었다. 같이 가는 손님의 나이는 60대 초쯤 보이고 외모는 왜소한 남성이다. 그가 통화를 하고선 내게 말을 건넨다.

"한 달에 얼마 정도 버세요?"

흔해들 많이 하는 질문이라 깊이 생각할 것 없이 건성으로 대답했다.

그는 뭐가 그리 궁금한지 또 묻는다.

"투잡 하시는 것 같은데 꽤 수입이 되죠? 한 6백 이상은 되시겠네요?"

너무 쉽게 말을 내뱉는다. 그렇게 못한다며 대리기사들의 수입을 대충 설명해 주었다.

"그것밖에 안 되나요?" 놀란 표정으로 자신의 한 달 수입을 말한다. 차도 회사에서 주는 거라며 자랑삼아 늘어놓았다.

"사장님은 한 달 수입이 꽤 많네요!"

"많이는 아니지만 주위를 둘러보면 내 나이에 좀 되는 편이더라고요."

"어떤 일을 하시는데요?" 조심스럽게 물었다.

외모를 보고 판단하는 건 아니지만 스타일과 차종을 봐서는 회사원치고는 괜찮은 급여 같아서다. 그는 건설사 하도급 회사에서 근무하고 관리와 현장을 오가며 일을 한다고 했다. 본인이 쓰는 비용은 거의 회사에서 지급되는 경비로 쓰고 급여는 거의 지출이 없다고 한다.

"사모님은 편하시겠습니다."

"집사람도 맞벌이합니다."

"와~ 그럼 한 달에 그렇게 많이 벌어 뭐 하시게요. 사장님 수입만 해도 사모님이랑 여행 다니시며 즐기면서 살 것 같은데요."

"제 돈은 안 주고 집사람 수입으로 생활합니다." 근검절약하는 사람처럼 보이고, 막 생활하는 사람은 더욱 아닌 듯한데 뭔 말인지 궁금했다.

"그럼 사장님 돈으로는 뭐 하세요?"

"아들 조금씩 뭐 사주고 해요." 이건 또 뭔 말인가?

"아들이 몇 살인데 뭘 사주시나요?" 남의 사생활 같아 조심스럽지만 본인의 돈을 아들에게 쓴다니 더욱 궁금증이 생겼다.

"방금도 아들 만나 필요한 물건 사주고 같이 저녁 먹고 가는 길입니다."

"자제분들이랑 같이 생활하지 않습니까?"

"네. 아들만 둘인데 다 따로 독립해서 살아요. 방금 만나고 온 애는 큰 아들입니다."

"직장은?" 이 부분은 조심스러웠다.

"직장은 다니다 얼마 전에 그만두고 잠시 쉬고 있어요."

"아~ 그래서 아드님 생활비로 다 들어가시나 봐요? 그렇다고 많은 돈을 한 달 생활비로 쓴다는 건…" 눈치가 보여 더 이상 말을 못했다.

북부간선도로는 중랑천를 끼고 외롭지 않게 뚝섬과 연결되어 한강까지 내려오는 도로다. 대화를 하다 보니 간선도로를 빠져나오기 위해 성수교를 향해 돌고 있었다. 지피에스가 돌면서 안내하듯 달도 우리 따라 돌고 있다. 좀 전까지 뿌듯이 말하던 손님이 조용해졌다. 흡연은 안 하는 분 같다. 성수교를 빠져나오니 신호등이 쉬어가라며 잠시 멈추게 한다. 잠시 적막이 흐르다 그가 조용히 그리고 천천히 말하였다.

"우리 큰애가 희소병이라 약 먹는데 큰돈은 아니지만 조금씩 들어가네요."

그의 긴 한숨이 내 귀를 멍하게 만들었다. 아무 말도 잇지도 묻지도 못했다. 부모들은 이런저런 이유로 자식들을 위해 저버리지도 못하고 독립한 자식들도 챙겨야 한다. '자식은 부모를 배반할 수 있어도, 부모는 자식을 배반하지 않는다'란 말처럼 자식에 대한 사랑은 진리이며 자연의 원리이다. 고려장(늙은 부모를 산에 버리는 고려 시대 풍습으로 알려졌지만 잘못 알려진 사실이라고 한다) 얘기 중에 자식이 늙은 부모를 산에 고려장 하기 위해 지게에 매고서 올라갈 때 그 부모는 그 사실을 알고서도 자식이 하산 길에 길을 잃지 않도록 나뭇가지마다 헝겊으로 표시해 두었다는 이야기가 있다. 고려장이 없었으니 만들어진 이야기겠지만 자식을 위한 부모 마음은 이와 다르지 않다.

마르지 않는 샘물처럼 끝없는 자식 사랑 앞에 오늘날 부모는 자식의 양육을 언제까지 책임져야 하는가란 문제를 두고 고심하고 있다. 모르겠다. 인간은 환경의 동물이라 시대의 변화에 따라야 하는지, 자연법칙처럼 다 자라면 무조건 독립하게 해야 하는지…?

아파트 주차장에 주차하고 돌아서는 그 손님의 뒷모습은 왜소하지만 그림자는 크게 보였다. 밤하늘의 은하수가 흐르는 5월의 밤에 아카시아 향기가 은은히 코를 찌른다.

## 바짓바람과 아빠의 역할

서울에서 보기 드문 깨끗한 밤하늘이다. 조명이 없는 곳에서 고개 들어 하늘을 보면 별들이 초롱초롱하다. 바람결 또한 상쾌하다. 창문을 활짝 열고 운전하다 어느 구간을 지나치노라면 도심의 꽃향기가 살짝 스쳐 지나기도 한다. 잠시나마 기분이 힐링 되는 순간이다. 행복은 언제나 짧은 것처럼 갑자기 경적 소리와 앞차들이 뿜어대는 매연의 열기가 차 안으로 들어온다. 창문을 올릴 수밖에 없다.

'아차' 했다. 대치동 거리다. 시간을 보니 22시가 넘은 시간. 밤 10시 전후부터 대치동은 가락동 새벽시장처럼 차들이 거리를 점령한다. 학원가에서 수업을 마치는 시간이기 때문이다. 학원에서 몰려나온 학생들은 병아리가 어미 닭을 찾듯 이리저리 어미의 냄새를 맡아가며 차를 찾느라 분주하며, 도로변에 주차하지 못한 승용차들은 골목과 대로를 회오리바람처럼빙빙 돈다. 수십 대의 노란 학원 차들이 줄지어 출발하는 대치동의 늦은 밤거리는 색다른 풍경이다. 뒷자리에서 열심히 대화하던 두 손님 중 한 사람이 한마디 내뱉는다.

"난 요즘 우리 마누라 보기가 힘들어. 애가 공부하는지 본인이 고시공부를 하는지 학원을 차리려고 하는지… 내게 신경 좀 써 달라면 제정신이냐고 되려 소리나 지르고…."

"그래도 네 와이프는 혼자서 하니까 다행이다. 우리 집사람은 요즘 자기 혼자서 힘들다고 아빠들도 같이해야 한다며, 자기 친구 남편들 얘기하며 나에게 은근히 압박해. 요즘 강남에서는 뭐 바짓바람이 분다면서…."

"치맛바람이 아니고 바짓바람? 그게 뭐냐?"

"너 몰라? 앞으로 네 와이프에게 되게 혼나겠다." 그 말은 들은 친구는 바보가 된 느낌으로 두 눈만 껌벅거리며 전자담배를 한 모음 길게 빨아들이더니 창밖을 바라보며 말한다.

"요즘 애들 불쌍하지 않아? 요즘 내게 저렇게 공부하라면 못 할 거 같아."

"애들도 애들이지만 학교 선생들도 너무 힘들어 그만두는 사람도 많대. 요즘 스승을 존경하거나 학교교육에 맹신하는 학생이나 학부모가 몇이나 있겠어."

"하기야 초등학교 선생을 하는 내 친구와 지인들 이야기를 들어보면 황당한 일들이 많고 여선생들은 많이 울기도 한다더라."

김영란법이 시행되면서 촌지는 물론이고 선물도 주면 안 된다는 것은 학부모도 안다. 가끔씩 막무가내로 촌지를 주고 가는 경우가 있다고 한다. 그러면 하굣길에 학생에게 돌려보내면 바로 연락이 온다. '대체 얼마를 달라는 거냐', '적어서 그런 거냐, 금액을 얘기해라'는 식이란다. 유령 취급하는 고문 같은 일도 있다고 한다. 요즘은 카톡 학부모 대화방에 학부모만 있는 게 아니고 학부모 초대로 교사도 들어가 있다고 한다. 학부모 중에 못마땅한 게 있으면 교사가 없는 것처럼 톡 방에서 비난의 글을 올리기도 한다고 한다. 학부모끼리 주고받는 내용을 보고만 있는 선생님은 스트레스를 넘어 미치지 않을 수가 없을 정도란다. 그리고 성질 급한 학부모는 수업시간이든 퇴근 후이든 전화 연락하고는 못 받을 경우는 왜 자기 연락을 받지 않느냐고 막무가내로 화부터 내기도 한단다.

2019년도 스승의 날에는 '교사 존중 바탕 없는 스승의 날을 교사의 날로 바꿔 달라'는 기사도 나왔다. 학교뿐만 아니라 학원도 학부모 때문에 힘든 건 마찬가지다. 내 친구는 20년 이상 부산에서 수학학원을 해오다 몇 년 전에 그만두었다. 지금껏 잘해 왔는데 요즘 할 게 뭐가 있다고 폐업했냐고 물었다. 학원들과의 경쟁이 치열하다 보니 학원비가 문제 되기도 한다. 이것은 언제나 경쟁사회에서 있는 것이니 운영해 나가기에 힘은 들지만 어차피 헤쳐 나가야 할 문제지만, 중요한 건 학부모 때문이란다. 고학년들은 친구들 사이에서 정보교환을 하며 학원을 선택하기도 하는데 저학년일 경우 대부분이 학부모와 같이 상담을 하러 온다. 학부모들 간의 학원 정보를 가지고 다른 학원과 비교하니 상담도 힘들고, 잘 상담을 마쳐도 등록 확률은 30%도 못 미친다고 한다. 등록하더라도 성적이 오르면 자식이 잘해서 올랐고, 성적이 떨어지면 학원 탓으로 돌리는 것이다. 더한 것은 애가 집에 오면 왜 공부를 안 하는지, 그 책임을 학원에 묻는다는 것이다. 때로는 성적이 오르지 않았으니 학원비 반환요구까지도 한다고 하니 참으로 어처구니없는 행동이다.

대치동 같은 학원가의 일등 손님은 엄마다. 상담 10건 중 7~8건이 엄마 상대로 이뤄진다. 자녀의 할 일을 엄마가 결정해 주는 것이다. 대학도 다르지 않다. 여러 설명회가 많지만 학부모를 위한 설명회를 따로 열기도 할 정도다.

2011년도에 헬리콥터 맘(Helicopter mom)이란 신조어가 유행했다. 헬리콥터처럼 자녀 주위를 맴돌면서 지켜보고 무엇이든 발 벗고 나서 자녀가 원하기 전에 미리 챙겨 주는 엄마를 두고 한 말이다. 유행이라도 된 듯이 다양한 엄마 유형의 신조어가 생겼다. 돼지맘(Pig mon)은 새끼들을 이리저리 데리고 다니는 어미돼지처럼 자녀를 명문대에 보내기 위해 교육열이 뜨겁고 사교육에 투자를 아끼지 않는 엄마(2014년 신조어)이다. 몬스터맘(Monster mom)은 자기 자식만을 위한 자기중심적인 엄마, 타이거맘(Tiger mom)은 자녀를 엄격하게 훈육하며 스파르타식으로 공부를 시키는 엄마를 가리킨다.

60~70년대 고도경제성장기와 함께 불어왔다는 치맛바람. 최첨단 시대인 2020년 시점에서 이제 바짓바람의 시대가 시작되었다. 자녀를 위한 마음은 동서양을 막론하고 다 같을 것이다.

지금까지 자녀교육의 3가지 성공조건으로 꼽힌 '조부모의 재력' '엄마의 정보력' '아빠의 무관심'이란 유행어는 다 아는 말이다. 아빠는 돈 만주는 ATM기라고까지 했다. 필수조건이었던 아빠의 무관심이 아빠들의 바짓바람으로 바뀌어 1등 아빠의 조건이 되었다. 2016년부터 학종(학생부 종합전형–학생이 전공하고자 하는 것에 성적만으로 반영하지 않고, 학업능력, 학업에 대한 노력, 열정, 의지, 도전정신 등을 종합적으로 평가하는 방식) 제도 바람이 불기 시작했다. 수능과 내신 성적만으로 대학에 들어가는 시대가 아니라 학생이 무엇을 어떻게 해왔는지의 이력을 보여줘야 한다는 취지가 반영됐다. 여기에 맞춰 지원하는 학생들의 지원서를 보면 입이 떡 벌어지지 않을 수가 없다. 온 가족이 동원되지 않으면 안 될 정도다. 때를 맞추어 함께 인기를 누린 2018년 JTBC 방영 드라마 'SKY캐슬'. 여기에 등장한 김주영의 실체를 찾아 SBS스페셜에서 이를 2019년 2월에 방영하기도 했다. 학생들 스스로 공부해야 하는 것을 부모가 함께 하는 것은 분명 제도가 잘못되고 지나친 학벌중심 때문이다.

교육에는 크게 학교교육, 사회교육, 가정교육이 있다. 학교교육은 지식교육이고, 사회교육은 실전이며, 가정교육은 예습과 복습의 교육장이다. 부모는 아이들의 거울이라 했다. 간혹 주위에서 '난 우리 부모 같은 사람이 되지 말아야지 다짐했는데, 시간이 지난 지금 난 너무나 내 엄마, 아빠를 닮은 행동을 한다'고 말하는 사람을 보곤 한다.

1남 1녀를 둔 친구가 있다. 딸이 자라면서 용돈 쓰는 게 헤프다. 용돈이든 명절 때 받은 돈이든 그다음 날이면 없어진다. 딸이 고등학교에 들어설 때 이 친구가 출, 퇴근 시 전철에서 신문(메트로 신문이 한창 나올 때)을 가져와 집에 모아두었다가 딸이 용돈 달라면 그 신문뭉치를 들게 하고 같이 고물상에 가 팔아 용돈을 주었다. 그런 행동을 세 번 정도 하니까 그 다음부터 딸이 달라지기 시작했다. 한 번 들어간 돈은 나오지 않고 대학 시절에는 자신이 벌어 해외 여행도 하며 집안 행사 때는 아낌없이 돈을 내놓았단다. 작은 일이지만 나의 경우도 둘째 놈이 자기 방은 물론이고 책상도 정리 정돈을 안 했다. 가끔 말하면 잔소리라고 집사람이 되려 좀 치워주지 애한테 그런다고 날 나무란다. 다음부터 주말이면 아침에 TV 안 보고 팝송 틀어 놓고 즐겁게 집 청소를 했다. 중3 때 그날도 휴일 아침에 청소하고 있는데 아들이 자고 나와 뜬금없이 말한다.

"아빠, 우리 선생님이 아빠더러 훌륭한 분이래." 난 학교에 한 번도 가

보지 못했고 또한 내가 훌륭한 일은 더욱 해보지 못했는데… 의아해 물었더니 사연은 이렇다. 그 당시 아들은 학교에서 보컬을 하고 있었다. 선생님이 팝송을 듣고 있었는데 아들이 그 노래 안다고 했더니 어떻게 네가 아는지 물었단다. 아들은 아빠가 휴일마다 이 노래 틀어 놓고 청소하신다고 했단다. 그 후 아들은 자주는 아니지만 이 주에 한 번꼴은 자기 방을 청소하기 시작했다.

2019년 3월 10일에 방영된 SBS스페셜 '1등 아빠의 조건'에서 2014학년도 수능 만점자 서울대학교 '원유석' 씨는 아버지가 어떤 공부를 하라고 가르친 게 아니라 아버지가 공부를 하니까 본인도 같이 공부를 하게 되었다고 했다. 그러다 보니 자기 스스로 할 수 있는 공부법과 습관이 형성되었다고 했다. 그의 아버지는 건설현장에서 일하는 분으로 새벽 4시에 일어나 생활하는 성실한 삶의 태도, 좋은 습관, 그리고 공부하라는 말 대신 같은 자리에서 책을 보는 모습을 보여주었다. 아들과 같이 영어단어를 외우고, 이해 안 가는 정의론을 몇 번씩 읽기도 했다. 이것이 진정 바짓바람이 아닌가 싶다.

시대가 변하면서 학습 트렌드나 입시 제도의 변화를 고려해서 부모들이 나서고 있다. 교육제도가 불안하고, 사회가 불안하고, 밤거리가 불안하고, 경제가 불안하고, 교우관계가 불안하고, 앞날이 불안한 이 시대에 우리 아이들은 믿어주고 괜찮다는 말을 듣고 싶어 한다. 성적 좋은 서울대생에게 부모의 상이란 자상한 아빠, 응원해주는 부모, 아재 개그 하는 아빠, 혼낸 적이 없는 부모, 압박 없이 지지해주는 부모, 따뜻함, 울타리, 내 편, 기댈 수 있는 어깨 등과 같은 답변이었다. 이들의 공통점은 '자기

주도성'이다. 언젠가 EBS에 한국 엄마 대 미국 엄마라는 프로그램을 본 적이 있다. 한국 엄마 열 명과 미국 엄마 열 명이 아이들과 참여했다. 단어 맞추기인데 한 단어를 섞어놓고 단어를 맞추는 게임이다. 엄마는 옆에서 약간의 도움만 줄 수 있다. 미국 엄마는 아이가 스스로 맞출 때까지 최대한 지켜보는 반면에 한국 엄마들은 모두 처음부터 끝까지 적극적으로 알려주려고 했다. 성취의 과정보다 결과를 더 중요시했다. 한국 부모들의 교육방식을 보여주는 프로그램이었다.

자녀들의 생각대로 자라지 못하고 부모의 의도로 성장해야 하는 아이들은 자존감마저 자라지 못하는 아이들이 되고 만다. 대치동의 학습, 입시코디 원조인 박재원 소장의 아들은 현재 목수 일을 하고 있다. 고2 때 자퇴를 하겠다고 해서 박 소장은 놀랐지만 아들의 의견을 존중하므로 그렇게 하라고 했다. 지금은 친구이자 아들로 현재 하는 목수 일에 적극 지지를 해주고 만족하며 지내고 있다.

부모들은 자녀를 사랑하는 것과 삶에 개입하는 것을 혼동하는지도 모른다. 이런 부모의 행동은 학교교육과 사회에 불만이 있다고 해서 자녀의 모든 일에 개입함으로써 오히려 가정교육도 제대로 못 하는 부끄러운 모습이 아닌가 한다. 아름다운 밤하늘의 별처럼 자녀 스스로 찬란한 빛을 낼 수 있게끔 환경만 만들어주는 부모가 훌륭하다고 믿는다.

## 착한 남자

티브이 뉴스에서는 연일 가뭄이라는 방송이 나왔다. 겨울엔 눈이 많이 오지 않았다. 댐의 수위가 낮아지고 높은 곳의 호수는 바닥이 보인다고 한다. 이렇게 가면 한강의 수위도 줄어 들것이라고 했는데 때맞춰 꽃들이 피기 시작하고 벚꽃이 만개하는 4월의 초봄답게 봄비가 하루를 건너뛰면서 한 주 내내 내린다. 그동안 황사가 심했던 도심도 물청소를 깨끗이 하고 공기도 맑아지며 가로수와 꽃잎들, 나무들은 빗물만 먹었는데도 푸릇푸릇 색상을 한층 더 곱게 만들어, 보는 이의 눈과 맘을 아름답게 한다. 돌아다니는 동물들은 여러 가지를 먹을 수 있지만 그 자리 한 곳에 있는 식물은 오직 물밖에 먹지 못하니 불쌍하기도 하다. 그래서 그런지 나무들이 동물보다 생명이 대체로 긴 것인가!

비가 오는 날이면 대체로 콜도 많고 가격도 평소보다 좀 높은데 요즘은 그렇지도 않다. 목적지와 가격이 대충 맞으면 그냥 잡고 타는 게 최고다. 9시를 넘어서는 강남 테헤란로는 교통이 혼잡한데 오늘은 평소보다 한가한 강남의 거리다. 자동차 타이어가 비를 먹은 아스팔트를 가르는 쏴~ 소리가 분수 음악처럼 들리고 그 음률에 맞게 내 폰에서도 진동이 느껴진다.

천호동 1.5(1만5천원)라고 뜬다. '그래 이것이라도 가자' 이 시간이 넘어가면 몇 개 타지 못하므로 가까운 곳에서 출발하니 타기로 하고 손님께 연락하니 역삼역 3번 출구에 있는 신한은행으로 오란다. 2~3분 만에 도착하여 연락했더니 도로 건너편에 있는 다른 은행이란다. 급히 계단을 다시 뛰어 내려가 지하도를 건너갔더니 전화 받은 손님이 다른 콜을 하려고 했단다. 손님들 입장에서야 먼저 오는 대리기사랑 가면 되지만 뒤에 또 잡고 오는 다른 기사는 참으로 허탈해진다. 그냥 전화로 취소해도 기분이 안 좋은데. 보통 대리기사들은 콜을 잡고 손님 있는 곳까지 뛰어간다. 여름엔 땀에 젖고, 겨울엔 칼바람을 맞고 갔는데 먼저 온 대리기사와 갔다고 하면 그 기분은 참으로 갑을 관계에서 냉정한 맛을 봐야 하는 을이다.

연락을 받은 이가 다른 사람을 지목하면서 같이 가라고 했다. 차종은 승합차인데 짐으로 가득 차 있었고, 조수석에 앉은 손님은 창문 좀 열어도 되냐고 말문을 열었다. 4월의 초봄이지만 아직은 저녁 바람결은 차가웠다. 손님이야 술기운으로 몸에서 열은 나겠지만 나는 바깥에만 있다가 차를 타니 시원한 바람도 차갑게 느껴진다.

"술을 안 먹다 먹으니 좀 취하는 것 같네." 손님은 혼자 중얼거린다.

하루가 다르게 벚꽃들이 피기 시작하는데 이 비가 내리면 그동안 핀 것은 다 떨어질 것이고 아직 작은 봉우리는 찬란한 햇살과 함께 활짝 피겠지.

"저 많이 취한 거 같아요?"

"아닙니다. 전혀 취한 것 같지 않습니다."

“전 술을 잘 먹지 않습니다. 술 먹으면 다음 날 기분이 안 좋아요. 그리고 사장님도 제가 술 먹는 것을 싫어하십니다.”

‘뭔 말인지 모르겠고 빨리 담배 피우고 창문이나 좀 닫으시지.’ 이 생각뿐이었다. 뭔 주제가 있으면 같이 받아 겠는데 뭔 말을 하려고 하는지 모르니 잡음으로만 들린다. 담배 연기를 내뿜을 때마다 창으로 들어오는 비바람이 물 분무기가 되어 수증기를 만들어 나의 얼굴을 얇은 층으로 덮는다.

“소주 두 병이면 많이 먹은 거예요?” 또 묻는다.

‘소심한 성격인가?’

“사람 따라 다르지만 두 병이면 뭐 적당한 거 아닙니까.”

“그래요! 오늘도 안 먹어야 하는데 사장님께서 오늘따라 자꾸 주시네요. 그래서 먹다 보니 좀 먹었습니다. 먹고 나면 다음 날 자존심이 상해요.”

“왜 자존심이 상합니까? 좀 전에도 술 먹고 나면 다음 날 기분이 안 좋다고 말씀하신 것 같은데?”

“제가 입에서 냄새가 많이 나는가 봐요. 술을 안 먹어도 아침이면 사장님께서 어제 술 먹었냐고 물어보십니다. 그래서 술은 자제하고 고기만 열심히 굽는 편이죠.”

“혼자 생각 아니십니까? 그리고 요즘도 그렇게 음식 먹을 때 혼자서 다 하시는 직원이 있습니까? 체계가 잘 잡힌 회사인가 봅니다.”

“그런 건 아닌데 술을 안 먹으니 그거라도 해야 맘이 편합니다. 그래서 그런지 사장님께서 저를 좋아하는 것 같습니다.” 잠시 말을 멈추고는 호주머니를 뒤적거린다.

"요금이 얼마죠?"

"만오천원입니다."

"요금을 먼저 드릴게요." 이만 원을 건네면서 연신 인사를 한다.

더 드리고 싶은데 "제가 박봉이라… 죄송합니다."

보통 팁을 주더라도 있는 척하거나 조용히 수고한다고 준다. 근데 이 손님은 취한 건지 그냥 하는 인사인지 기분이 묘할 정도로 인사를 한다. 내가 해야 할 인사를 손님이 하니 난 어떻게 감사의 표현을 해야 할지 모를 정도다.

"감사합니다." 기분 좋게 인사는 하였다.

어디선가 연락이 왔는지 전화를 받고는 편하게 통화를 했다. 통화가 끝나기에 물어보았다.

"미혼이신가요?"

통화 내용이 혼자인 듯하여 물어보니 아직 결혼을 못 한 38세라 한다.

"많이 먹었죠?" 쑥스러운 듯 말했다.

"아닙니다, 요즘 뭐 30대 후반인 남자들이 얼마나 많습니까. 자기 전문 분야만 있으면 좀 늦어도 괜찮아요."

"전 전문직이 아닙니다. 도매점에서 배달하고 있습니다."

"……."

"그리고 어머님이랑 살고요. 조카가 참 이쁩니다."

"장남이신 것 같은데 어머님께서 속상하시겠습니다."

"미안하죠, 근데 결혼할 자신이 없습니다."

그는 담배 하나 피워도 되겠냐고 양해를 표하고 담뱃불을 붙였다. 붉게 타들어 가는 담배는 자신을 태우는 손님의 맘이라도 말해주듯 '따닥' 거리는 소리와 함께 작은 용광로를 연상케 한다.

"왜 자신이 없습니까?"

"경제적으로도 그렇고요, 또 그 여자를 행복하게 해줄 자신이 없습니다."

나도 모르게 조수석에 있는 손님의 얼굴을 슬쩍 쳐다보았다. 어리숙하고 좀 어벙하게 생기지나 않았나 싶어 보았는데 남자답게 잘생겼다. 어쩜 이런 말과 어울리지 않는 얼굴이라고 할까.

"요즘 여자들을 만나면 죄다 연봉이 얼마냐? 직책이 뭐냐? 같은 질문들만 합니다." 그리고는 뒷말을 잇지 못한다.

내가 뭐든 한마디는 해 줘야 할 것 같은데 생각이 나지 않아 그냥 입에서 나오는 대로 주절거렸다.

"여자 입장에서야 사랑하기 전에 그 사람 대해 알아야 할 것은 당연하고, 그리고 기왕이면 사람도 좋아야 하지만 첫째는 고생 안 하려고 경제적으로도 보는 거 아니겠습니까." 뭔가 얘기는 했지만 이 사람에게는 아무 도움이 되지 않는 말인 듯했다.

"그리고 자신 스스로 행복해해야지, 누가 누구를 행복하게 해 주지 못한다고 생각합니다. 그리고 사장님뿐만 아니라 모든 남자들이 여성들이 원하는 행복을 채워주지 못합니다. 그건 불가능한 일입니다."

차는 올림픽대로를 수중 자동차 경기라도 하듯 서로를 추월하며 달린다. 차들이 브레이크를 밟을 때마다 앞유리는 커다란 붉은 크리스털로 변해 화려해진다. 어느덧 차는 올림픽대로를 빠져나와 일반도로로 들어서고 있었다.

"저희 사장님도 이렇게 말해주면 좋겠는데…."

"그럼 뭐라고 말씀하세요?"

"뭐… 동남아 여자나 만나라. 어디 여행사에 얘기해서 외국으로 찾아가라는 둥…."

뭔 말인지 대충 알만하다.

"사장님! 제가 무슨 말을 해 드린다고 도움이 되겠습니까마는 이 한마디만 하고 싶습니다. 보통의 남자라면 그냥 맘에 드는 여성이 있으면 용기 있게 막무가내 밀어 붙여보라고 하고 싶은데, 사장님을 보니 그런 것은 전혀 말하고 싶지 않습니다. 왜냐면 사장님의 영혼이 너무 깨끗한 것 같습니다." 진심이었다.

차는 어느덧 큰 도로에서, 비 오는 날 미꾸라지처럼 골목으로 숨어 들어가고 있었다.

"분명 사장님을 알아주실 분이 조만간 나타날 겁니다. 모든 것은 쓰임이 있고 짚신도 짝이 있다고, 착한 사람을 좋아하는 분을 만나게 될 것이라 전 믿습니다."

차는 골목으로 들어서고 손님은 막다른 골목길에서 90도 꺾이는 곳에 위치한 작은 아파트 앞에 세워주면 주차는 본인이 하겠다고 한다. 많이 취한 분들은 상황을 봐서 끝까지 하나 이 손님은 괜찮기에 세우려고 하는데, 뒤차가 오면 들어갈 수 있게끔 최대한 우측으로 막혀있는 앞쪽으로 세워달라고 한다. '이 사람이 끝까지 사람 감동을 주네.' 말한 대로 차를 세우고 서로 내려 인사를 하는데 지갑에서 만원을 꺼내어 고맙다고 또 주려 한다. 보통 이럴 때는 고맙다는 인사를 하고 받는다. 근데 이 손님한테는 받고 싶지가 않았다. 괜찮다고 몇 번이나 거절해도 더 주고 싶은데 이것밖에 없다면서 정말 고맙다는 인사를 연신 하며 주는 게 아닌가. 어쩔 수 없이 받기는 받았는데 그 돈이 선뜻 호주머니로 들어가지 않았다.

대리 생활하면서 처음 느껴보는 이 기분은 뭔가! 이런 생각과 행동이 우리가 살아가는 기본이며 원칙이 아닌가. 누가 말했는지 가슴에 와 닿는 현실적인 글이 생각난다. '진실한 말보다 거짓의 위트 있는 말이 더 먹히는 세상이다.'

뒤돌아오면서 뭔가를 해주고 싶은 생각이 강렬했지만 내가 그 사람을 위해 뭘 해줄 수 있겠는가. 연이 된다면 중매라도 꼭 서주고 싶은 맘이다. 살포시 내리는 이 봄비가 이 사람의 희망이 될 깨끗한 물이 되어주기를 간절히 바라며, 부디 착하고 좋은 여인을 만나길 간절히 소망한다.

# 서울살이와 결혼

어느 나라를 막론하고 산업화 이후 나타나는 공통 현상 중 하나가 대도시로 인구가 집중되는 것이다. 인구 대이동이라고도 한다. 이 때문에 지방은 노인과 빈집만이 남겨지고 있다. 가까운 일본에서는 지방에 있는 집 매매가가 천원인데도 있고 그냥 주어도 가져가지 않아 파는 사람이 돈을 얹어주고 넘기기도 한다고 한다. 반면 도쿄 집값은 계속 상승세이다.

우리나라에도 현재 8만 가구에 달하는 폐가들이 있다고 한다. 서울 지역 집값은 상승이라기보다 폭등하고 있다. 2019년도 5월 18일 KBS TV '시사기획 창'은 2017년, 2018년에 서울 집값이 총 300조원 상승했고, 전체 국민 저축액 40조보다 7배 규모의 불로소득이 발생했다고 한다. 18년도 하반기 때 마포에 사는 친구와 식사하는데 친구는 "이 동네가 하루 자고 나면 천만 원씩 집값이 오른다"고 했다. 도깨비방망이가 아닌 이상은 이런 미친 현상이 일어날 수가 없다.

2017년에 가상화폐시장이 불붙을 당시 정부가 나서 전쟁을 치르듯 강한 규제정책을 폈다. 그때 젊은 세대들이 '왜 기성세대는 부동산투자나 주식을 하면서 우리에게는 돈 벌 기회(신분상승)를 막나'라고 볼멘소리를 낸 적이 있었다. 서울 집값이 폭등하고 여기서 불로소득이 발생하는 걸 보면 젊은이들의 이런 말도 틀린 말은 아니다. 경제는 어렵다는데 비싼 외제 차는 하루가 다르게 늘어나고 강남 아파트 단지에 들어가 보면 국산 차가 있으면 이상할 정도다. 밤에 강남을 누비고 다니는 외제 차의 운전자 대부분은 젊은이들이다. 젊은이들도 투자를 하고 돈 벌 기회가 주어져야 하지만 수익 이전에 외제 차를 굴리며 폼부터 잡는 건 아닌지 우려된다.

가끔 손님이 자녀가 몇인지 나에게 물어보는데, 딸만 둘이면 이득이고, 딸 하나, 아들 하나면 본전이며, 아들만 둘이면 적자라고 하는 손님도 만났다. 미혼 남녀를 상대로 '남성(신랑)이 준비해야 할 결혼자금'에 대한 인터뷰 내용을 보니, 남성이 생각하는 결혼자금은 1억 내외, 여성이 생각하는 것은 3억 정도였다. 어마한 차이를 보였다. 이 편차는 집값에서 나온다. 이 인터뷰는 2017년도 내용이다. 높은 집값이 결혼을 포기하는 이유 중 하나임을 알 수 있다. 서울과 비서울의 집값 차이는 서울과 지방 여성들의 생각마저 다르게 한다.

올림픽대로를 달리며 한강 다리들이 쏟아내는 화려한 조명의 찬란함을 보며 강남에서 천호 방향으로 시원스레 달리고 있었다. 동승하고 가는 손님은 30대 초반으로 보이는 남성이다. 고향은 경남인데 서울 생활한 지 6년 정도 되는 그는 중소기업에 근무하는 직장인으로 고향에 내려갈까 고민 중이란다.

"직장도 괜찮고 생활도 잡혀가는 거 같은데 왜 내려가려고 하세요?"

내가 물었다.

"서울 생활한 지는 짧지만 선배들을 보나, 그리고 나의 현실과 앞날을 보면 힘들 거 같아요."

"그야 본인이 하기 나름 아니겠습니까. 근데 와이프는 찬성하는 겁니까?"

"결혼은 아직 못했습니다."

몇 년 전만 해도 이런 답이 나오면 '미안하다'라는 말을 했다. 지금은 결혼 연령이 늦어지다 보니 보통의 나이라 그런 인사는 하지 않는다.

"그럼 결혼이라도 하고 그 후 생각하는 게 좋지 않을까요?"

"결혼요… 그래서 더욱 내려가려고 합니다."

"네?" 어떤 표정으로 말을 하는지 손님을 쳐다보았다. 특별한 감정은 없는 거 같았다.

"무슨 말입니까?"

"결혼하려고 연애도 해보고 소개도 받아보고 했죠. 그런데 서울에서는 결혼하기는 힘들 것 같습니다. 여성을 소개받아 인사하면 질문하는 게 어느 회사에 근무하느냐, 연봉은 얼마인지, 신혼집은 몇 평쯤 생각하고, 어느 지역으로 갈 것인지부터 묻습니다. 뭐 결혼을 전제로 만나니까 이해는 합니다."

"현실이 그런데 지방 간다고 다르겠습니까?"

"지방에 있는 여성들은 아직 다릅니다."

"그래요." 놀라며 흥미 있다는 반응을 보였다.

"어떻게 다른가요?"

"형제가 어떻게 되는지 부모님에 관한 거, 주로 가족관계나 주위환경

같은 이야기를 합니다."

"그러니까 기성세대 7080 때 미팅하면 호구 조사하듯 한단 말이네요. 흥미롭습니다. 흐름이나 유행은 서울과 지방과 별 차이가 없는데 다 그런 건 아니겠지만 의식은 좀 다르네요."

그는 현재 시골에서 농사를 짓는 부모가 힘들면 내려오라는 말에 자신도 그쪽으로 기운다고 한다. 사람은 환경에 영향을 받는다. 지방엔 그나마 서울에 비해 집값이 낮고 생존경쟁이 덜하다 보니 속된 표현으로 때가 아직 끼지 않았나 보다. 통계청의 '2018년 사회조사'(13세 이상 가구원 약 3만9000면 대상)에서 '결혼은 필수가 아닌 선택'이라고 답한 비율이 48.1%로 50% 이하로 떨어진 것이 처음이라 한다.

몇십 년 전, 전국노래자랑에서 사회자 '송해' 선생이 한 말이 생각난다. 특집으로 어느 나라인지는 확실히 기억나지 않지만 해외에서 했던 노래자랑이었다. 송해는 우스갯소리로 말했다.

"동포 여러분 힘이 닿는 대로 아이들을 많이 낳으십시오. 그러면 이 나라 국민들보다 우리 동포의 인구가 많아져서 우리나라가 될지도 모르잖아요."

'별을 봐야 별을 딴다'는 말처럼 아이는 두 번째고 결혼을 안 하겠다는데, 인구감소는 통계자료를 안 봐도 뻔한 결과다. 앞에서 언급한 통계청 조사에서 '결혼은 필수가 아닌 선택'이라고 응답한 비율이 48.1%인데, 남녀가 결혼하지 않고 함께 살 수 있다는 비율도 56.4%로 나타나 이 또한 처음으로 50% 넘었다. 결혼해서 사는 거나, 결혼하지 않고 같이 사는 거나 다르지 않다는 쪽으로 의식이 변화하고 있다는 걸 보여주는 수치다.

참으로 아이러니하다.

이 현상을 굳이 분석해본다면 결혼식이라는 행위 자체를 형식적인 일로 인식하고, 그에 따른 준비와 격식을 갖추는 데 들어가는 경제적 손실에 대한 고려가 아닐까 생각한다. 또한 결혼을 하고 아이를 낳고 싶어도 엄두가 나지 않는 환경도 이러한 인식 변화에 일조했을 것으로 보인다.

요즘 시대를 가리켜 '노력해도 쉽지 않은 시대'라는 멘트가 어디서든 스스럼없이 나온다. 이런 사회적 환경에서 배경과 학벌이 우선시되고, 부모 덕에 금수저를 물고 태어난 사람이 계속해서 부를 누리니 그러지 못한 청년들의 박탈감이 크고, 그 때문에 결혼도, 출산도 하고 싶지 않은 마음은 이해가 간다. 그렇지만 도전은 맨땅에서 시작되고 성공도 도전이 있어야 가능한 일이다. 어려운 시대를 사는 젊은이들이 환경에 굴복하고 포기하기보다 힘들어도 아름다운 도전을 했으면 한다. 결혼이나 출산의 문제 역시도 당장 사는 게 어렵다고 포기하기보다 누군가 곁에 있어 힘이 되고 한 걸음 더 나아갈 수 있다는 생각으로 사랑과 가정을 이루어갔으면 한다.

제4장

# 배려가 필요해

# 끼어들기에도 배려가 있다

사람은 대부분 자기 잘난 맛에 살아간다. 좋은 현상이다. 한편으론 자존감이 높다는 것이기 때문이다. 그러나 이도 너무 과하면 자신만이 잘나고 똑똑한 줄로 착각에 빠지게 된다. 즉, 주제 파악을 못 하고 건방지게 보이며, 다른 사람을 무시하는 경향을 보이면서 자신밖에 모르는 사람이 된다. 자신의 잘못을 인정하지 않으려는 경향도 있다.

대리를 하다 보면 어느 손님은 운전을 잘한다고 탑까지 주는가 하면, 또 어떤 이은 운전을 못 한다고 무안을 주는 경우도 있다. 이런 평가는 본인의 운전스타일에 기준을 둔다. 다른 차의 운행습관까지 간섭하는 경우도 있다. 자기가 제일이다.

언젠가 사사건건 지적하는 손님이 있었다. 신호가 들어올 때는 정차와 출발을 어떻게 하는 것이 올바르고, 차선변경 신호를 할 때와 하지 않아도 될 경우까지 세세히 얘기하더니 나의 운행실력이 답답했는지 한마디 한다.

"기사님 추월을 잘하지 못하시네요. 난 끼어들기 선수인데."

끼어들기를 잘못했다가 경찰단속에 걸리거나 블랙박스, 스마트 폰 촬영으로 신고당하면 '끼어들기 금지 위반'으로 범칙금(경찰단속 3만원, 신고 4만원)을 내야 한다. 끼어들기는 어떤 상황이든 그 누군가의 차 앞으로 들어가는 행위이다. 이때 뒤차(뒷사람)의 배려가 필요하다. 그러나 운전자는 뒤차의 배려보다 자신이 운전을 잘한다고 생각한다.

시내를 운행하다 보면 택시가 유난히 끼어들기가 심하다. 신호지시등 없이 끼어들기, 차 머리부터 들이밀기, 끼어들기하려고 두 개 차선 물고 느긋하게 정차하고 있기, 2, 3차선을 직선으로 들어가기 등. 많은 끼어들기 사례가 있지만 분명한 건 뒤차의 이해와 배려가 있기에 순간순간 끼어들기가 가능하다는 사실이다. 차선변경이나 끼어들기를 심하게 하는 행위를 하룻저녁에 수차례 목격하고 당한다. 같이 타고 가는 손님들도 그런 경우를 보면 옆에서 욕을 하기도 한다. 대리운전하는 처지라 경적 한번 울리지 않고 태연한 척하지만 나도 인간인지라 그 순간 잠시 욱하는 마음이 든다. 이해하고 배려하려는 마음이 있는 대도 불구하고 화가 치밀어 오르는데, 자가로 할 때 이런 상황이면 무슨 행동이 나올지 두렵기도 하다. 다른 운행자는 화가 나지 않는 걸까, 참는 걸까, 그냥 마음 넓게 양보해주는 걸까? 귀찮아서, 겁이 나서, 마음 약해서, 외제 차라, 영업용이라… 그 상대가 누군지 어떠한 이유인지 몰라도 시냇물이 자연스럽게 흐르듯 그 순간 또한 그렇게 지나쳐 간다는 것을 알아야 한다. 내가 잘해서가 아니라 그 사람(상대)이 있기에 실력이 돋보이는 것을….

김주환 작가의 책 〈회복 탄력성〉 본문 중에 하와이 카우아이 섬에서 태어난 신생아들을 30년간 종단연구(오랜 세월을 두고 연구대상을 추적조사) 한 '에니워너' 심리학자의 이야기가 있다.

카우아이 섬은 1959년에 50번째로 미국주도로 편입된 아름다운 '정원의 섬'으로 '블루하와이', '쥬라기 공원' 등 영화촬영지로 잘 알려진 환상적인 대자연의 천국 같은 섬이다. 하지만 1950년대만 해도 섬 주민은 대대로 지독한 질병과 가난에 시달렸고, 주민 대다수가 범죄자나 알콜 중독자 혹은 정신 질환자였다. 청소년의 비행은 말할 것도 없고, 이 섬에서 태어난 것은 불행한 삶을 예약한 것이나 다름이 없었다.

1954년 미국 본토의 소아과 의사, 정신과 의사, 심리학자 등 다양한 학문적 관심을 가진 학자로 구성되어, 1995년에 카우아이 섬에서 태어난 모든 신생아 833명을 대상으로 어른이 될 때까지 대규모 추적조사가 시작되었다. 이 아이들이 30세가 넘은 성인이 될 때까지 무려 90%에 가까운 698명이 살아남았다. 그러나 '애니워너'는 여기서 끝내지 않고 가장 열악한 환경에서 자란 고위험군 201명을 추려 다시 연구해 보니, 그 중 무려 3분의 1에 해당하는 72명은 마치 유복한 가정에서 태어난 것처럼 장래가 촉망되는 훌륭한 청년으로 성장했다.

에니워너 교수는 이 어려운 환경에서 훌륭하게 성장할 수 있었던 비밀이 궁금해 조사와 연구를 더 하였다. 40년에 걸친 연구를 정리해서 발견한 게, 여기서 말하는 회복탄력성이다. 회복탄력성의 핵심적인 요인은 인간관계다. 그들이 훌륭하게 자란 배경은 아이였을 때부터 무조건 이해해 주고 사랑으로 받아주는 어른이 적어도 그들 인생에 한 명은 있었다는 사실이다.

이를 볼 때 자신이 여기까지 잘 살아오고 현재 그 자리에 있고, 자신이 행복하며, 자신이 뭔가 잘하는 게 있다면, 그 모든 행위의 배경에는 그 누군가의 지지나 관심이 있었다는 사실을 알 수 있다. 그런데 우린 잘되면 내 탓이요, 못되면 조상 탓으로 돌리기도 한다. 그리고 간혹 자식들은 부모에게 무거운 한마디를 던진다. '내게 해 준 게 뭐가 있다고?' 그러나 어느 자식이든 부모가 그 자리에 있었기에 잘 성장해 여기까지 있다. 선생님의 칭찬 한마디에 예술가가 되었고, 과학자가 되었고, 시인도 되었다. 연예인도 그 누군가 밀어주고 끌어주지 않으면 스타가 힘들었을 것이다.

〈아웃라이어〉 저자 '말콤 글래드웰'은 아무리 뛰어난 천재도 혼자서는 자기 길을 만들어가지 못한다고 했다. 혼자서 성공하는 사람은 없다. 성공은 특정한 장소와 환경의 산물이며 그 과정에서 언제나 누군가에게 도움을 받는다고 한다. 운 좋게 잠시 성공은 할 수 있지만, 지속적으로 성장하는 것은 누구의 도움 없이는 힘들다.

실선이든 점선이든 상관없이 정지하거나 서행하고 있는 차의 앞으로 끼어들면 다 위반이 된다. 누구나 자연스럽게 하는 범퍼 들이밀어 하는 차선변경도 위반이다. 좌회전 시 2차선에서 정지선을 넘어 1차선으로 차선 변경하는 경우도 끼어들기 위반이다. 우회전하려는 차가 앞차에 비켜달라고 하는 행위도 위반이지만 앞차가 좌측 차 앞으로 비켜줘도 끼어들기 위반이다. 우리가 평소에 흔히 하는 운전습관이 상대의 이해와 배려가 없다면 대부분 위반이며 범칙금을 물어야 한다는 사실. 잠시 주위를 보고 감사의 묵념이라도 하자.

가족이 있기에 응원하고 기다려주며, 친구가 있기에 즐겁고 푸념해도 받아주고, 선배가 있어 술값 없어도 취할 수 있고, 후배니까 큰소리도 치며, 운전하는 사람이 있기에 장거리도 편하게 갈 수 있고, 모든 공무원의 도움에 우린 안전하게 생활하며, 사랑하는 이가 있기에 내가 아름답다.

오늘도 대리시간을 줄이기 위해 옆 차 앞으로 차선변경 깜빡이를 켜고 들어가 미안함과 고마움의 비상등으로 깜박깜박 윙크한다.

# 매너가 사람을 만든다

혼잡한 대로사거리나 출, 퇴근 시간이면 꼬리 물기 차량단속을 한다. 그런데 사람도 꼬리 물기가 무척 늘고 있다. 특히 대로변과 연결되는 혼잡한 건널목에는 차가 주행을 할 수 없을 정도로 사람들이 지나간다. 물론 차보다 사람이 먼저다. 하지만 양보의 미덕이란 찾아볼 수가 없을 지경이다. 차가 천천히 움직이면 그 앞을 가로막으며 나만 지나가면 된다는 식의 태연하게 차 앞을 계속 이어 지나간다. 신호등이 없는 건널목에서 차와 사람 중 누가 먼저 갈지 애매한 상황에서 차량이 정지해 주면, 빨리 가는 시늉이라도 해주기는커녕 느긋하게 가는 사람들이 적지 않다. 차량 역시 행인 앞을 먼저 가겠다고 가로막는 행위, 건널목에서 보행자가 있는데도 과속으로 지나쳐 버리는 차량 등등.

차도와 인도는 분명히 있다. 그리고 규범과 예의, 도덕, 상식도 있다. 하지만 점점 더 나만 생각하고 나만 편하면 된다는 이기주의는 사회 속에 뿌리가 깊어져 가고 있다. 저녁 시간 대리운전하는 차 안에서만 해도 다양하다. 흡연하는 것은 기본이고, 기사야 있든 말든 심한 애정행각을 벌이는 남녀, 본인만 기분 내면 된다는 듯 취중에 음악을 고음으로 올리는 이, 여름철에 옆자리에서 신발 벗고 뒷자리에서 앞으로 다리 뻗고 가는 사람, 차 안에서 비닐봉지에 토하고 그냥 가는 사람, 기막힌 안주 먹고 조수석에 앉아 트림하며 말 시키는 손님, 창문 열지도 않고 시원하게 방귀 터트리는 사람까지 대리기사는 안중에도 없다.

본인들만 위한 행동은 타인을 불편하고 힘들게 한다. 남에게 피해를 준다는 의미로 등장한 신조어가 '민폐족'이다. 대학생들이 가장 선호하는 카페 브랜드는 '스타벅스'인데 여기마저 카공족(카페에서 공부하는 사람)들 때문에 콘센트 수를 줄이고 있다. 스타벅스의 성공 요인은 공간을 활용한 환경(공간) 마케팅이라고까지 했는데도 불구하고 콘센트를 줄인다니 카공족이 민폐임은 분명한 거 같다.

대중교통의 3대 민폐족(쩍벌남, 화장여, 백팩족)을 비롯하여, 여름철 외출 시 필수품이라고 하는 휴대용 선풍기인 손풍기 민폐족, 인스타 민폐족, 도서관 민폐족, 영화관 민폐족, 헬스장 민폐족, 서점 민폐족, 아파트 민폐족, 고성통화족 등 갈수록 민폐족이 많아진다. 사람들이 공유하는 공공장소마다 등장하는 민폐족의 폭이 점점 더 넓어지고 많아지며 심해지고 있다. 지켜야 할 도덕성에 사람들이 점점 무감각해지는 건 아닐까.

2015년 영화 '킹스맨' 1편에서 해리(콜린 퍼스 분)의 인상적인 등장은 기억에 남는 장면이기도 하지만 그때 했던 말 "매너가 사람을 만든다"는 명대사로 손꼽힌다. 이런 명대사를 두고 정말 매너가 사람을 만드는지 나름 정리해 본다.

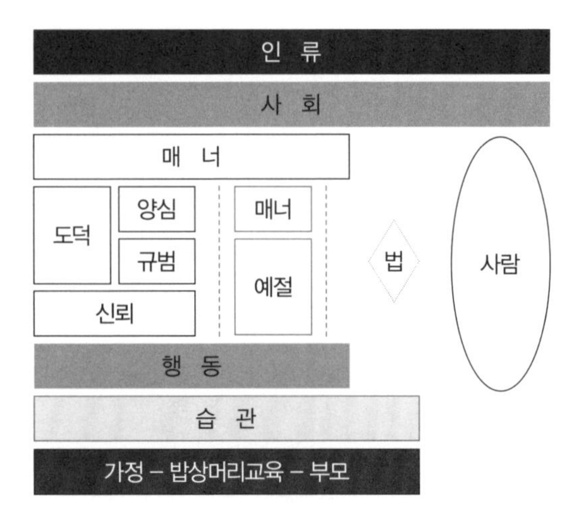


〈도표〉 도덕의 연계성

인류가 생기면서 문화적 사회가 형성되고 그 사회를 잘 이끌고 가기 위해서는 사람 관계에 도덕이 기반 되어야 한다. 도덕은 인간관계에서 최소한의 기본이자 모든 행동을 담고 있는 모든 것이다. 그러므로 올바른 도덕의 습관적 행동을 하기 위해서는 사회의 기본단위인 가정에서부터 만들어져야 한다.

'매너'의 뜻은 '행동하는 방식이나 자세'로 예의범절에 가깝다. 예의범절이라면 요즘 시대에는 딱딱하고 꼰대 맛이 난다. 현대에 맞고 우리나라에서 매너와 비슷하게 사용되기도 하며 평범한 사람들의 생활 규범인 '도덕'의 의미로 살펴보자.

도덕의 사전적 의미는 '인간이 지켜야 할 도리나 바람직한 행동 규범' '도덕성을 기르고 정서를 순화시킴으로써 사회생활에 적응하는 건전한 인격을 갖추도록 가르치는 교과목' '사회의 구성원들이 양심, 사회적 여론, 관습 따위에 비추어 스스로 마땅히 지켜야 할 행동 준칙이나 규범의 총체' 등이다. 정리하면 사회의 구성원으로서 사회생활에 적응할 수 있게 행동을 갖추도록 하는 것이고 인격으로 만들게 한다. 여기서 사회가 포인트가 되는데 아리스토텔레스의 "인간은 사회적 동물이다"로 요약된다.

〈도덕의 탄생〉 저자인 크리스토퍼 보엠은 도덕을 협동과 평등이라는 관점에서 본다. 초원에서 살았던 인간들은 다른 동물에 비해 나약했기 때문에 모여 살기 시작했고, 모여 살기 시작한 인간들은 살아남기 위해서는 협동을 해야만 했으며, 그로 인해 얻은 성과를 공평하게 나누기 시작했다. 따라서 협동과 평등은 인류가 지켜야 할 마땅한 도덕이란 것이 보엠의 설명이다. 그것을 증명이라도 하듯, 시카고 대학교 국제 학술지에 실린 옥스퍼드 대학교 연구팀의 논문 '협력은 좋은 것인가?'를 보면 60개 민족을 대상으로 한 조사에 이에 해당하는 60만개의 키워드가 나왔다고 한다. 이것들을 추리고 추려서 7가지의 키워드가 만들어졌는데 요약하면 '가족, 소속집단을 돕고 호의에 보답하며, 용기는 늘 옳고, 윗사람을 따르고 평등하게 나누며 남의 재산을 빼앗지 않는다'이고, 한 가지 키워드로 '협동'이라고 한다.

초창기 인류는 넓은 범위에서 집단이라는 사회단위를 형성하면서 그 사회에 맞는 문화가 만들어지고 그 문화에 맞는 도덕이 이뤄지다 보니 사회마다 도덕이라는 관점은 다르다. 특히 시대의 변화에 따라 그 의미도 달라졌다는 것을 알 수 있다. 앞에서 도덕은 '인간이 지켜야 할 도리나 바람직한 행동 규범'으로 사회생활에 적응할 수 있게 행동을 갖추도록 하는 것이라 했다. 단순히 협동과 평등으로 집단을 이루는 것과는 의미가 다르다.

과거 초등학교 도덕책에는 '욕하지 말기, 부모 말씀 잘 듣기, 인사 잘하기, 거짓말 안 하기, 남의 것을 훔치지 않기, 싸우지 않기' 등과 같이 가족과 윗사람과 아랫사람과의 관계, 나쁜 짓 안 하기와 같은 기본적인 면을 실어 가르쳤다.

요즘 초등학교 도덕 교과서(생활의 길잡이라고도 함)에는 '나 자신을 속이지 않겠습니다. 지나친 욕심을 부리지 않겠습니다. 컴퓨터 오락은 시간을 정해놓고 하겠습니다. 화나는 일이 있을 때, 다시 한 번 생각해 보겠습니다. 내가 하기 싫은 일을 다른 사람에게 시키지 않겠습니다. 다른 사람의 처지가 되어 생각하고 행동하겠습니다. 우리 마음을 위하는 일을 생각하고 실천하겠습니다' 등이 주로 실렸다. 그 외 다수 내용도 심리상담이나 코칭 수준이다.

이렇듯 도덕은 시대와 사회 그리고 문화에 따라 변하며 달라지기도 한다. 그러나 기본적이고 변하지 않는 것은 같이 살아가는 공동체에서 남에게 피해를 주지 않는 행동이다. 건축에도 기초가 튼튼해야 하듯 사회에서도 도덕이 튼튼하게 쌓여야 신뢰가 형성된다. 신뢰는 사회의 관계성에서 불확실성이란 위험은 따르지만 타인의 미래 행동을 믿으며 주관적 기대를 하는 것이다. 예를 들면, 자동차 주행도로에 노란 실선만 하나 그어 놓았을 뿐인데 무섭게 달려오는 자동차 운전자는 알지 못해도 내게 피해를 주지 않을 것이라는 신뢰가 있기에 운전하게 된다.

그러나 신뢰는 최소 두 사람 이상의 관계가 형성되어야 하는데 때로는 이익을 위해 배반이라는 손실이 일어나기 때문에 약간의 강제성을 띈 규범을 만들어 행동하게 한다. 여러 가지 규범을 정해놓고 있지만 일반적으로 사회적 규범은 사회생활을 원활하게 하고 질서를 유지하기 위하여 상호에 지켜야 할 행동양식의 규칙을 말한다. 간혹 집단에서 이해 못 할 짓을 하거나 자기만의 이익을 챙길 경우 '양심도 없다'고 한다. 일상생활에서 규범이란 단어보다 폭넓은 범위로 양심으로 흔히 표현한다. 양심은 개인이 스스로 그 행위에 옳고 그름을 구별하고 판단해서 평가하는 것인데 그 바탕은 도덕적 의식이다.

철학사전에 의하면 양심은 인간 고유의 불변적인 것인지, 진화의 결과로 생겨난 것인지는 모르지만, 사람들의 사회적 지위나, 그가 받은 교육에 의해서 형성된다고 한다. 양심은 개개인의 도덕적 성장에 아주 중요한 요인으로 작용한다. 민족적 성격, 사회적 특성, 그리고 문화, 이념, 전통, 제도, 생활방식 등에 의해서 도덕과 규범 그리고 양심과 신뢰성이 각각이 차이가 나겠지만 분명한 것은 이 모든 것들은 도덕이 바탕이며 기본이 된다.

어렵고 부담이 되며 꼰대 같은 단어, '예절'을 우린 도덕 시간에 배웠다. 여성을 대하는 서양 남성들의 매너를 여성들은 부러워하기도 한다. 그렇게도 부러워하는 매너는 서양의 예법인 예절이다. 사소한 부분도 예절로 만들어 특권화하려는 상류층의 행동양식이다. 조선 시대 양반들의 예절과 유사한 것이다. 사회가 발전하고 사회적 평등이 중요시되면서 귀족이나 양반이 사라지고 그들만의 예절도 일반적인 생활예절로 바뀌어 왔고 변화해 가고 있다.

앞서 나열한 규범, 양심, 신뢰, 예절, 매너는 모두 인간이 사회적 관계를 이뤄나가기 위한 도덕사회의 기반으로 타율적이기보다 자율적 성격을 띤, 자신 스스로의 행동이다. 처음 언급했던 '매너가 사람을 만든다'는 이를 한마디로 정리한 말이다.

몇 년 전 EBS 다큐 프라임에서 '아이의 사생활 도덕성'에 관해 서울대와 공동연구한 내용을 방영한 적이 있다. 프로그램은 12세 초등생 아이들 12명을 2일간 초대하여, 도덕성 지수체크에서 도덕지수가 높게 나온 아이 6명(빨간 팀), 평균적인 아이 6명(노란 팀)으로 나누어 개인전과 단체전으로 실험을 하였다. 관계자는 참여하지 않고 방법만 알려주고 숨겨져 있는 카메라로 관찰하였다.

단체전은 탁구공 나르기로 6명이 옆으로 나열한 다음 대나무를 반으로 가른 형태의 물건을 이용하여 탁구공을 굴려 옆 사람에게 전달하고 제한된 시간 동안 공을 통에 많이 넣는 게임이다. 여기에 몇 가지 규칙이 있는데 그 규칙 중 하나라도 어기면 처음부터 다시 시작하여야 한다. 결과는 빨간 팀은 규칙을 지키다 보니 1개만 성공하였다. 반면 노란 팀은 7개나 성공을 하였다. 그런데 노란 팀은 15번의 반칙이 있었다.

개인전은 두 눈을 가리고 공을 던져 표적에 맞힌 만큼 선물을 주는 게임이다. 이 게임에서도 빨간 팀보다 노란 팀이 반칙으로 선물을 많이 받았다. '검은 상자 속 퍼즐 맞추기'도 하였는데 이 또한 노란 팀이 규칙을 어기는 행동을 보였다. 그 외 자제력테스트, 글자색 맞추기 등에서는 빨간 팀보다 노란 팀이 욕구를 참지 못하고, 집중력이 많이 떨어졌다.

도덕성과 관련된 280개의 문항을 초등학생 300명에게 설문조사를 하였다. 내용은 예를 들면, 공격성(예시 화가 난다면 그들을 때릴 것이다), 과잉행동(예시, 누군가가 내가 싫어하는 것을 한다면 소리를 지를 것이

다) 그 외 집중력, 또래 문제 등이다. 설문 결과를 분석하니 도덕성은 아이들의 행동과 거의 연결되었다고 한다. 왕따를 가하는 경우도 도덕성이 낮은 아이들이 대부분이라 한다. 도덕성이 우리 아이들의 모든 행동을 규정하고 조정하며, 또한 도덕성이 높은 아이가 경쟁력도 높다는 것을 이 실험은 보여주고 있다.

도덕성은 미래에 인간과 함께 가야 할 인공지능에도 필요하다. '자율주행차는 도덕적 실험이 필요하다'는 주장이 프랑스 한 대학에서 나오기도 했다. 이러한 주장은 미래의 자동차인 자율주행차가 피할 수 없는 상황의 딜레마에 놓일 때 누구를 보호하도록 설계할 것이냐는 문제의식에서 비롯했다. 또한 미국의 공과대 박사들도 '인공지능이 도덕을 배울 수 있을까?'라는 질문으로 인공지능에게 윤리를 가르치려는 시도가 이뤄지고 있다.

미래에서도 사회를 이루고 인간이 공존하는 한, 도덕은 최소한의 기본 바탕이며 마땅히 지켜야 할 행동 준칙이다. 인류 문명이 발전하고 부의 불평등과 세대 갈등이 급속도로 커지는 등 시대에 맞게 도덕도 변해야 하지만, 인간사회가 서로를 신뢰하고 공동체를 유지하는 도덕은 근본이 되어야 한다.

매너는 사람을 만들고, 사람은 도덕을 반드시 지켜야 하며, 도덕은 사람관계에서 신뢰를 할 수 있는 양심이어야 하고, 양심은 행동이 되어야 한다.

## 부모는 아이들의 거울

"우리 아가 응가 했구나."

첫 아이인 듯, 사랑스러운 말투와 눈빛으로 엄마가 아기를 뒷좌석에서 눕히면서 말했다. 자식에 대한 엄마의 사랑은 그 무엇보다 높고 깊고 강하다. 기저귀를 갈아주려고 했는지 옆에 있던 남편이 불편하듯 한마디 한다.

"집에 다 왔는데 조금 있다 하지 냄새나게… 아저씨도 운전하고 계시는데."

"우리 아가 응가는 냄새 안 나요. 냄새나더라도 구수한데 뭐… 아저씨 괜찮죠?"

어머니의 사랑을 누가 말리겠나. 자식에 대한 깊은 애정과 내리사랑은 동서고금을 막론하고 나타나는 행동이다. 그러나 현실에서 너무나 개인주의로 변해가는 이기적인 부모들이 늘어나면서 많은 사람들에게 상처가 되고 인간의 윤리마저 흔들릴 정도다. 내 아이가 뛰어놀면 활발하고 사랑스럽게 보여 관대해지고, 남의 아이가 뛰면 왜 저리 키울까, 예의 없이 키운다고 생각한다. 떠도는 글 중에 어디서 한 번쯤은 봤을 일상 속 불편한 진실이지만 공감 가는 내용이라 옮겨 본다.

① 몸가짐

남의 딸이 애인이 많으면 행실이 가벼워서이고,

내 딸이 애인이 많으면 인기가 좋아서이다.

② 교육

남이 학교를 자주 찾는 것은 치맛바람 때문이고,

내가 학교를 자주 찾는 것은 높은 교육열 때문이다.

③ 며느리와 딸

며느리는 시집을 왔으니 이 집 풍속을 따라야 하고,

딸은 시집가더라도 자기 생활을 가져야 한다.

④ 용돈

며느리가 친정 부모한테 용돈 주는 것은 남편 몰래 돈을 빼돌리는 것이고,

딸이 친정 부모한테 용돈 주는 것은 길러 준 은혜에 대한 보답이다.

⑤ 남편

며느리는 남편에게 쥐여살아야 하고,

딸은 남편을 휘어잡고 살아야 한다.

⑥ 아들

남의 아들이 웅변대회 나가 받는 상은 누구에게나 주는 상이고,

내 아들이 웅변대회 나가서 상을 받으면 실력이 뛰어나기 때문이다.

⑦ 훈육

남이 자식을 관대하게 키우면 문제아 만드는 것이고

내가 자식을 관대하게 키우면 기를 살려 주는 것이다.

⑧ 반항과 소신

남의 자식이 어른한테 대드는 것은 버릇없이 키운 탓이고,

내 자식이 어른한테 대드는 것은 자기주장이 뚜렷해서이다.

⑨ 부부싸움

며느리가 부부싸움을 하면 '여자가 참아야 한다'이고,

딸이 부부싸움을 하면 '남편이라도 따질 건 따져야 한다'이다.

⑩ 꾸지람

남이 내 아이를 나무라는 것은 이성을 잃고 히스테리 부리는 것이고,

내가 남의 아이를 꾸짖는 건 어른 된 도리로 타이르는 것이다.

부모의 지극한 사랑에 관한 불편한 진실들이었다.

다음은 대리운전하면서 여러 손님에게 들은 잘못된 학부모의 행동에

관한 내용을 정리했다.

① 이기적인 부모 마음

- 폭력적인 아이 부모

  내 아이가 맞지 않는 것이 대견하며 자랑이고, 상대가 겪는 아픔은 나 몰라라 함. 자기 아이가 폭력을 쓴 것은 상대에게 책임이 있을 뿐 자기 아이는 순수하고 착하다고 주장함.

- 도벽이 있는 아이 부모

  크면 괜찮아지겠지 하고 방관하는 아이 부모에게 지도의 필요성이 있어 도움을 청하면, 교사를 해코지하겠다고 불안에 떨게 함.

- 공부 잘하는 아이 부모

  모든 학습 과정에서 자기 아이가 일등해야 속이 편하고, 인정받고 최고이기를 바라지만, 공부 못하는 아이나 가난한 아이, 다소 문제성이 있는 아이들을 완전히 무시함.

- 공주같이 예쁜 아이 부모

  비싼 옷에 학용품, 신발, 가방 등도 예쁜 걸로 눈에 띄게 하여 교사들의 사랑을 독차지하려는 함.

② 교권침해 부모

- 나이가 어리거나 아이를 낳지 않은 교사들에게 네가 뭘 알겠느냐는 식으로 무시하고 반말하는 학부모.
- 아이가 누구에게 맞았거나 괴롭힘을 당했다고 수업 중에 교실에

찾아와 행패를 부리는 학부모.

- 담임교사에 대한 불만을 다 수집해서 교장에게 말하면서 담임 바꿔 주지 않으면 교육청에 신고하여 파면시키겠다고 협박하는 학부모.
- 아이한테 담임교사가 무슨 말을 하는지, 욕은 하지 않는지, 누굴 때리지 않는지 사진 찍어서 교육청에 고발하라고 가르치는 학부모.
- 미세먼지 많은 날 운동장에 아이들 데리고 나갔다고 교장실에 전화하여 소란 피우는 학부모.

③ 아이 앞에서 교사들 욕을 적나라하게 하는 학부모

- 집에서 부모가 담임 욕을 심하게 많이 하면 아이들은 학교에서 말을 안 듣고 어느 순간에 담임 앞에서 그 욕을 한다.
- 학부모들 모임에서 아이들이 있는 데 교사들 험담을 하면 아이들은 놀면서 그 이야기를 다 듣고, 교실에서 언젠가는 그런 이야기를 한다. 학부모들은 알지 못한다. 아이들이 얼마나 많이 알고 있고, 언젠가는 그런 이야기들을 무의식중 표현한다는 것을. 결국 자기 자식을 버리는 일임을 모른다.

# 남의 떡이 커 보인다

시작은 끝을 기다리고 끝은 시작을 의미한다고 한다. 언제나처럼 다사다난했던 한 해를 넘기고 새해에 들어서면 누구나 할 것 없이 새 희망, 새 각오, 새로운 계획 등을 세우고 조금은 설레는 마음으로 새해 첫날을 맞이하며 또 1월을 넘긴다. 역대를 보면 주식시장도 새해에는 개인들의 기대에 힘입어 상승효과가 있다고 한다. 각 개인은 뭔가 배우겠다고 학원에 등록하거나 건강관리를 위해 헬스장에도 가고 금연 같은 각오들을 한다.

언젠가 텔레비전에서 보니 헬스클럽 할인 폭이 커 그렇게 할인해도 남느냐는 사회자 질문에 헬스클럽 관계자는 20~50%를 해줘도 '작심삼일'이라고 며칠만 나오고 안 나오니 어차피 남는 장사 아니냐고 했다. 그중에서도 의사를 제일 환영한다고 한다.

한 해가 넘어간다는 것은 하루하루를 보면 뭐가 다른 것일까? 12월 31일과 1월 1일 되었다고 뭐가 달라지는 것인가. 시간이 더 빨리 가고 늦어지는 것인가? 아님 지구의 공전과 자전이 달라지는 것인가. 또 그 하루의 날짜에 나이가 더해진들 뭔 차이가 있다는 것인가? 뭐 이런 생각을 하자면 물리학과 철학을 공부해야 할지도 모르겠다.

12월과 1월이 되면 유난히 사람들은 자신의 위치나 입장을 돌이켜보고 직업에 대한 위기의식을 평소보다 더 많이 느끼는 것 같다. 이 시기쯤 이면 손님 중에 이런 질문을 던지는 사람들이 무척 많다.

"요즘 대리하시는데 어떠세요?"

왜냐고 되물으면 대부분 사람들은 자신도 준비할까 해서 그렇다고 한다.

같은 손님을 다시 만나는 것은 힘든 일인데 양재에서 몇 번 모신 손님이 있다. 모 건설회사 임원으로 말도 많이 없어 그냥 운전만 하고 가는 편인데 12월 어느 하루는 한숨을 몇 번 내쉬더니 어렵게 입을 연다.

"저~ 대리하시는 거 할 만하세요?" 직감으로 뭔 일이 있구나 생각했다.

"요즘 대리도 힘듭니다. 왜 그러시죠?"

"저도 대리를 해야 하나 하고 생각 중입니다." 각본대로다.

"이런 건설회사 임원이시면 자금도 있으시겠다, 아직 일을 그만두어야 할 연세는 아니신 것 같은데요."

"영업직이라 돈을 모으지 못했습니다. 그리고 나이도 60이 넘으면, 나가줘야 합니다. 누가 뭐라고는 안 하지만 눈치가 보이는 거죠."

일반 사람들은 건설회사 임원쯤 되면 경제적으로 많은 부를 축적해 두는 것으로 생각한다. 그런데 대리를 하면서 이런 손님들을 만나 보면 생각과는 다르다.

어느 날 역삼에서 잠실로 콜을 잡고 가는데, 차 뒤에서 뭔가 가지고 내리면서 조금만 기다리라고 하는 거 아닌가. '골드 시간인데 아~ 오늘도 틀렸구나' 생각하고 차에서 기다렸다. 30분 후에야 나와서 출발하자고 하더니 뒷좌석에 앉아 비닐 같은 것을 꺼내 헛구역질을 한다. 기다리느라 마음이 상했는데 그 모습을 보니 내 마음도 짠하다. 연말이면 이런 손님들이 간혹 있다. 술 접대를 몇 차례 뛰는 사람들이다. 혹 남편의 술이 지긋지긋한 아내들이라면 이런 남편들도 있으니 직장 술 문화를 조금이나마 이해할 수 있기를 바란다. 그 손님은 벨이 울리자 전화를 받더니 회사의 동료인 것 같은 이에게 말한다.

"야~ 누구는 을로 술 먹어야 하고 누구는 갑이 되어 접대받나?"

직장인들은 갑과 을을 유난히 많이 따지는 것을 대리 하면서 참 크게 느낀다. 그는 '회사를 위해 힘들게 술을 먹는데 회사는 나를 알아주지 않는다. 간부끼리 보이지 않는 알력' 등 이런 내용으로 한참 통화를 하더니 내게 한마디 던진다.

"직장생활 더러워서 못해 먹겠네. 대리 하시기에 괜찮으세요?" 이 정도 질문이 나오면 다음은 뻔한 생각 아니겠는가.

"대리도 힘듭니다." 가끔은 '대리할 마음이 있으면 지금 하시는 직장에 충실하십시오' 이런 대답을 하기도 한다.

"집 나오면 고생이라고, 회사 그만두면 힘든 게 한두 가지가 아닙니다."

"우리 친구들 중에는 자기 사업해서 잘 나가는 애들도 있어요."

"사장님께서(직책을 모르면 보통 사장님이라고 칭한다) 경제적으로 여유가 있어 2~3억 정도 경험 삼아 해도 괜찮으시다면 상관없습니다. 그런데 그게 아니면, 나오겠다고 집에 선언하는 순간부터 집안의 분위기부터 어두워집니다. 내 아내가 불안해하면 아이들도 심리적 불안이 옵니다. 엄마의 영향을 많이 받죠."

"그래요? 그래도 뭘 해도 직장생활보다 낫지 않을까요. 친구들을 봐도 괜찮은 것 같은데." 자꾸 본인의 친구들을 비교하고 있다. 그 손님의 친구들이 뭔 사업을 하는지는 몰라도.

"사장님! 남의 떡이 크게 보이는 법입니다. 그 친구분들이 하루아침에 잘된 건 아니라고 봅니다."

"그야 그렇죠."

"제가 뭐 알겠습니까만, 일을 하다 보면 생각만 가지고 또 주위에서 도와준다고 하니 순간적으로 일을 저질러 힘들어하는 분들 많이 봤습니다."

이런 사람들은 특히 대기업 영업부서 간부직인 사람들이 많은 것 같다. 평소에 일로 연결된 그야말로 갑과 을 관계에서 '김 이사님, 박 부장님께서 하면(회사 나와 따로 사업을 차리면) 저야 도와드려야죠' 하는 주위 거래처 사람들의 말만 믿고 사업했다가 거의 실패를 맛본다. 그건 착각이다. 그 사람들이 을 입장에서 그 뒤에 있는 모회사를 보고 도와주겠다고 한 것이지, 그 사람이 잘나고 유능해서 그런 것은 아니라는 걸 분명히 알아야 한다. 그것도 40세 전에 일을 한번 저질러 실패를 한다면 그래도 그 경험을 가지고 한번 더 도전하면 성공 확률이 있다. 그러나 그 이후에 넘어지면 재도전은 힘들다.

"기사님 말씀 들으니 그런 것도 같은데~ 그럼 나가라고 할 때까지 직장생활이 안전하고 제일이라는 건가요?"

"요즘 제가 보기엔 그런 것 같습니다."

"음~ 갑자기 술이 확 깨는데요. 하하." 어떤 웃음인지는 모르지만 창밖을 바라보며 머리를 한번 쓱 두 손으로 뒤로 쓰다듬으면서 만감이 교차하는 웃음을 웃는다.

"최근에 직장인들 상대로 퇴직이나 명퇴 등으로 회사를 그만두면 뭘 하겠느냐는 질문에 70% 정도가 창업이라는데 그중에서 대부분이 식당을 한다고 합니다"

"식당 잘만 하면 좋잖아요."

"물론 경기가 어려워도 잘되는 곳이 있습니다. 그건 일부라고 생각합니다. 저희들이 콜 받고 식당에 가면 그곳 사장들이 물어봅니다. 다른 데는 어떻냐고요. 뭐 위로받고 싶다는 표현이겠죠. 다들 마찬가지라고 대답해 드리죠."

요즘 직장인들의 행복은 잘리지 않고 회사 다니는 게 행복이라고 한다. 사업을 하거나 장사를 하는 사람은 무슨 일이 생기면 그 어려움을 혼자서 해결해야 하기에 외롭고 고독하며 힘들지만 직장인들은 회사라는 그라운드와 동료가 있기에 위로와 힘이 되여 좋다는 것이다.

언젠가는 손님을 태우고 한참 달리는데 푸념 어린 말투로 투덜거린다.

"아이 씨~ 주말까지 이렇게 술을 먹어야 하나." 분위기가 좀 안 좋을 땐 가만히 있는 게 제일이니까 그냥 운전만 했다. 근데 내게 한마디 더 한다.

"아저씨! 영양가도 없이 주말에도 힘들게 술 먹어야 합니까?

"같이 드신 분이 친구분 같았는데 친구와 즐겁게 먹었으면 좋은 시간 보낸 것 아닙니까?" 되물었더니 친구가 아니고 선배라고 했다. 선배지만 일 관계로 연관이 있어 뭐 그런 측면에서 한잔했다고 한다.

"선배님이랑 일 관계로 드셨으면 깊은 내용은 모르지만 일이 있다는 것은 좋은 것이라 생각합니다."

요즘 일자리가 없어 야단이라 조금은 힘들어도 일이 있다는 것은 행복한 것 아니냐는 뜻으로 이야기했다. 그런데 내 말에 손님이 갑자기 화를 내는 것 아닌가.

"아저씨 말을 함부로 하는 것 아닙니까. 말조심하세요."

황당한 기분이 들었다. 뭐가 잘못된 거지. 순간 내가 한 말을 되새겨 봐도 기분 상하게 할 만한 내용은 없었다. 그래서 뭐 실수한 게 있냐고 물었다. 그래도 반복해서 말조심하라고만 했다. 그렇게 술을 많이 한 것 같지는 않았다는 느낌이 들어 먼저 말을 했다.

"사장님! 제 말에 뭔가 기분이 상하셨다면 사과드립니다. 근데 아무리 생각해도 화낼 만큼은 아닌 거 같은데 말씀을 해줘야 진심으로 사과드리죠. 이렇게 어색하게 가면 서로가 기분이 좋지 않잖습니까?"

"당신은 내가 일하고 있는 것만으로도 감사하게 생각하란 말 아닙니까?"

"꼭 집어 말할 수는 없지만…." 어물거렸다.

"내가 젊었으면 몰라도 지금 한창 일할 나이고 내가 얼마나 많은 일을 하고 내 목표가 이 세상을 정복하려고 하는데 그 딴말을 내게 하는 거요, 사람보고 말을 골라 해야지." 같은 말을 반복한다.

"사장님! 기분이 상하셨다면 죄송합니다. 사장님께서 나이가 어떻게 되시는지 모릅니다. 경제도 어렵고 가끔 대화하는 내용이라 그냥 얘기한 것뿐입니다."

그가 마침내 횡설수설하면서 자기의 이야기를 한다.

그는 모 기업(파트는 모르지만)에서 잘 근무하고 있었는데 좀 전에 만난 선배가 같이 일하면 자기 인맥에 힘입어 큰돈을 벌 수 있을 거라 했단다. 때마침 주위의 몇 사람도 도와줄 수 있다고 하는 상황이고 본인도 자기 회사 하나 키우고 싶은 욕망도 있고 자신도 있었다 한다. 그는 회사를 그만두고 창업을 해보니 모든 일이 생각처럼 되지 않았다. 되돌아갈 수 없는 시간과 나이였고 그날 한잔한 선배와는 갑과 을로 씁쓸한 관계가 되어 어쩔 수 없이 같이 가야 한다는 내용이었다.

지금도 수많은 사람이 창업과 창직에 도전하고 있다. 남이 잘되는 것을 보면 나도 저만큼은 할 수 있다는 생각에 사로잡혀 쉽게 도전하는 경우가 많다. 그러나 누구나 남의 떡이 크게 보이는 법이다.

## 습관의 심리학

습관은 무의식이다.

지구상 수많은 동물 중에 환경에 가장 잘 적응하는 동물이 인간이라고 한다. 현실 생활에서 변화를 싫어하는 것도 또한 인간이다. 어느 한 제자가 스승에게 물었다.

"스승님 사람은 선과 악 중 어느 것이 더 많이 내포되어 있습니까?"

"네가 먹이를 주며 키우고 있는 것이 잘 클 것이다." 스승이 대답했다.

인간의 두뇌는 변화에 저항하도록 되어 있다 한다. 세상만사 모든 것은 음과 양으로 구성되어 있다. 남과 여를 비롯해서 밤과 낮, 긍정과 부정, 좋은 것과 나쁜 것, 많고 적음, 기타 등등. 이렇듯 음양이 조화를 이루는 게 이치이다.

가만히 보면 인간은 좋은 것보다 좋지 않은 것에 더 많이 반응하고 잘 받아들이는 시스템으로 되어 있는 것 같다. 몸에 좋은 것은 쓰다고 했는데 쓴 것보다 단것이 좋고, 소식보다 과식하고 싶으며, 공부하기보다 놀고 싶고, 운동하기보다 편한 것을 좋아한다. 어쩌면 산다는 건 해야 할 일보다 하지 말아야 하는 일이 더 많은 것 같기도 하다.

따져 보면 양면성의 문제인데 결국 어떤 습관을 들이느냐가 중요하다고 하겠다. 습관! 습관은 무의식중에 나오는 것이다. 의식보다 먼저 튀어 나오는 단계.

언젠가 남자 손님을 모시고 올림픽대로를 달리는데 한참 통화를 하고 있었다. 목적지로 가기 위해 올림픽대로에서 빠져나가야 하는데 어디에서 나가야 할지 몰라 물어보려고 눈치보다 통화가 끝나는 것을 보고 물었다.

"사장님! 어디쯤에서 빠져나가면 되겠습니까?"

"이번에 나가시면 됩니다. 행님!" 그가 바로 대답했다.

그도 말하고는 서먹한지 창밖만 바라보았다. 나 또한 웃음은 나지만 참고 무표정으로 운전을 했다. 어떠한 행동이나 말을 할 때는 보통 생각을 하는데, 생각 없이 무의식중에 툭 튀어나오는 것이 습관이다. 이 습관으로 상대의 직업군까지도 대충 알 수 있다. 또 한 번은 여자 손님이었다. 요즘 사람들은 혼자 차를 타면 대부분은 폰을 작동하거나 통화를 한다. 술을 많이 마신 남자들은 잠시 가다 잠이 들기도 하지만 여성들은 거의 졸지 않고 통화를 많이 하는 편이다. 그래서 남자 손님이 타면 취기를 봐서 차에 타자마자 내비게이션으로 자택을 설정해서 운행하고, 여자 손님은 물어서 가는 편이다. 이 여성도 폰을 만지작거리고 있었다. 자택 근처에 도착한 거 같아 물었다.

"저 앞에서 우회전하면 됩니까?"

여자 손님은 고개를 들면서 앞을 보고 손바닥으로 가리키며 "네, 고객님!"이라고 말한다. 그 외에도 본인들이 흔히 쓰는 단어들이 무의식적으로 튀어나오곤 한다. '야~', '오빠', '언니' 등과 같은 단어도 나오는데 그래도 '선생님'이라는 호칭이 기분 좋다. 군 제대를 갓 했을 때, 집에서 늦잠을 자다 전화벨이 울리면 뻘떡 일어나면서 옆에 있던 소화기를 들고 '통신보안 ****'이라고 큰소리 지르다 정신 차린 적이 있었다.

습관은 어떤 행위를 매일매일 반복함으로써 오랫동안 되풀이되어 그것이 마음 깊이 새겨져 저절로 익혀진 행동양식이다. 새해가 되면 우린 목표를 세운다. 그러나 흔히 말하는 작심삼일이 되고 만다. 이런저런 핑계로 습관이 들기 전에 그만둔다. 운동을 목표로 한다면 운동하는 습관을 들여야 하고, 일찍 일어나고 싶으면 눈뜨면 바로 일어나는 습관을 만들어야 하며, 독서가 목표면 책을 읽는 습관, 다이어트면 자신에게 맞는 방법을 찾아 습관을 들여야 한다. 누구나 알지만 쉽지가 않다. 그 이유는 습관이 되기 전에 머리에서 과부하가 되어 실행하기가 힘들어지기 때문이다.

또한 새로운 것을 하기 위해서는 자신이 좋아는 욕구를 억제해야 하기 때문에 스트레스가 되기도 한다. 그래서 습관을 만드는데 걸리는 시간을 측정한 교수가 있다.

필리파제인 랠리 교수(UCL, University College London)는 어떻게 자동적으로 습관적인 행동을 하게 되는지에 관한 연구를 하였다. 이 연구 참가자들에게 습관의 형성을 위해 12주 동안 매일 하도록 했다. 하지 않으면 불편한 정도가 되어야 습관이 된다는 사실에 기준을 두었다. 참가한 사람들이 습관을 형성하는데 걸린 평균시간은 66일이었다. 어떤 습관이냐에 따라 차이는 있지만 평균 66일 동안의 매일 반복이 습관을 만든다는 사실을 파악한 것이다.

이 교수는 사람들이 습관을 형성하는데 많은 노력이 들지 않는다고 했다. 이유는 그 행동을 오랫동안 반복하기만 하면 자동적으로 습관이 되기 때문이란다. 쉬운 것 같기는 한데, 문제는 그 많은 사람들이 시도를 해서 성공률이 적다는 거다. 이것을 과학적인 측면, 브레인에서 그 이유를 찾아보자. 사람의 뇌에는 천억 개나 되는 뉴런(신경세포)이 있는데 나이가 들고 손상을 입으면 회복 불가능하거나 사라지고 다시 생겨나지 않는다는 것이 지금껏 가설이었다. 그러나 몇 년 전부터 뇌 과학계에서 핫이슈로 떠오르는 것이 있다. 바로 뇌의 기적이라고 하는 뇌 가소성이다.

인간의 뇌는 학습이나 외부의 자극, 환경변화에 적응하기 위해 평생에 걸쳐 변화고 성장한다는 게 뇌 가소성이다. 특히 기억을 담당하는 해마에서 어덜트 뉴로제네시스(adult Neuro genesis)라는 새로운 신경망 과립세포가 하루에도 700개씩 형성되고 있다(마우스의 실험결과). 이 소중하고 귀한 선물은 꽃에 물을 주어 키우지 못하면 쓸모가 없어지는 것과 똑같다. 이 한 알의 과립세포가(본인이 노력하려고 하는 분야) 자리를 잡기 시작하는 시간이 3일 소요되며, 가지를 뻗는데 58일, 약 두 달이 걸리는데 이때부터 뉴 메모리가 형성된다. 아주 중요한 부분이다.

앞에서 말한 작심삼일도 브레인의 과부화로 인한 스트레스 외 여러 이유가 있겠지만, 이 과립세포가 활동을 하기 위하여 성장도 하기 전에 그만두기 때문에 다시 하기가 어렵다. 필리파제인 랠리 교수가 실험한 습관적인 행동을 하는데 걸리는 시간이 평균 66일이라고 했는데 58일은 비슷한 시간이다. 서점에 가면 습관들이기에 관한 책들이 많이 나와 있다.

이런 기본적인 것을 염두에 두고 아주 작은 행동, 즉 아침에 눈 뜨면 기지개를 크게 켜기, 집에서 식사할 때 부모님께 감사의 마음을 가지기, 휴지를 함부로 버리지 않기, 밥 한 숟가락 안 먹기 등과 같이 사소한 것에서부터 시작하여 성공하면 뭔가 뿌듯함을 느끼게 된다. 그다음에 자신이 진짜 하고 싶은 것에 도전한다면 습관들이기가 쉬워질 수 있다. 운동의 절차를 학습(절차학습)하고, 정해진 절차(프로세스)에 따라 반복해서 습관이 만들어진다. 신경세포를 연결하고 튼튼하게 근육(시넵스-신경세포 연결부분 ···› 시넵스 가소성)을 만드는 학습이다. 인간은 미완성으로 태어났기 때문에 학습을 피할 수가 없다. 걸음마부터 말하는 것까지 살아가면서 학습된 것으로 90%가 행동을 하는데, 우리 행동의 80%는 습관적인 반응이라고 한다.

한 사람의 습관을 보면 그 사람의 품성과 성격은 물론 평소 생활의 품행이 느껴진다. 한 사람을 평할 때 여러 가지 기준을 두고 하겠지만 중요한 것은 학벌이나, 머리가 좋고 나쁨, 직업보다 인품이다. 아무리 외제 차에 폼 잡아도 순간순간 말투와 행동이 수준 이하인 사람이 있는가 하면, 평범한 사람이라도 인격적으로 행동할 때, 존경심이 생긴다. 예절이나 행동, 말의 습관이 잘 되어 있으면 나보다 어린 이십 대라도 존경심이 생겨, 진심으로 존칭과 행동으로 예를 표할 때도 있다.

숙취에서 나오는 행동 대부분은 가식 없는 본심이 많다. 그것이 그 사람의 습관이라 생각한다. 무의식에서 나오는 평소의 행동. 그것은 많은 연습과 노력의 대가로 만들어 낸 본인의 작품들이다. 아름다운 작품은 사람들을 감동시킨다.

나 역시 타인에게 어떤 사람으로 보일지, 어떤 이로 살아가야 할지 생각해 본다. 난 '인품 있는 사람'으로 살고 싶다. 그래서 손님 한 사람 한 사람을 만날 때 관찰하고 좋은 점을 찾아 나의 행동이 습관이 되도록 꾸준히 노력한다.

## 주식투자와 점괘

사회에서 가장 일반적인 투자를 꼽으라면 부동산과 주식이다. 부동산 투자는 땅, 아파트, 상가, 빌딩 등으로 구분할 수 있다. 주식 또한 코스피, 코스닥, 장외 거래, 해외거래 등 여러 방법이 있다.

부동산과 주식은 투자인가 투기인가? 예전에도 그랬지만 최근에 들어 부동산과 주식에 대하여 손님들의 대화가 부쩍 많아졌다. 부동산 대화는 어디 아파트가 뜬다는데, 몇 평이 앞으로 대세라는데, 피가 얼마까지 간다는데, 사야 할지, 팔아야 할지 등 궁금증이 많고 서로 자문한다. 주식 또한 얼마를 했는데 물렸다, 와이프가 알면 큰일인데, 요즘 어느 주식이 뜬다더라, 너만 알고 해봐라, 재미 봤다, 손해 봤다 등등의 얘기다. 그들의 대화를 듣다 보면 금맥을 찾아 헤매는 사람들처럼 여겨지기도 한다.

자본주의 꽃이라 불리는 주식투자는 합법이라는 옷을 입혀 놓은 투기라 생각한다. 주식 하는 사람치고 수익 봤다는 사람은 없고 대부분 손실이다. 그런데 대리하면서 만난 손님 중에 주식으로 자리도 잡고 생활비도 버는 사람들이 있었다. 역삼동에 어느 패션회사에 근무하는 미혼남성이다. 나도 부산에서 상경하여 첫 직장이 패션업계였기에 이런저런 이야깃거리가 있었다. 아직 미혼 같아 결혼 문제, 직장에 대한 미래, 현실의 위치 같은 두서없는 말을 주고받는데, 그는 자신은 여자만 있으면 결혼하는 데 아무 문제가 없다고 했다.

"결혼자금도 다 준비된 모양입니다?"

"네, 집도 이번에 마련했고 자금도 준비돼 있습니다." 술기운이지만 자신 있는 목소리였다.

"아직 재산을 모을 만한 직책은 아닌 듯한데 부모님께서 도와주셨나 봐요?"

"아닙니다. 부모님은 시골에서 농사를 지으셔서 그리 넉넉하지 못합니다."

"그럼, 어떻게…?"

호기심이 났다. 나이는 삼십 대 초반쯤이고 입사한 지도 몇 년 되지 않고 부모님의 도움도 없이 서울에서 집 장만을 했는지. 그 배경을 물어보지 않을 수가 없었다.

"실은 주식을 좀 합니다."

"주식으로… 거래금액이 많은가 봐요? 주식에 조예가 깊거나 고급정보가 있나 봅니다."

"아닙니다. 처음에 삼천만원정도로 시작했습니다. 그리고 수입이 좀 되었을 때 집을 샀고 지금도 거래금액은 얼마 되지 않습니다."

이야기를 들어보니 정보를 듣고 하는지 챠트 분석으로 거래하는지는 알 수 없다. 그는 계란을 한 바구니에 담지 말라는 말처럼 분산 투자를 했다. 욕심 없이 정도(자신이 가지고 있는 자금)를 지키면서 장에 따라 흥분하지 않고 투자했다고 한다.

투자자들은 손실 날 때 겁이 나 빨리 손절매를 하는 사람이 있는가 하면, 기다리면 된다는 말에 몇 날을 기다리다 손실이 키우는 사람이 있기도 하다. 손실이 커지면 마지 못해 청산을 하게 된다. 참으로 신기하게 청산을 하고 나면 챠트는 반대로 움직인다. 또 물타기(1차 배팅금액의 배수로 들어가는 기법)를 하는 투자자들이 있는데, 물타기는 책에서도 많이 등장하고 주식을 좀 했다는 사람들도 하는 편이다. 물타기는 확실한 챠트 분석과 자신감 없이 순간적인 감정과 누구의 말만 듣고 한다면 한 번에 깡통을 차는 방법이다. 흔히 카지노에서 바카라 게임할 때 물타기를 많이들 한다. 물타기로 수익을 낼 수 있다는 건 착각이다. 강원랜드에서는 한 번 손실 난 부분을 물타기로 해서 만회하기에는 가능성이 희박한 규칙으로 만들어져있다.

아무튼 그 젊은 손님은 자신이 거래하는 금액으로 자금 조절을 잘할 뿐 아니라 감정조절까지 너무 잘하는 것 같았다. 수익이 나도 손실이 나도 자신이 정해놓은 규칙에서 거래한다고 했다. 주식이든 선물거래든 정보도 중요하고 챠트 분석도 중요하지만 이 모든 것은 심리게임이라고 해도 과언 아니다. 그 뒤에는 일반투자자들이 접할 수 없는 큰 손이 움직인다는 것을 명심해야 한다. 이 와중에 수익을 내어 집도 마련하고 꾸준히 한다는 것은 보통 실력이 아니다. 지금도 아직 잘하고 있으리라 믿어 의심치 않는다.

또 한 손님은 관악구 쪽에 사는 중년여성인데 주식투자로 생활한다고 하였다. 보기에는 투기꾼이나 전문 브로커로도 안 보였다. 깊은 대화는 안 해봤지만 이 손님 또한 큰 욕심 없이 중타 3개월, 중장타 6개월에

15%~20%를 보고 거래한다고 했다. 간혹 1년을 보고 하는 경우도 있고. 거래금액은 말하지 않았으나 중산층이 거래할 수 있는 금액이라면 1억~2억 정도가 아닌가 싶다.

어떻게 꾸준히 잘하는지 물어봤더니, 나름 공부를 한다고 했다. 아침이면 여러 신문에 난 보도와 벤처기업의 뉴스, 국내외 기업들의 신제품 발표 및 수출의 종류 등을 분석하다 보면 감이 오는 종목이 있다고 한다. 지금껏 대부분 적중했다면서 자신감을 보였다.

세 번째는 재미있는 손님이었다. 40대 전후로 보이는 기혼남성이다. 직업은 파악하지 못했다. 이런저런 이야기를 하면서 부동산이며 투자에 관한 말을 하고 있었다. 그가 내게 주식을 하느냐고 물어보았고 난 하지 않는다 했다.

"사장님께서는 주식 하시나 봐요?" 내가 되려 물었다.

"조금 합니다."

"수입은 괜찮습니까?. 보통 손실을 많이 본다고 하던데…."

"예전에 하다가 안 했는데 친구 때문에 다시 시작했습니다."

"친구가 잘하시나 봐요? 아님 좋은 정보를 주셨나요?"

"친구는 초보자입니다. 되려 내게 물어보고 하는 편이죠."

"그런데 왜 친구 때문에 다시 하셨어요?" 흥미가 일어 물었다.

"저를 포함해서 주위를 보면 주식으로 손실만 있지, 수익을 봤다는 사람은 못 봤습니다. 그런데 친구를 보고 대박을 내는 사람도 있다는 것을 직접 보고 다시 합니다."

대박을 내었다고 하니 물어보지 않을 수가 없었다. 얼마나 수익을 내었느냐고 했더니 신이 난 듯 술기운은 어디로 날아가고 이야기를 시작하였다. 그의 말을 다 듣기 위해 속도를 늦추어야 했다. 이야기의 요지는 이렇다.

친구가 주식을 시작했는데 거래하는 거 좀 봐주면서 도와 달라고 했다. 처음 하는데 얼마쯤 투자하였는지 물었더니 얼마 안 가는 종목으로 했다는 말만 남기고 안 알려주었다. 며칠 후 친구로부터 연락이 와 가격이 조금 내려갔는데 어떡해야 하느냐며 자문을 구했다. 그때 알았는데 친구는 당시 A주를 주당 5천원에 2억 정도를 매입했다. 천원이 빠져 4천원 하는데 청산을 해야 하는지, 기다려 봐야 하는지 물었다. 그 정도는 감수해야 하지 않느냐고 대답해주고, 또 며칠이 지나 다시 연락이 왔다. 본인도 궁금하기도 하고 해서 그 주식 어떻게 되었는지 물었더니 2천5백원까지 빠졌다며 판단을 좀 해달라는 것이었다. 절반이 손실 났는데 자기가 어찌 당당하게 말할 수 있겠는가. "결정은 네가 해야겠지만 절반은 청산하고 절반은 가져가는 게 어떻겠냐"라는 대답밖에 못 했다고 한다.

그 후로 결과가 궁금했지만 손실이 크게 났다는데 연락하기도 불편해 못하고 있는데, 2주쯤 지나 다시 연락이 왔다. 반갑기도 하고 걱정도 되어 상황부터 물어보았다. 그때 아무 짓도 안 하고 기다렸는데 지금은 6천원이란다. 한편으로는 다행이라 생각했고 놀라기도 했다. 그럼 지금 어떤 생각이냐고 물었더니 그냥 가보겠단다. 그런 일 이후 몇 주가 지나 수익을 내고 있으니 편안한 마음으로 자기가 먼저 연락을 취했다 한다. 안부를 묻고 그 주식은 어찌 되었는지 가슴 설레며 물었다. 그런데 1만원이란다. 놀라서 그럼 팔아야지 했더니 친구도 생각 중이란다. 본전은 챙기고 이익 난 것으로 거래하라는 말만 하고, 다음에 술 한잔하자며 끊었다.

본인도 일이 바빠 잠시 잊고 있었는데, 어느 날 그 친구로부터 연락이 와 술 한잔하자고 했다. 그 주식 어떻게 되었느냐고 물었더니 그냥 만나서 한잔하자고만 하여 약속을 정하고 며칠 후 만났다. 불안한 마음과 궁금증 때문에 만나자 말자 주식부터 물어보았다. 친구의 대답을 듣고 놀라지 않을 수 없었다. 며칠 전에 10억을 챙기고 지금은 처음 거래금액 정도만 가지고 한다고 했다. 술을 시켜 마시면서 축하도 해주었지만 부럽기만 했다. 이야기를 나누다가 궁금증이 생겨 친구에게 물어보았다.

"손실이 절반 넘게 났는데도 그냥 기다렸고, 수익이 배 이상 났는데도 기다렸잖아. 보통 사람들 같으면 마음 졸여 너처럼 기다리기가 힘든 상황이야. 근데 넌 어떤 마음으로 그런 거야?"

그 친구가 웃으며 대답했는데 그 말을 듣고 황당하여 미친놈이라고 했단다. 나 또한 황당하기 짝이 없었다. 그 친구가 주식을 하고 나서 우연히 지인과 함께 점집에 가게 되었다고 한다. 지인이 점을 보고 친구도 생각 없이 점을 보았는데 점쟁이가 금년에 한 번 오기 힘든 재물이 들어올 것이라고 했단다. 그 말을 잊고 있었는데 주식투자를 하며 그 말이 생각나 '한번 믿고 가보자. 언제 또 이런 기회가 오겠나' 하며 참고 기다렸다고 한다. '선무당이 사람 잡는다'란 속담이 맞는지 아무튼 일을 냈다. 그 손님은 그런 친구를 보고 본인도 기대를 품고 다시 시작했다고 했다.

"그럼 사장님께서도 좋은 점괘가 나왔습니까?" 농담 삼아 물었다.

"점은 안 봤는데 거래하기 전 꿈자리가 좋아 시작했습니다. 하하하."

누구나 꿈을 꾼다. 이루지 못하기 때문에 꿈이라 하지 않는가. 간절하면 꿈은 이뤄진다 했다. 장도현 작가는 증권사에서 근무하면서 평소 자기에게 주식 정보를 알려주고 아무 말 없이 사라지는 것을 생각해봤다고 한다. 그런 생각으로 소재를 찾아 출판한 책이 〈돈〉이다. 그 책이 영화로까지 만들어졌으니 대박이 아니겠는가.

어느덧 목적지에 도착해서 서로 대박 나라는 인사를 하고 돌아섰다. 보석이 박힌 밤하늘에는 18밀리보다 더 큰 금박으로 물들인 진주 하나가 떠 있다. 보름인가 보다. 저분도 대박 날 것을 바라며, 나는 눈에 띄는 복권방으로 들어갔다.

## 대화는 어려워!

아침, 저녁으로는 아직 차가운 바람이 불지만 남쪽 지방에서는 벌써 꽃봉오리들이 봄소식을 전한다는 라디오 뉴스가 나온다. 서울에는 아직 마른 나뭇가지와 차가운 바람결, 얼어있는 도로이니 우리나라도 넓고 크다 싶다. 그래도 땅속 깊은 곳에는 따스한 봄기운이 감돌고 있을 것이고 조만간 저 마른 나뭇가지로 봄소식이 전해질 것이다.

라디오를 들으면서 운전을 하는데 손님께서 전화를 하려고 하는지 라디오 볼륨을 줄인다. 직원들과 함께 자리를 하고 배웅을 받으면서 집으로 향하고 있는 여자 손님이다. 여성들의 수다는 이 손님도 다르지 않다. 수다는 어찌 보면 스트레스를 날리는 면도 있다. 한 시간 넘게 통화하고는 만나서 얘기하자고 한다거나 종일 만나 수다 떨고서 헤어질 때는 집에 가서 통화하자고 한다는 말도 있지 않은가. 여성들은 그래도 전화기를 귀에 대고 통화하지만 남성들은 차의 스피커로 통화하는 이도 많다. 이때는 듣고 싶지 않은 얘기도 다 들어야 하니 운전하는 데 방해가 되기도 한다.

늦겨울과 초봄 사이, 늦은 밤이라 거리는 막히는 곳 없어 차는 시원하게 달린다. 가끔 신호를 받아 서기도 하고 추월하는 차를 양보해 주면서 매끄럽게 달리고 손님 또한 통화의 내용이 부드럽다. 가끔 손님들의 통화 내용이 과격하거나 너무 감미로운 목소리로 통화할 때는 자연히 귓구멍이 커지고 머리카락 안테나가 뻗는다. 누구일까, 뭔 일일까 신경 쓰이기 때문이다. 현재는 내가 이런 증상이 없어 보이니 이 손님이 누구와 통화하는지 몰라도 그냥 평범한 대화인 것 같다. 이 손님 또한 한참이나 통화를 하더니 갑자기 감정이 격앙된 목소리로 변하는 것이 아닌가. 순간 나의 심장에도 변화가 왔다.

"내가 좀 잘하려고 하면 엄마는 항상 왜 그래…?" 감정과 울음이 섞인 톤이다.

'엄마와 통화를 하고 있었구나.' 분위기 좋았는데 갑자기 돌변을 했다. 통화를 하면서 억누르고 있던 말이 튀어나온 모양이다.

"엄마, 엄마는 왜 항상 그 말을 하고 그래. 내가 엄마랑 대화 좀 잘 해보려고 참고 얘기하면 엄마도 좀 맞춰주면 안 돼? 왜 언제나 뒤에는 그런 말을 하는데… 왜 왜?"

무슨 내용인지 항시 뒤에 어떤 말을 하는지는 모르나 이 여성이 듣고 싶지 않은 단어나 말 혹은 상처, 아픔, 그리고 해결 나지 않는 그런 부분으로 추측해본다.

언젠가 한 남성 손님이 생각난다. 어쩜 같은 남자라 공감대가 되어 기억에 남는지도 모른다. 말투와 행동이 차분하게 보이는 50대 전후로 어떤 업종에 종사하는지는 기억이 없다. 그다지 술을 많이 마시지는 않아 보였다. 요즘은 술의 도수가 낮아 그런지, 아니면 건강을 생각해 많이들 안 마시는지, 안주가 좋아서인지 심하게 술 취해 보이는 사람이 많지 않다.

차는 출발하고 몇 마디 대화를 나누는 도중 전화가 왔다.

지금 들어가고 있는데 어디쯤이라고 하는 평범한 통화 내용을 보니 집인 것 같다. 짧은 시간의 통화였지만 그는 상대의 말을 듣는 편이었다. 그러다 중간에 가끔 깊은 한숨과 '알았어, 그만해'라는 말만 할 뿐이어서 뭔가 참는 듯한 모습이다. 보통 이 정도의 심정이면 창문 열고 담배 하나 태울 만도 한데 비흡연자로 보였다. 잠시 후 그는 '집에 가서 얘기하자'며 전화를 끊었다. 답답함을 날리려는 듯 뒤 창문을 조금 내리고, 멀리 밤 풍경을 잠시 응시하더니 윙 거리는 바람 소리가 아내의 잔소리 같았는지 이내 창문을 올린다.

차 안의 공기는 무겁기보다 차분하다. 음악도 없고 덥지도 춥지도 않으며 차의 부드러운 엔진 소리와 속력 내어 달리는 차들이 남긴 바람 소리뿐 아무 말이 없었다. 우린 이럴 땐 뭔 말을 하지 못한다. 그냥 열심히 안전 운행만 할 뿐이다. 백미러로 잠시 보는 손님의 표정은 차 안의 공기처럼 그저 차분한 따름이다. 창밖만 응시하면서 스치는 바람 같은 시간을 그냥 받아들이는 것처럼.

그가 조용히 그리고 천천히 입을 열었다.

"사장님은 사모님이랑 대화 자주 하세요?"

간단한 질문이었지만, 문득 뭐라 대답해야 할 답이 떠오르지 않았다.

"요즘 다들 바쁜데 가족끼리도 대화할 시간이 없는 것 같습니다. 저희도 마찬가지죠."

"하루에 짧은 대화라도 서로 잘 통하면 괜찮을 것 같은데…." 말꼬리를 흐렸다.

“사장님께서는 편안하게 대화를 잘하실 것 같은데요?” 분위기를 바꿔 보려고 했다.

“뭐 잘한다기보다 그냥 얘기하는 거죠.”

“근데 뭐가 문제이신지…?”

말은 뱉었지만 손님의 신상을 묻는 실례를 범하는 것 같아서 말을 잇지 못했다. 손님은 부스럭거리며 의자에 푹 파묻듯 몸을 맡기면서 입을 열었다.

“내가 여자들 마음을 모르는지 내 아내가 잘못인지 도무지 모르겠습니다. 아니면 내가 잘못 생각을 하는지.”

“남자들이 어찌 여자 마음을 알겠습니까, 그냥 이해를 해야죠?”

“이해가 안 가니 문제죠. 다툼을 안 하려고 말을 줄이면 재미없게 말이 없다고 잔소리하고, 집에서 티브이를 보거나 외식이나 나들이할 때 분위기 맞춰보려고 얘기하고 대화를 하다 보면 잘 나가다가 꼭 마무리는 저에게 옵니다. ‘당신만 잘하면’ ‘당신이 돈 좀 많이 벌어주면’ ‘여자 마음 하나 못 맞춰 주나’ 등등 짜증을 냅니다. 이런 말마저도 맞춰보려고 좀 더 이야기하면 감정싸움이 나고 그러다 보니 내가 먼저 이쯤 되면 대화를 안 하려고 합니다.”

도로의 가로등 불빛은 영사기를 돌리듯 한 컷씩 넘어가며 그 상황을 보여 주는 착각마저 들게 한다. 돌아가는 영사기가 멈추면 아쉽듯, 그가 이내 말을 이어간다.

“제 성장 과정 중 부모님의 다툼이 많은 부분을 차지하고 있습니다. 과거에는 옆집에서 방귀만 뀌어도 모여든다는 시절이었죠. 참 많이 부끄러웠고 심적 불안이 매우 컸습니다. 그래서 아이들의 마음을 압니다. 되도록 아이들 앞에서 집사람과 다투지 않으려고 참고 피하다 보니 아내는 아내대로 답답한 모양입니다."

"사장님의 그런 마음을 사모님께 말씀드리면 이해가 되지 않을까요?"

"말을 했죠, 그리고 알고 있을 겁니다."

모든 일은 양쪽 이야기를 들어봐야 한다. 한국 남자들이 그나마 표현을 하려고 노력하는 모습들이 보인다. 그래도 아직 부족하다는 여성들의 입장이다. 갈수록 수다가 많은 남자도 늘어나고 있지만 가정사를 말하는 경우는 드물다. 이 손님은 얼마나 답답하면 묻지도 않은 처음 보는 기사에게 속내를 털어놓는 것일까? 듣고 있는 내 가슴도 답답한데 말하는 이 손님은 얼마나 답답하면 정답 없는 말을 내게 할까. 나 또한 어떠한 답도 질문도 할 수가 없었다. 대화의 문제인지, 남성과 여성의 차이점인지, 한 개인적인 인성 혹성 성격의 차이 때문인지, 흔히 말하는 서로 간의 상대성인지는 도무지 알지 못한다. 요즘은 심리상담사가 인기 있는 직종으로도 각광을 받고 있다. 그들은 이런 일을 자신 있게 해결할 수 있을까?

운행을 하다 보면 부부든 연인이든 대부분 여성들은(누가 잘하든 못하든) 집고 따지고 들려고 하고 남성들은 이런 분위기에 도달하면 회피 내지는 그만하자는 쪽이다. 한때 TV 프로그램에서 남성과 여성의 심리에 대한 개그가 유행한 적이 있다.

"여자들이 큰 것을 바라나. 작은 일, 작은 선물에도 감탄하고 고마워하는데 그것 하나 남자들이 못 맞춰줘?"

“그래 여자는 큰 것 바라지 않지, 작은 다이야 하나면 돼.”

이런 남녀 대화처럼그냥 웃고만 넘길 수 없을 정도로 잘 표현한 코너였다.

대리운전을 하다 보면 가는 쪽은 자주 가게 되고 한 번 안 가면 잘 안 가게 된다. 그러다 오랜만에 가보면 없는 도로가 생겼고 일방통행 길이 만들어지고 방지 턱을 많이도 만들어 놓았다. 다 필요성 때문에 돈 들여 만들어 놓았을 것이다. 이 또한 현실에 맞게 바꾸고 변하는 것처럼 남성과 여성의 사회적인 인식과 행위에도 과거와 달리 분명 많은 변화가 있다는 건 누구나 인식한다. 시대의 변화에 맞추어 달라진 것이라 생각한다.

현대 물리학에서는 ‘우주는 팽창하고 인간은 진화하는 중’이라고 하는데, 우리가 일상생활에서 하는 대화도 어느 한 방향에만 머물지 말고 진보하고 발전했으면 한다. 대화의 소재나 방법도 현실에 맞게 상대를 배려하며 얘기꽃을 피운다면 상대와의 관계도 곧 다가올 봄처럼 활짝 피리라 생각한다.

제5장

# 그래도 살 만한 세상

# 첫 경험의 추억

대리운전한 지 몇 달 안 될 때였다. 어느 추운 겨울, 한파가 며칠째 기승을 부리고 깊어가는 겨울밤의 도심도 음산할 정도로 한산하다.

밤 11경, 도착지는 강남 신사동 근처. 남성과 여성을 태우고 골목길로 접어들어 목적지인 고객의 집에 도착하였다. 집은 다세대주택 같은 빌라였고 1층 공간에 한두 대 들어갈 수 있는 주차공간이 있었다. 후진 주차를 위해 앞에서 뒤로 비스듬히 차를 세우고는 손님 먼저 하차시켰다. 보통 주차하기 전에 손님부터 내리라고 한다. 이유는 아파트나 일반 주택 등 도심에서는 그리 넓은 주차장이 없다. 주차를 하고 나면 손님이 내리기에 불편할 경우 손님에 대한 서비스 차원이고, 또 기사들은 처음 가는 곳이라 주위 환경을 잘 모르니 주차 시 주위를 좀 봐달라는 뜻도 있다. 뒷좌석의 두 사람이 앉은 채로 괜찮다고 그냥 주차해 달란다. 조심스레 사이드미러를 보며 브레이크 밟을 때 커지는 붉은 후진 등으로 주위와 거리조절을 해가며 정차시켰다. 조금만 더 왼쪽(운전석 쪽)으로 붙여 달라고 요구하였다. 다시 앞으로 당겼다가 후진을 하여 되었다고 하니 조금만 더 뒤로 붙이라고 한다. 후진 불빛을 보니 뒤에 어린이 자전거가 있기에 신경 쓰면서 액셀러레이터를 살며시 밟았는데 '우직~' 하는 작은 소리와 함께 느낌이 왔다.

손님이 "뭔 소리지?" 묻자 자전거에 닿은 것 같다는 말을 하고는 조금 앞으로 당겼다. 손님 두 사람은 먼저 내리고 난 시동 끄고 뒷정리를 하고 내렸다. 근데 여자 손님이 "어머 어째" 낮은 소리를 내고 남자는 묵묵히 차 뒤쪽을 바라보고 있었다. 순간 사고구나 생각했다. 남자 손님의 시선이 머문 곳을 보며 할 말을 잊었다. 미안하다는 말도 안 나올 정도였다. 운전석 뒤 타이어 위 휀다가 뒤로 밀리어 간격이 3cm 정도는 뚫려 있을 정도였다. 이건 내가 봐도 사과로 될 일이 아니었다. 처음이라 어떻게 해야 할지 그냥 멍할 뿐이었다. 운전석 뒤쪽 건물 코너에 사각기둥이 툭 튀어나와 있었던 거였다. 협소한 주차시설이라 외등도 없었고 지형의 특성 또한 몰랐으며 겨울이라 창문을 닫은 상태로 사이드미러를 보니 어둡기도 해서 그 기둥을 미처 발견하지 못한 것이었다.

수리를 해줘야 할 상황이라고 생각하며 그때 차종을 보았다. 제네시스였다. 죄송하다고 간신히 말은 했지만 제대로 발음도 안 되었다. 코너에 몰린 생쥐가 벽에 붙어 고양이의 처분만 바라면서 떨고 있는 것처럼 말과 행동이 부자유스러웠다. 남자 손님은 아무 말도 없이 "아~ 참"이란 탄식만 할 뿐이고 여자 손님 또한 "어떡해, 너무 심하게 되었네" 한다. 분명히 추운 날씨인데 열이 나고 있었다. 남자 손님이 대리비 얼마냐고 물었다. "대리비는 만오천~" 말을 다 못하였다. 그 말을 들은 남자가 여성에게 대리비를 주라고 하였다. 난 거절했다. 여성은 돈을 내 앞에 내밀었다. 난 도저히 받을 수가 없었다. 그러자 남자가 받고 빨리 가라는 거다. 이럴 수도 저럴 수도 없는 나의 행동을 지켜보던 남자가 한 번 더 빨리 받고 가라 했다. 어린아이가 손님이 주는 돈을 엄마의 눈치를 보는 행동처럼 슬금슬금 받고는 걷는 것도 아니고 뛰는 것도 아닌 어정쩡한 걸음으로 골목을 걸어 나오면서 또다시 부를까 겁도 나 귀를 쫑긋 세우고는 빠져나왔다.

골목길을 휘감아 오는 세찬 겨울밤 바람은 사고 친 나를 야단치듯 얼굴을 세차게 때린다. 얼얼했다. 그때야 내가 지금 뭔 짓을 하고 오는지 정신이 들 정도였다. '내가 지금 큰 사고를 치고 왔는데 아무 일 없이 가다니' 나 자신이 얼마나 작게만 느껴지는지 그리고 너무 초라한 모습이었다. 영하의 날씨에 냉동이 되었다가 그제야 해동이 되는 기분이었다. 대리운전하기 전에 우리 사회는 나쁜 사람들이 많다고 생각했는데 방금 그 한 사람의 배려가 또 다른 이에게 전파하는 좋은 사례를 처음 경험한 사고 사건이다. 그는 '빨리 가세요'라고 말할 때까지의 짧은 시간에 얼마나 많은 생각을 했으며, 사람의 심리를 아는 듯 마음 변하기 전에 빨리 가라고 했을까. 나이도 그리 많지 않고 40대 정도였는데 참 깊고 큰 사람이라 생각한다. 만약 '나'라면 하고 가끔 생각할 때도 있다.

지금도 그때의 트라우마가 있어 제네시스 차종이면 더욱 조심하고 주차 시 양쪽 창문은 꼭 내리고 안전하게 후진운전을 한다.

# 따뜻한 사람들

## 선물 1

오후부터 서울에는 싸락눈이 휘날리고 있었다. 하늘은 한바탕 비라도 쏟아질 듯 어두운 날씨가 이어졌다. 오후 6시를 지나면서 기온은 영하 6도로 내려가고 바람마저 불어오니 체감온도가 영하 10도 이상이라는 뉴스가 나왔다. 이런 날씨에는 콜이 많지 않을 것이라 생각하고 무조건 첫 콜은 타야 했다. 좀 늦었지만 9시 10분쯤 양재에서 송파까지 만오천 원으로 점잖은 분을 모시고 이만 원을 받았다. 첫 콜이 좋으니 손님이 없는 와중에도 시내서만 세 콜을 타고 네 번째도 도산공원에서 성수 경유 옥수까지 이만원에 오천원 팁까지 받고 열두 시 전에 일을 끝냈다.

눈 오는 날엔 대부분 운이 좋다. 다른 사람들은 눈 오는 날 운전하는 게 위험하고 힘들어 싫다고 하지만 나는 눈이 오는 날은 '오늘은 또 어떤 일이 일어날까?' 은근히 기대감이 생기기도 한다. 유독 눈이 많이 왔던 2011년 겨울이 생각난다.

그날도 저녁이 되면서 함박눈이 무진장 많이도 왔다. 마지막 콜을 잡기 위해 신사동 사거리에서 대기하고 있었다. 기다린 보람이 있어 서울대역

이만오천원을 잡고 갔다. 신사역 굴다리에서 상도동 숭실대를 지나 봉천고개를 넘어 서울대역 쪽으로 가는 코스였다. 거북이 운전을 하며 큰 탈 없이 숭실대를 지나자 함박눈이 폭설로 변하여 내리기 시작했다. 봉천동 고개를 넘어갈 때 반대쪽에서 오는 차들은 언덕을 올라오지 못하고 모두가 술 먹은 뱀처럼 좌, 우 꼬리만 흔들고 앞으로 나아가지 못하고 있었다. 도로는 순식간에 난장판이 돼 버렸다. 난 내리막길이라 정말 낮은 포복으로 기어갔다.

손님이 중간에서 좌회전하여 우성아파트로 가자고 하였다. 그곳으로 가려면 내리막길로 한번 내려갔다가 다시 오르막인 길이라 갈 수 있을까 걱정되었는데 손님이 저기를 운전해서 올라가면 오천원을 더 주겠다고 제안을 했다. 서울 바닥에서 익혀온 운전 실력으로 한번 해보자는 생각을 하는데, 손님은 "속력 내서 바로 치고 올라가야 한다."라고 한마디 한다. 차가 좌회전을 해 언덕을 내려서자마자 속력을 내어 올라섰다. 그런데 차의 파워가 떨어지면서 순간 자신감도 떨어지는 것을 느끼며 생각했다. '자신감 없으면 안 되는데. 이거 장난이 아니잖아.'

뒷좌석에서는 손님이 열을 올리며 목청을 높인다.

"옆으로, 좌로, 다시 우로, 밟아요. 속력 줄이면 안 돼요…."

그때 오토와 스틱의 운전 방법에 차이가 나는 것을 처음 알았다. 눈과 얼음판 위에선 제아무리 운전 실력이 있다고 해도 내 맘처럼 되지 않는다는 것은 운전하는 사람들은 잘 알 것이다.

"잘할 수 있어요, 좀만 더, 됩니다."

그는 나를 독려했지만 '술 취하신 사람의 말을 들어야 하나. 그만 멈춰야 하나?' 많은 갈등이 스쳐 지나갔다. 옆에 가다 멈춰 선 승용차가 내 쪽으로 오고 난 또 다른 차 쪽으로 미끄러졌다. 내가 가는 게 아니라 차에 자석이 붙었는지 나의 의지와 운전실력과는 아무 상관 없이 좌우로 어디엔가 붙으려고만 한다. 조금 하다 보니 익숙해지는 느낌이 들어 요령이 생겨나기 시작했다. 좌로 갔다 우로 갔다 그야말로 뱀처럼 움직이다 보니 스키의 에지를 받듯이 차츰 올라가지 시작했고 어느덧 언덕을 치고 올라갔다.

"수고했어요, 아저씨 저쪽으로 한 번만 더 올라가 주차장으로 가면 오천원 더 줄게요. 아저씨 하시는 것 보니 할 수 있겠습니다."

그는 뭐가 그리 신이 났는지 내 흥을 돋우고 있었다. 한번 해본 경험의 바탕으로 전보다는 좀 쉽게 올라가 주차장으로 들어갔는데 성공하였지만 그 곳에는 주차 자리가 없었다.

"어떻게 할까요? 사장님."

"그럼 다시 나가 저 옆으로 갑시다, 그럼 오천원 더 줄게요. 그럼 이만 오천원에 오천원, 그리고 오천원, 삼만오천원 드리면 되죠?"

이거 뭐야 돈 가지고 장난치는 것도 아니고 정말 줄까, 의문도 생겼지만 평지 같으니 가보자는 맘으로 다시 자리를 움직였다. 그러나 그곳도 마땅치 않은지 다시 자기 아파트 입구 쪽으로 가자고 했다. 그런데 그쪽으로 가려니 좁은 길인 데다 꺾어지는 코스가 있어 위험해 보였다. 더구나 내리막길이었다.

"사장님 여기는 위험합니다. 괜히 여기까지 잘 왔는데 사고라도 나면 서로 난처합니다." 내가 단호하게 이야기했다.

"알았습니다. 여기까지 하죠, 수고했습니다." 그는 지갑을 열더니 오만원짜리 지폐 한 장을 꺼내더니 수고했다고 그냥 가지라고 했다. 처음으로 제일 많이 받아보는 순간이었다. 기분 좋았다. 그리고 힘들게 운전해서인지 쾌감은 더 높았다. 돈을 받아 쥐고 돌아서려는데 손님이 한마디 더 했다.

"내가 말이 너무 많았죠? 운전하는데 힘들까 봐 편안하게 농담하고 응원한다는 게 말이 많았어요. 우산 없죠?" 그는 트렁크를 열어 우산 하나를 꺼내주었다.

"골프 우산인데 크고 좋아요, 한 번도 쓰지 않은 거예요."

"괜찮습니다."

"괜찮으니 가져가요, 눈도 많이 오는데."

싸락눈은 어느새 함박눈이 되어 펑펑 내리고 있었다. 우산을 받아들고 돌아서니 기온은 차지만 내 맘은 따뜻한 열기가 차올랐다. 사랑하는 사람과 행복한 차 한 잔을 나누고 헤어지는 기분이었다. 짧은 대리운전 기간 처음 받아보는 선물이었다.

함박눈이 더 내리면서 봉천동이 네온사인과 함께 아름답게 보였다. 우산을 펼쳐보니 이중으로 된 큰 검정 우산이다. 실제의 우산 크기보다 몇 배나 더 큰 우산이었고 이 우산보다 더 넓은 그 손님의 따뜻한 맘을 느낄 수 있었다. 나는 눈이라는 구름 위를 가볍게 걸어 내려오면서 이래서 아직 살 만한 사회가 아니겠는가 생각했다.

## 선물 2

연말은 어쩜 술 먹는 달인지도 모르겠다. 대리를 하다 보니 많은 사람들을 만나고 얘기를 나누는데, 선물 주고받는 것, 누가 더 많은 선물을 받았는가. 누구에게 비싼 선물이 들어오는가, 몇 사람과 인사를 나누고 술좌석을 했는지가 연말의 큰 관심사다. 이런 모습을 보노라면 우리나라의 명절이나 연말은 있는 사람들의 축제인지도 모른다는 생각이 든다. 특히나 하청업체나 중소기업 하는 사람, 직장의 중간 자리에 있는 사람들은 정말 힘들게 관계를 맺고 있다. 행동과 얼굴만 봐도 대접받는 사람인지, 대접하는 사람인지 알 만한 지경에 이르렀다.

"사장님, 지금 몇 차 가시는 거예요?"

"3차인데 잠시 갔다 인사로 한 잔만 먹고 또 다른 데 가봐야 해요."

"힘드시겠습니다."

"아무 생각 없습니다. 그냥 의무라고 생각합니다. 아저씨도 힘드시죠?"

나는 그냥 한번 씩 웃는다. 몸도 제대로 가누지 못하는 상태에서 다음 술자리 걱정까지 하는 손님을 보면서 요즘 젊은 사람들은 술 먹는 것도 전략적인 것 같다는 생각을 한다. 신사동에서 이수역으로 갔던 삼십 대쯤 보이는 직장인 손님이 떠오른다.

"사장님 술 많이 하시지 않은 것 같습니다."

"저 지금 폭탄주에 3차 하고 가는 길입니다"

"그런데 전혀 취해 보이지 않습니다."

"그래요, 그럼 약이 좋아서 그런가 봅니다."

약은 보통 술 먹고 다음 날 숙취로 먹는다고 생각했는데 그게 아닌 것 같아 물어보았다.

"약은 숙취로 다음 날 먹는 것 아닙니까?"

"아니에요, 술 먹기 전에 먹는 약들이 얼마나 많이 나왔는데요. 그것 없으면 우리처럼 밑에 있는 사람들은 못 견딥니다."

"그래요, 뭔 약인데요?"

물어보니 약국에서도 팔긴 파는데 별 효과가 없고, 인터넷에서 찾아보면 몇 가지가 있는데 각자 자기에게 맞은 것이 있다고 한다. 영업사원들이나 직장의 젊은 직원들이 많이 이용한다고 한다. 정말 옛날 술 문화와 사뭇 다르다. 언젠가 한번은 나이 좀 든 손님인데 술 안 취하는 방법이 있다고 해서 물어보았다. 자기만 아는 방법인데 좀처럼 말해주지 않으려다 특별히 말해준다면서 술 먹을 때 소화제를 섭취하는 방법이라고 했다.

"소화제는 소화 안 될 때 먹는 거잖아요? 근데 술이랑 뭔 상관이 있습니까?"

그 손님의 이론은 술을 먹으면 위에 계속 술이 남아있기 때문에 술기운이 계속되지만 빨리 소화를 시켜버리면 술이 위에서 머무는 시간이 짧아 효과가 있다는 것이다. 그러면서 자기는 효과를 본다고 했다. 듣고 보니 시시한 방법이라 말해주지 않으려고 했나 생각했다. 그런데 몇몇 사람들에게 얘기했더니 긍정적으로 생각하는 사람들이 의외로 많았다.

어느덧 이수역에 도착하여 길목에 차를 세우니 손님은 요금을 계산하며 연말인데 선물을 하나 주겠다고 했다. 그리고는 트렁크에서 뭔가 찾더니 비아그라 한 알을 건네주며 진짜라고 강조한다.

"고맙게 받겠습니다. 혹시 의약품 쪽에 근무하십니까?"

"그쪽은 아니지만 술자리를 많이 하다 보니 체력도 떨어지고 해서 필요한 것 몇 가지는 항상 준비해서 다닙니다."

시대의 변화에 따라 모든 것이 변화하지만 기분 좋게 먹고 취해야 하는 술 문화도 이렇게 계산적으로 바뀌었나 생각하며, 현대인들의 술 문화에 씁쓸한 마음이 들었다. 비아그라 한 알을 손에 쥐고 이것도 선물인가 싶었지만 고마운 마음에 감사 인사를 하며 돌아섰다. 그 비아그라는 사용할 일이 없었다.

## 선물 3

가을이면 서울에서 여기저기 행사가 많다. 그날도 어디에선가 불꽃축제를 하는지 밤하늘 자연의 별빛에 저항이라도 하는 듯 불똥을 터뜨리며 화려한 빛을 자랑하고 있었다.

"대한민국 사람들은 똑같이 세금 내는데 왜 서울 사람들만 유독 많은 문화적 혜택을 보느냐"고 볼멘소리로 불만을 내뿜던 창원에 사는 사촌동생이 생각났다. 요즘은 지방에도 다채로운 공연과 문화행사가 많아졌지만 그래도 서울만 하겠는가.

폭죽 소리를 들으며 콜을 잡은 것은 신사동에서 분당 가는 손님으로 점잖은 노신사였다. 출발하려니 그는 강남역 방향으로 가 달라고 했다. 그리고 어디론가 전화를 하고선 한 시간쯤 있다 다시 연락하면 올 수 있는지 물었다. 보통 다시 연락하는 일은 그리 흔치 않다, 아니 거의 없다고 해도 과언이 아니다. 우리 또한 한 곳에 머물러 있는 것도 아니고 대기 시간을 감안해 주는 것도 아니다.

"강남 주위에 있으면 오도록 하겠습니다."

얼마 시간이 지나지 않아 모르는 전화번호로 전화기가 울렸다. 받아보니 방금 헤어졌던 그 손님이었다. 일이 빨리 끝났다고 와 달라고 했다. 분당으로 가는 길에 이런저런 이야기를 했다. 무슨 일을 하는지는 모르겠지만 즐겁게 일하는 듯한 모습이 보기 좋았다.

"사장님 분당 다 왔는데 어느 쪽으로 가면 되겠습니까?" 나는 분당 쪽 길을 잘 몰라 손님에게 물었다.

"조금만 더 저쪽으로 가면 돼요."

분당 시내를 조금 벗어나 한적한 길로 달리다 신호등에 잠시 멈춰 섰다.

"기사 양반, 잠시 여기 세워 줘봐요." 화장실이 급하나 생각하며 차를 도로 옆에 세웠다. 서울에서 몇 분만 나와도 이렇게 조용하고 공기 좋은 곳이 있는데 왜 다들 서울이라는 틀 속으로 들어가려고 하나. 개그 콘서트 '이놈 아저씨'라는 코너처럼 좁은 방에 끼어들어 가듯 말이다. 분당 시내만 와도 또 차이가 나는 이 신선한 공기와 고요한 적막, 가끔 이 적막을 샘이라도 내듯 차들이 끼고 간 방귀 소리만 들려왔다. 차에서 내린 손님은 이내 찐빵 한 봉지를 사서 돌아왔다.

"기사 양반, 일하다 보면 배고플 텐데 그때 먹게나."

하얀 봉지를 건넸다. 엉겁결에 받아 들면서 고맙다는 인사를 짧게 하고는 다시 목적지를 향해 갔다. 그분이 왜 갑자기 찐빵을 내게 주었는지 알 수는 없었다. 옛날 생각이 나서, 나 같은 동생이 있어서, 불쌍해서. 뭔지는 모르지만 따뜻하게 전해지는 그 느낌은 좋았다. 종이봉투에 든 따스한 찐빵의 열기가 그의 마음처럼 포근하게 전달되었다. 어느덧 입술까지 단맛을 느끼며 경기도 어느 한 마을을 비추고 있는 달을 보고 한 입 크게 베어 물고는 어릴 적 읽었던 꿀떡이라는 아름답고 따뜻한 이솝 동화를 떠올렸다.

# 생각나는 사람들

김형석 교수의 책 중 〈백년을 살아보니〉에서 읽은 내용이다.

김 교수는 코흘리개 친구부터 학창시절까지 친한 친구가 있었지만 그때마다 시대가 이들을 가만히 두지 않았다. 그러다 뒤늦게 연세대에서 교수생활을 하면서 숭실대학교의 안병욱 교수, 서울대학교 김태길 교수와 함께 철학계 삼총사로 오랫동안 친분을 나누었다. 서로 80대까지 많은 일을 해왔다. 80대 중반쯤에 안 교수가 "더 늙기 전에 셋이서 1년에 네 번 계절별로 시간을 만들자"는 제의를 했다고 한다. 그 말을 들은 김태길 교수는 "생각은 좋으나 우리 셋이 다 80대 중반을 넘어가는데, 이제 누군가 한 사람씩 먼저 떠나가야 할 때야. 가는 사람이야 모르지만 보내고 남는 사람은 얼마나 힘들겠나. 그저 지금같이 멀리서 마음을 같이하면서 지내다가 차례가 되면 떠나보내는 편이 좋지. 늙어서 다시 정을 쌓았다가 그 힘든 짐을 어떻게 감당할 수 있겠어"라며 생각해 보자고 했단다.

이 글을 읽고 마음에 꼬여 있던 화두가 하나 풀렸다. 바로 만남과 헤어짐. 예전에는 석가 탄신일이면 텔레비전에서 불교영화를 보여주었다. 영화 속 스님은 아픈 사연, 혹은 아름답거나 안타까운 내용을 뒤로하고 돌아서 합장하면서 '연이 있으면…' 하거나 아니면 아무 말 없이 합장만 하고 떠난다. 너무 사랑하기에 보내 준다는 연애소설의 구절처럼 난 이 내용이 못마땅했다. 그러나 이 책의 한 구절을 보고 고개가 끄덕여졌다. 보고 싶다고 다 보고만 살 수 없고, 마음에 담아 두었다가 생각나면 잘 있는지 안부라도 묻고 아련한 추억을 곱씹으며 안녕을 바라는 마음으로 살아가는 것도 의미가 있는 삶으로 보이기 때문이다.

대리운전하면서 많은 사람들을 만나고 스쳤지만, 어느 장소를 지나칠 때면 특히 생각나고 안녕을 빌어주고 싶은 이들이 있다. 강남 논현역 7호선 7번 출구 계단을 올라가다 보면 중간쯤에서 오른쪽으로 2미터 꺾여 다시 계단이 시작된다. 지하철은 막차가 끝나면 출입구마다 셔터를 내리는데 이곳은 계단 밑에서 차단하게 되어 있다. 이 공간에 저녁 10시가 넘으면 중년 한 사람이 자리를 차지한다. 그는 어디서 빨았는지는 모르지만(지하철 화장실일 것이다) 수건과 양말, 흰 속옷을 빨아 사람 키 정도 되는 곳의 선반처럼 된 공간에 손가방과 빨랫감을 늘어놓는다. 그리고 그 사람은 저녁밥을 먹고 자기 집 앞에서 맨손체조라도 하는 행동으로 오가는 사람들을 지켜본다. 너무 자연스럽다. 진짜 노숙자가 맞는지 의심이 갈 정도다.

한국에 1998년 IMF 때 경제위기로 노숙자가 늘어났다는 것은 다 아는 일이다. 그때 거짓말처럼 일자리를 잃고 쏟아져 나온 직장인과 사업채 부도로 내몰린 사업자들이 하루아침에 가족과 뿔뿔이 흩어져야 하는 실정이 되면서, 지방에 있는 실업자들도 서울역으로 유행처럼 모여들었다. 이때부터 그전부터 일해 왔던 종교단체 외에 민간단체들도 급식에 참여하면서 한국의 노숙자 문제를 풀어나가는 시발점이 되었다고 한다. 처음 서울역에서 노숙을 시작하는 사람은 아침이면 주위에 있는 호텔화장실을 이용하며 세면을 하였고 다시 도전하려고 계획을 짜며 노력한다. 그러나 3개월이 지나는 시점부터는 먹지 못하는 것에서부터 시작되어 의욕이 없어지고 피부의 변화로 이어진다는 기사를 본 적이 있다.

논현역 계단에서 보는 이 사람은 노숙의 시작인지 끝인지는 모르나 비록 노숙자로 전철역 계단에서 생활하고 있으면서도 항시 자신을 가다듬고 밝아 보이는 모습이 언젠가는 다시 일어날 것이라는 희망이 보여 스치는 바람결에라도 기도해 보았다.

마지막 콜은 천호동이나 길동 쪽에서 끝나는 때가 종종 있다. 마지막 전철을 타기 위해서 보통 길동역 2번 출구를 이용한다. 이 출구는 어느 한 빌딩 방향으로 진입하여 역으로 이어지는 곳이다. 계단을 두 번 회전하다시피 내려가면 전철역사와 맞닿는 좀 넓은 곳에 올라가는 계단이 있다. 이 계단은 높지 않아 5계단쯤 된다. 막차를 타기 위해 가는 시간이면 언제나 이 계단에서 신문지를 깔고 비스듬한 자세로 계단을 팔 받침대로 이용하여 단정한 복장으로 신문이나 책을 보는 이가 있다. 한 평짜리 방인양 가방 위에 양발도 늘어놓고 여유로운 모습이다. 어느 날인가 목사인지 평신도인지 모르지만 한 사람이 그에게 설교를 하면서 두 손을 마주 잡고 기도를 하고 있었다. 기도자의 말에 따라 그가 같은 기도를 했을까, 아니면 또 다른 무슨 간절한 기도를 했을까 궁금하기도 했다.

기도! 절대적 존재에게 바라는 바가 이루어지기를 빈다는 기도. 오래전에 미국의 어느 교회에서 독신 남녀를 위해 미팅과 파티를 자주 열어 주었다고 한다. 이런 행사를 왜 열심히 하느냐고 목사에게 물어보았더니, 사랑하라고 설교만 하면 문제가 해결되지 않는다면서 사랑할 기회와 여건을 만들어주어야 하는 것이 아니냐고 했단다.

IMF 때 강남 부근에서 근무할 때이다. 강남역 10번 출구로 나가면 뉴욕제과점이 있었고 외환은행이 있었다. 겨울바람이 아직 강남 바닥을 휘젓고 다닐 때 뉴욕제과점과 외환은행 중간지점에서 보이지 않던 아주머니가 박스 위에 은박지로 포장한 김밥을 아침 출근길에 팔고 있었다. 며칠은 무심코 지나쳤는데 그 아주머니는 말 한마디 하지 않고 가만히 서 있기만 하였다. 그때야 그녀를 보니 얼굴(장사하는 얼굴이 따로 있는 건 아니지만)이나 옷차림이 장사를 처음 해보는 것 같았다. 아침 찬 기온에 한숨을 대신한 긴 입김만이 품어 나오는 그녀를 보면서 그다음 날부터 그곳을 지나칠 때면 김밥 많이 팔리게 잠시나마 마음으로 진심 어린 기도를 한 적이 있었다.

그러던 어느 날 나와 아무 상관 없는 김밥 장수를 위해 매일 기도하는 것도 웃기지만, 그렇게 장사 잘되게 빌면서 난 그 김밥 한 줄 사주지 않았다는 생각이 들었다. 그녀에게 필요한 건 차가운 은박지에 쌓여서 식어가는 김밥을 한 줄이라도 파는 것이지, 팔아주지도 않고, 바람도 알아듣지 못하는 기도가 무슨 소용이 있나 싶었다. 부끄러웠다. 그때 어렴풋이 알았다. 그렇게도 아내들이 남편들에게 표현 좀 하라는 말의 의미를.

20여 년 전 IMF 못지않은 경제의 어려움을 지금 맞고 있다. 간혹 경제학자들은 말한다. 수치상으로 그때보다 좋아진 상태라고. 분명한 건

시장경제를 말해주는 서민들은 너무 힘들고 어렵다는 것이다. 중산층이 없어졌다는 말이 어제오늘 나온 게 아니다. 실업자와 노숙자는 유행처럼 왔다 사라지지 않는다. 개발과 발전이라는 미명 아래 서민과 빈곤층의 집과 일터는 있는 사람들을 위한 아파트로 지어지고 그들에게 부동산 투기의 장이 되고 있다. 밟을수록 더 많이 나오는 이불빨래의 거품처럼 이해하지 못할 거품경제가 계속 쌓이며 서민의 삶을 힘들게 하고 있다.

어느 날 일을 끝내고 귀갓길에 골목길을 가다 유난히 밝은 가게가 있어 고개를 돌려 보았다. 대 여섯 평 되는 가게에서 한 남자가 아내와 어린 딸과 함께 간소하게 개업고사를 지내고 있는 모습이 보였다. 낮도 아닌 이 늦은 시간에 초대한 사람 하나 없이 '왜'라는 단어가 마음을 짓눌렀다. 엄마 손 잡고 있는 어린 딸을 보니 눈물이 핑 돌았다. 나라도 참석하고 싶었다. 그러나 내 발길은 가는 방향으로 계속 향했을 뿐이다.

평소 때는 그냥 지나쳐 버리던 다세대 1층에 있는 허름한 포교원의 불빛이 창으로 흘러 나오는 것이 보였다. 난 무교다. 그러나 순간 들어가고 싶었다. 문에 노크를 하고 들어가도 되는지 스님에게 여쭈어 보고는 촛불에 비치는 인자한 불상에 삼배를 하는데 뜻 모를 눈물이 왜 흐르는지…?

지금은 보이지 않는 그들이지만 어느 곳에서 자리 잡고 잘 지내리라 믿고 싶다.

# 화장실의 휴식

역삼역 부근 겨울은 정말 한 바람 하는 곳이다. 강남에서도 바람이 세기로 유명하다. 지형으로 봐도 언덕이라 개발 전에는 계곡에서 불어오는 바람이었을 것이다. 개포동 쪽에서 불어오는 바람과 강남역 쪽에서 올라오는 바람이 역삼역 사거리에서 만나 회오리가 한 바퀴 도는 듯하다. 네온사인도 너무 추워 밝기마저 얼어 빛이 흐려져 가는 듯하고 사람들의 발걸음도 종종걸음으로 경보를 하듯 달려가고 있다. 하루 일과에 지친 사람들의 퇴근길이라도 즐겁고 가벼운 길이라면 좋으련만, 날씨마저 독하게 겨울의 맛을 보여주는 날이다.

어릴 적(초등학교 시절), 외가가 경남 삼랑진에 있었다. 낙동강 철교 하나를 두고 한쪽은 밀양군, 반대쪽은 김해군 낙동 부락이다. 6·25 때 북한군이 이 낙동강 철교까지 밀고 들어왔다고 한다. 어른들은 이 다리만 넘었다면 부산까지 점령되었을 거라고 말씀하시곤 했다. 철교 하나를 두고 작은이모 댁이 밀양 삼랑진 쪽이고 큰이모 댁이 김해 낙동 부락이라 자전거를 타고 자주 왔다 갔다 하였다. 어느 겨울 추운 날, 밤늦게 혼자 자전거를 타고 철교를 건너왔다. 칼바람이 유난히 불어와 손끝부터 발끝까지 얼기 시작했다. 검게 보이는 높은 산의 형태와 길가에 하늘 높게 쭉 뻗은 가로수, 그리고 세차게 불어대는 칼바람을 맞으며 낙동강 줄기를 가로지르는 철교를 따라 무의식적으로 페달을 밟으며 울면서 온 적이 있었다.

강남 역삼동에 겨울이 오면 가끔 그때가 생각나곤 한다. 그래도 그때가 참 아름답고 좋았다. 겨울 하늘이면 쏟아질 것만 같은 반짝이는 수많은 유성과 차갑지만 깨끗한 공기, 자연 그대로의 아름다움, 어떻게 보면 모든 것이 그 자리에 자연스럽게 있는 자연의 인테리어였다. 지금은 그 많던 별들이 다 어디로 갔는지 참 궁금하다.

겨울이면 수분이 땀으로 배출이 안 되어 소변을 자주 보게 된다. 역삼동에 도착해 소변도 볼 겸 GS타워 빌딩 지하 1층에 있는 화장실로 들어간다. 가끔 이 화장실을 이용할 때면 행복감이 들곤 하는데 그것은 깨끗한 것도 있지만 잘 어울어진 조명과 잔잔하게 조명을 타고 살포시 내려오는 음악 때문이다. 어느 땐 귀에 익은 팝이 들려오고 또는 클래식이 깔리곤 한다. 요즘은 각 지역의 공중 화장실이나 건물에 있는 화장실이 옛날과는 비교할 수 없을 만큼 깨끗하고 시설과 분위기도 좋은 데다 음악이 흐르는 곳이 많다.

나이에 따라 음악도 좋아하는 패턴이 달라지는 모양이다. 학창시절에는 대중가요에 팝송을 좋아했고, 삼십 대에 들어서면서 클래식이 귀에 들어오더니 사십 대에는 타령이나 창이 가슴에 닿는다. 50세가 되니 음식으로 말하면 숙성이 되는 나이인가 보다. 막걸리가 숨을 쉬기 시작한다는 발효가 되는 순간, 김치가 땅속에서 맛있게 유산균이 만들어지는 시기, 메주가 아랫목에서 떠지려고 하는 퀴퀴한 냄새가 나기 시작하는 시간이 바로 50대인 거 같다.

과거에 들었던 음악들, 악기 소리, 한 번 읽었던 책은 다 그런 내용이고 다 아는 얘기들이라 그 유사한 책들은 접하지도 않았다. 그런데 어느 순간부터 음악의 가사가 맘에 닿고, 악기 하나하나의 울림이 귀에 새롭게 들어오며, 알았던 책의 문장들도 다시 보니 나도 모르게 고개가 끄덕여지는 나이. 50은 인생의 발효가 시작되는 나이인가 보다. 그래서 노사연도 말한다. 늙어가는 것이 아니라 익어가는 것이라고.

최근 들어 한국인의 음악 수준이 놀랄 만큼 높아져 있다. '나가수' 'K팝 스타' '아이돌' '위대한 탄생' '각종 스타 오디션' '청춘불패' 등 수많은 프로그램이 방송으로 우리의 눈과 귀를 강타하고 있다. '나 가수'를 시청하면서 편집의 위대성과 가수의 색을 보게 되고, 오디션을 보면서 노래의 전문성과 어려운 부분과 포인트를 배웠다. 그리고 도전하는 아름다운 젊은 청춘들의 이야기와 노래는 우리를 한 단계 업그레이드한 것 같다.

언제부터인가 USB 내지는 MP3로 자동차 자체 스피커로 웅장하게 듣는 것이 유행처럼 되었다. 우리나라 사람들이 이렇게 음악 수준과 열기가 높다는 것이 놀라울 정도다. 운행을 하다 음대 교수와 함께 간 적이 있는데 요즘 음악 열풍으로 음대에 들어오는 학생들의 수준이 말도 못하게 높다고 한다. 원래 흥이 있는 민족이 아닌가.

화장실에 들어서니 얼었던 볼과 귀를 부드럽게 녹여줄 만큼의 온도가 포근하게 느껴지면서 어김없이 편안한 조명과 잘 어울리는 클래식 음악이 잔잔히 내려앉아 흡사 조그만 카페에 들어서는 기분이었다. 손이 얼어 바지 지퍼가 잘 잡히지 않았지만 첫 발사되는 시원함과 따스한 기온, 그리고 고급스러운 조명의 밝기를 두 눈으로 받아들이곤 조용히 눈을 감고, 음악의 흐름을 온몸으로 느끼면서 일을 봤다. 여러 악기들의 소리가 하나 되어 잘 만들어진 오묘한 음식처럼 음미하고 있는데 뭔가 잡음이 들리는 것 같았다. '뭐지!'라고 생각하고 있는데 다시 들려오는 소리. 그것은 뒤 칸에서 들려오는 인간 피리의 나지막한 자연의 소리 그 자체였다.

# 어느 해 마지막 날의 씁쓸함!

한 해의 마지막 날 토요일.

괜스레 무슨 글이라도 남기고 싶은 날이다. 시월의 마지막 밤이 아닌 어느 한 해의 마지막 날, 노래 가사가 생각난다. 바로 김현식의 '서른 살 즈음' 중에 "내가 보낸 것도 아닌데 내가 떠난 것도 아닌데…"이다. 내가 뛰어온 것도 아닌데 시간이 너무 빨리 가니 세월 또한 따라서 잘도 달린다. 시간과 세월이 경주라도 하듯 말이다.

며칠 전 티브이를 보니 한 해 마지막 날 강원도 지역 숙박업소 대부분이 예약이 끝났다는 소식이었다. 이런 날은 가족과 함께 보내야 하는데 이제 습관이 되어 밤에 일을 안 하면 운동중독자가 운동을 안 하면 생기는 찝찝함이 남아 이런 날도 일을 하게 된다. 일종의 일중독이겠지. 대리운전하기 전에는 항시 한 해의 마지막 날이 되면 집에서 조용히 티브이를 보며 제야의 종소리를 듣고 깨끗하고 맑은 맘으로 새해의 첫날을 맞이하는 게 나의 행사였다. 술도 그 전날까지 먹고 마지막 날은 먹지 않았다. 새해 첫날부터 취해있는 모습이 난 싫어서였다. 누구나 그렇겠지만 지나가는 한 해를 돌이켜보면서 반성과 새로운 다짐을 차분한 마음으로 정리해 보는 시간을 갖는다.

지인 중에 교수님 한 분는 한 해를 보내면서 항시 자신의 이력서를 한 번 써 본다고 한다. 그 마지막 줄에 그 해에 새로운 것이나 보람된 시간을 보냈는지 자신을 돌이켜 본다고 한다. 그 말을 듣고 나도 몇 년 전부터 이력서의 마지막 한 줄을 써왔다. 생각 없이 그냥 지나치는 것보다, 나름 자부심도 갖게 되고 많은 도움이 되었다.

이런저런 생각 중에 낚시의 손맛, 진동의 손맛이 전달되었다. 분당 가는 콜이다. 자동 안내음성을 남기듯 멘트를 한다.

"안녕하세요, 대리기사입니다. 어디로 모시러 가면 되겠습니까?"

"어디야? 빨리 와야지."

가끔 처음부터 말을 막하는 손님들이 있다. 본인은 기분이 좋아 그러겠지만 듣는 사람의 기분은 좋지 않다.

"사장님 어딘지 말씀을 하셔야 가죠, 어디에 계세요?"

"아파트 130동 앞으로 와."

보통은 전화를 끊고 나면 빨리 가는데 기분이 이럴 때는 빨리 가고 싶지 않다.

"사장님 130동 앞인데 어디세요?"

"아, 잠깐만 기다려."

항상 빨리 오라고 한 사람치고 먼저 기다려 주는 사람은 그리 많지 않다. 오 분쯤 지나 다시 전화를 했다.

"사장님 언제쯤 나오시나요?"

"어디에 있어?"

"저 130동 앞에 있습니다."

"안 보이는데, 내가 130동에 나왔는데." 이럴 때는 답답해진다.

"저 분명 130동 앞에 있습니다." 옆에 사람이랑 뭐라 말하는 것 같다.

"앞에 있으면 어떻게, 130동이랑 마트 사이로 와야지."

마트는 또 어디 있는 거야?

"130동 뒤쪽으로 와야지."

'오늘도 힘들겠다'는 생각이 머리를 스쳤다. 이렇게 시작되면 보통 힘들게 가기 때문이다. 그래도 한 해의 마지막 날인데 참고 그 동 뒤쪽으로 가보니 세 사람이 서 있는 것이 보였다.

"분당 갈 대리기사 불렀습니까?"

"여기, 뒤로 와야지 그쪽에 있으면 어떡해. 빨리 와."

바쁘게 왔는데 끝까지 짧은 말투에 기분은 언짢았다. 손님은 널브러진 듯해도 나의 얼굴을 보더니 '어~ 죄송합니다' 하며 어물거리더니 차 키를 주며 중형차를 가리켰다. 그가 차에 타고 남은 사람과 인사를 끝내자 출발했다. 분당을 향해 성수대교 지나 올림픽대로에서 분당선을 탔다. 뒷좌석에서 지인들과 새해 인사 차 여러 군데 통화를 한다.

분당에 들어서면서 또 어디엔가 한 통의 전화를 하기 시작했다. 선배인 모양이다.

"형님 접니다. 잘하지 못해 죄송…."

몇 마디 하더니 말을 잊지 못하고 울기 시작했다. 조금 전까지만 해도 자신만만하게 얘기하고 소리치더니 갑자기 형님이라는 분에게 죄송하다, 힘들다 보니 잘하지 못했다, 앞으로 잘하겠다 등등 흐느끼며 우는 모습에 생각했다.

'그래 사람들은 누구나 아픔과 혼자만의 말 못할 사연들이 있지. 당신도 중형을 끌고 다니지만 지금은 많이 힘들구나. 사업은 하고 있지만 빚으로 지탱하다 보니 연말까지 결제 못 한 게 있어 그럴지도 몰라.' 혼자 이런저런 그림을 그렸다. 가끔 남모를 혼자만의 근심을 가진 사람들을 보았기 때문이다.

나도 힘들 때 그 누군가 편한 사람에게 전화하면 감정조절이 힘들 때가 있는데 그 기분이겠지 생각했다. 그러면서 '맘껏 울어라. 그래도 방금까지 생각했던 것처럼 기분 나쁜 사람은 아니구나' 생각하니 사람을 선입견으로 대했다는 생각이 들며 방금까지 미웠던 맘이 눈 녹듯 사라지기 시작했다.

그가 잠시 후 통화를 끝내고 계속 훌쩍거렸다. 가만히 있기도 뭐하고 뭔가 말하기도 어색한 분위기이다. 내가 입에 발린 말을 잘하는 것도 아니고, 그래도 나이도 나이만큼 한마디 해야 할 것 같아 입을 열었다.

"뭔 일인지 모르지만 어려우시더라도 힘내십시오." 간단하게 말했다.

울음을 멈춘 그가 말한다.

"20년 넘게 아는 형님인데 제가 요즘 잘해드리지 못해서 목소리를 들으니 갑자기 울음이 나오네요. 죄송합니다."

"아닙니다. 그런 감정이 드는 형님이 있어 좋겠습니다. 힘내십시오."

"네, 고맙습니다. 전 먹고살 만합니다. 조그마한 일을 하다 보니 10억대 정도는 있어요. 흑흑…."

"……."

"서로 살만은 한데 요즘 제가 그 형님에게 못 한 것 같아 목소리 들으니 눈물이 났습니다."

'이 기분은 뭐지?' 이후로 혼자 뭐라고 하는데 귀에 들어오지 않았다. 아파트에 도착하고 그는 울어서 시원한지 내리면서 2만원인데 3만원을 주면서 새해 복 많이 받으라고 인사까지 한다. 다른 때 같았으면 팁 받아 즐거울 텐데 그 순간은 똥 밟은 것처럼 씁쓸한 기분이다. 찬바람이 휭하니 귀를 스치고 지나가며 날 놀리는 것 같았다. 이 기분 누구에겐가 말하고 싶어, 아니 달래고 싶어 친구에게 전화했다.

"어디야?"

"어, 친구! 구리야. 친군 어디십니까?"

"분당. 날씨가 차네, 조심하고 따뜻하게 다녀. 그리고 새해 복 많이 받고, 내년에는 술이라도 한잔하세나." 더는 말을 못했다.

어디에선가 제야의 종소리가 울려 퍼진다.

얼어가는 그해 마지막 날 밤은 분당에서 씁쓸한 한 해를 넘겼다.

## 그래도 현찰이 좋다

도로는 차츰 차가 막히고 택배 오토바이도 밤늦게까지 일을 하며, 특히 백화점 주차장으로 개미들이 줄지어 구멍으로 들어가듯 차들이 줄줄이 들어가는 것을 보니 명절이 얼마 남지 않은 것을 느낀다. 길가엔 차들이 트렁크에 선물 보따리들을 쑤셔 넣는 분주함도 쉽사리 보인다. 선물을 싣고 가는 손님들도 불합리한 일이라고 볼멘소리하는 이들이 많다.

선물은 형식이나 값어치보다 받는 사람을 위해 선택하고 준비할 때의 마음이 더 고맙고 감사한 것이다. 형식이 아닌 진심으로 그 사람을 위해 선물을 준비해본 사람이면 그 마음을 잘 안다. 정말 감사하는 선물은 자신이 필요할 때 받는 것이 그 소중함은 배가 된다. 배고플 때는 음식, 목마를 때는 물, 추울 때는 따스한 옷이 좋듯, 공감대를 이루는 생각과 마음이 담긴 선물이 더 아름답지 않겠는가.

추운 어느 날, 손님을 모시고 운행을 끝낸 다음 거스름돈이 없어 가게 옆에 차를 세웠다. 손님은 마트에서 잔돈을 바꿔 대리비를 캔 커피 하나와 함께 건네면서 말 한마디를 덧붙인다.

"커피를 좋아하시는지 싫어하시는지는 모르지만 안 드시더라도 추우니 따뜻하게 손이라도 녹이세요."

그 마음이 너무 고마워 길을 걸어가며 한 방울도 남김없이 다 마셨다. 천원 남짓한 캔 커피 하나지만, 형식으로 던져주는 그 어느 선물 보따리보다 아름답고 값어치가 있다. '사랑은 받는 이보다 주는 이가 더 행복하다'는 말처럼 주는 사람의 마음에 아름다움이 없다면 행동으로 표현하기가 쉽지 않다.

학창시절, 막걸리 마셔가며 개똥철학으로 사랑학 개론을 말할 때 '사랑은 받아 본 사람이 사랑을 줄 수 있다'며 침 튀겨 열변을 토했다. 그 후 세상을 살아보고 중년이 된 이후에는 '사랑은 주는 사람이 사랑을 줄줄 안다'로 바뀌었다. 다시 말하면 받기만 하는 사람은 사랑을 주는 방법을 모른다. 사랑을 안 해서가 아니라, 마음이 없어서도 아니고 선물을 주고 싶지 않고, 봉사하는 게 힘들어서가 아니다. 주는 방법을 모르고 안 해보니, 습관이 되지 않아, 한번 하려고 해도 어색해서 미루게 되거나, 자신의 성격 탓으로 돌리고 말기 때문이다. 보통 남성들에게 나타나는 현상들이다.

콜 부르는 손님은 대부분이 식사 끝날 때쯤 부른다. 그리고 현장에 도착하면 보통 5분~10분 안에는 나온다. 그런데 가끔은 시간이 좀 걸리는 이들도 있다. 물론 이해한다. 술 마시는 사람들은 알겠지만 술자리가 끝날 듯하면서 길어지는 현상…. 그러나 특히 추운 날이면 힘들다. 따뜻한 실내에서 분위기에 취해 있으면 밖의 칼바람은 알 수가 없다. 겨울에 바람이 불 땐 10분도 너무 힘들다. 때론 들어오라며 차 한 잔 주는 사람도 있고, 한잔하고 나와 입가심으로 가볍게 분식집에서 우동 먹으러 가는데 같이 먹고 가자는 사람들도 있다. 먹고 싶고 고맙기도 하지만 우린 빨리

한 콜이라도 더 타고 싶은 게 솔직한 심정이다.

언젠가 도착지가 강남 신사동이며, 추운 겨울날이었다. 신사동에는 유명한 영동 설렁탕집이 하나 있다. 목적지 부근에 올 때쯤 그 설렁탕집에 주차하라고 했다. 출출한 시간인데 설렁탕 한 그릇 하고 가라며 막무가내로 데리고 들어가 주문까지 하고 먹자고 한다. 추운 날 밤 이 따뜻한 설렁탕이 얼마나 좋은가. 그러나 내심 불편도 하고 먹는 시간이 아깝다는 생각도 든다. 식사 끝나고 대리비 주며 수고해라는 말 한마디만 남기고 가는 뒷모습은 따뜻한 온기가 느껴지지만, 왠지 뜻 모를 감정을 설렁탕의 뒷맛과 함께 입안에 가득 담고 온 적도 있다.

팁과 함께 선물 주다 남았다고 양말이나 수건 등을 주는 골프 치고 온 사람, 고객에게 서비스로 주는 선물을 주는 영업하는 사람, 간혹 명절 때 같은 선물을 또 받았다고 하나 주는 사람, 직접 만든 빵, 식당에서 가져나온 누룽지 등, 참 다양한 이유로 주고 나는 받았다.

난 법인대리(대리회사에서 법인회사랑 계약 맺고 운영하는 제도)라 대기를 하면 삼십 분당 오천원이 오른다. 어떤 사람들은 미안하다고 상황실에 직접 전화해서 얼마를 더 주라고까지 해주기도 한다. 난 보통 강남에서 시작해 콜을 받는데 간혹 같은 손님을 콜 잡는 때가 있다. 그중 한 손님은 세무사 임원이고 꼭 나올 때 기사가 마실 생수 한 병을 가져다준다. 여름에는 좋은데 겨울에는 추워 좀 그렇다. 껌 하나라도 씹을 때 건네는 그 순간은 참 마음이 좋다. 흔히 여성들이 작은 것에 감동한다는 말처럼 그 의미를 알 듯한 마음이다. 큰 것은 부담되지만 작은 껌 하나 정도는 부담 없이 편하게 받고 나라는 사람을 생각해 준다는 의미를 부여하면 행복하다는 마음마저 든다.

명절의 행복이라면 애들은 세뱃돈일 거다. 언제부터인가 부모들도 자식들에게 푸짐한 선물보다 현찰이 좋다고들 하지 않은가. 다가오는 명절에 부모님과 조카들 세뱃돈을 위해 한 콜이라도 더 타야겠다. 우리 대리기사들도 마음으로 주는 크고 작은 선물도 좋지만 적은 액수라도 현찰이 더 좋다.

# 미안해, 사랑해, 고마워

겨울바람이 그리 차갑지만은 않은 2월의 마지막 주말. 경기가 정말 어려운지 그리 콜을 많이 타지도 못하고 수입금도 표시가 날 정도로 줄어들었다. 음식점은 가는 곳마다 장사 안된다는 볼멘소리고, 대리를 이용하는 고객들 역시 어렵고 힘들다는 푸념만 늘어놓는다.

뉴스에서는 수출이 늘었다느니 경제 성장이 어떻다느니 하지만 일반시민들은 경제지표가 어떻게 분석이 되고 계산이 되는지 잘 모른다. 하지만 분명한 것은 서민들 살림살이와 현장경제가 좋지 않다는 것이다. 몇 %라는 말은 그냥 수치일 뿐이라는 것을 이젠 보통 사람들도 다 안다. 과연 정치인들은 누굴 위해 종을 울리는 것인지 그저 아련한 종소리만 귓가에 왔다 메아리로 사라지고 있을 뿐이다.

이런 시기에 한 콜이라도 더 탈 마음으로 조금 더 일찍 저녁밥을 먹고 편안한 차림으로 집을 나섰다. 따뜻하고 편안한 복장 차림이 참 좋다. 요즘 즐겨 신는 신발이 등산화인데 그리 편할 수가 없다. 산행 안 하는 평일에도 등산화를 신고 다니는 사람을 보면 이해를 못 했다. 그런데 대리하면서 구두 신고 겨울에 뛰어다니니 뒤꿈치가 자주 갈라졌다. 그러다 보니 낮에 일 볼 때 참 많이 아팠다. 그래서 주말에는 등산 양말에 등산화를 신고 운전을 해보니 이틀만 신으면 뒤꿈치 갈라진 것이 싹 아문다. 그 이후로 주말이면 등산화를 즐겨 신는다.

편안한 마음으로 편하게 콜을 잡았고 목적지를 확인하니 여주 이포이며 금액이 4만5천원. 저녁 8시가 조금 안 된 시간이었다. 멀리 갈 경우 주말이면 차편이 빨리 끊어져 잘 안 가는지라 평소 같으면 생각도 해보지 않고 취소를 눌렀을 것이다. 금액과 시간을 보니 마음이 흔들려 양평에서 버스를 타고 나와도 충분한 시간 같았다. 몇 분이라도 시간 단축을 위해 뛰어가 연락을 하니 고맙게도 금세 나와 주었다. 일행이 먼저 나오더니 7만 원 줄 테니 목적지까지 잘 모시라고 부탁했다. '아니 이게 웬 떡이야' 속으로 환희의 웃음을 지으며 친절히 인사를 꾸벅했다. 타고 있던 손님이 잠시 금호동에 들렀다가 가자고 한다. 당연히 알았다며 차에 시동을 힘차게 걸었다.

라디오의 경쾌한 음악과 DJ의 부드러운 음성이 자동차 엔진 소리보다 크게 차 안을 메웠다. 그 또한 즐겁게 들렸다. 남자 두 사람과 여성 두 사람이 탔는데 조수석에 앉은 사람이 차주고 서로 부부인 듯했다. 차주는 덩치가 좀 있는 50대 중반쯤 보이는 넉넉한 남성이었는데, 서로의 자랑으로 즐거운 분위기라 라디오 볼륨을 줄여 대화하는 데 불편함이 없게 해주었다. 금세 금호동 경유 목적지에 도착했다. 짐칸에서 짐을 내리고 어머니로 보이는 분이 뭔가 한 보따리 실어준다. 가족이라는 건 참 좋다는 생각에 미소를 지으며 편하게 지켜보고 있었다. 손님은 조금만 기다려 달라는 양해를 구하고 시간은 8시 조금 지나고 있어 여유를 보였다. 잠시 후 출발을 했다. 양평은 아는 곳인데 이포 지역은 몰라 물어보았다.

"그럼 양평까지는 알죠? 강북 타고 양평 가면 됩니다. 그러면 입구 쪽에서 내리면 되니까요."

"양평 시내로 가면 되는 거지요?"

"거기까지 가면 알려 드릴게요."

양평으로 가면 양평역에서 전철이 있어 좋은데 운전을 하면서 돌아올 길만 궁리하였다. 어느덧 차는 서울의 젖줄인 한강의 아름다운 야경을 뒤로하며 열심히 달리고 있었다. 여성이 어디론가 전화를 걸어 한참 동안 통화를 했다. 야단도 치고 섭섭했다는 말도 하는 것이 남동생인 듯했다. 하나밖에 없는 남동생으로서 장남 노릇을 잘못하니, 누나가 나서 동생을 장남 자리를 만들어 줄 테니 가족이나 친지들에게 잘 해라는 내용이었다. 그 말을 듣고 있으니 나도 찔렸다. 장남으로서, 자식으로서 뭐 하나 자리를 지키고 있는 부분이 없으니 말이다. 달이 한강 물에 비치는 스크린처럼 스쳐 지나간다. 나도 잠시 가족과 누님 생각에 빠져들었다. 전화를 끊은 여자는 남편에게 그 내용을 상세하게 설명하고, 주변 얘기들도 하였다. 술 한잔 마신 것도 있겠지만 참 성격이 화통하고 명랑해 보였다.

"여보, 정말 고마워요. 그리고 오늘 당신도 정말 잘했어요."

"내가 뭘…?"

"아니에요. 당신이 우리 가족들에게 이렇게 해 주니 너무 고마워요."

계속되는 아내의 고맙다는 인사말에 남편은 별말 없이 남자 특유의 기분 좋은 미소만 짓고 있었다. 잠시 후 급하니까 차 좀 세워 달란다. 구리를 지나면서 도로변 여유로운 공간에 주차를 하였다. 남자가 급하게 내리고 여자가 미안하다며 만원을 팁으로 주었다. 아저씨는 팁을 잘 안 주니 넣어 두라는 것이다. 감사의 인사를 하고 남자가 다시 승차하자 조정경기에 참가한 선수를 응원하듯 한강을 따라 계속 달렸다. 부인은 남편에게 고맙다는 말을 또 시작하였다.

"어제오늘 이틀 동안 너무 고마웠어요. 난 당신에게 바라는 것은 아무것도 없어요. 당신 건강하고 지금 하는 일 잘하시면 돼요. 가진 것은 많이 없지만 행복해요. 그래도 따뜻한 우리 집이 제일이죠?"

"그렇게 생각해 주니 고마워."

참 대화 내용이 듣기도 좋았고 보기도 좋았다. 행복하게 보였다. 언젠가 MBC 여성시대에서 특집으로 한동안 미, 고, 사(미안해, 고마워, 사랑해) 행사를 한 적이 있었다. 가슴 아픈 사연들, 아름다운 가족 얘기, 부부의 애절함을 글을 통해 가슴 적시는 프로그램이었다. 제목처럼 이 부부들은 지금 실현하고 있다. 한참을 얘기 들어도 똑같은 내용들이지만 결국 '미안해, 고마워, 사랑해'이다. 무뚝뚝한 남편인 것처럼 보여도 부인의 반복되는 말에 부드럽고 여지없는 순진한 어린아이가 되어 갔다. 켄 블랜차드가 쓴 〈칭찬은 고래도 춤추게 한다〉 책 제목처럼 칭찬의 힘인지 여자의 힘인지는 모르지만 하여간 너무 좋은 분위기였다. 그때 여성에게 전화가 걸려 왔다.

"응 아들! 지금 가고 있고 다 와 가. 서울에서 할아버지 제사 모시고 이제 가는 길이야." 몇 마디 더 하곤 전화를 끊고선 남편에게 말한다.

"당신도 애들 만나, 나 모르게 만나도 돼."

나는 깜짝 놀랐다. '내 아들? 당신 아들?'

"난 당신 몰래 만나고 당신한테 숨길 생각 하나도 없어. 고마워, 여보. 나 생각 말고 당신 하고 싶은 대로 해, 당신에게 짐 되고 싶지 않아."

"알았어, 고마워."

상황인즉, 두 사람은 재혼한 사이인데 여자 친정 제사여서 1박 2일로 갔다가 남편이 친정에 잘해 여자가 고마워하는 상황이었다. 사랑을 하면 예뻐지고 아름다우며 마음이 넓어진다고 했는가. 지금 이들이 그 순간인가 보다. 모든 것에 감사하고 옆에 있어 고마우며, 그래서 매 순간이 행복한 것인가? 어느덧 양평 시내로 들어섰다.

"사장님 어느 쪽으로 가면 되겠습니까?"

9시가 넘어섰지만 다 왔으니 돌아가기에 충분한 시간이었다.

"우회전해서 가주세요."

우회전해서 한참을 달렸는데 둘은 계속 대화만 하고 차를 세워달라고 하지 않았다. 차는 시내를 벗어나 점점 한적한 곳으로 가고 있었다. 그제야 불안하기 시작했다. 구 길로 20분쯤 달렸을까 다리가 나오는데 남자 손님이 말했다.

"저기가 이포 다리입니다."

다리를 건너니 본인이 운전하고 가겠다고 세워 달라고 했다. 시간을 보니 9시 40분을 지나고 있었다.

"저 다리 건너가서 양평으로 가시면 됩니다."

"여보, 나가는 버스 있어?" 아내가 묻자 너무 편하고 당연한 말로 대답하였다.

"없지."

"그럼 기사 아저씨 어떻게 가?"

"……."

인사를 하고, 뒤돌아 뛰기 시작했다. 간혹 한 대씩 차가 다리 위로 바람과 소음만 남기고 휭하니 달려갔다. 달의 응원을 받으며 차와 같이 뛰기 시작해 다리를 건너 가게에서 물어봤더니 버스는 끝났다고 한다. 전철 시간을 조회해보니 10시 40분이 양평에서 막차이다. 시계를 보니 10시를 지나고 있었다. 승용차들만 달리는 도로 위에서 여러 번 손을 들어 보았지만 그냥 스쳐 지나가는 바람이었다. 시간은 20여 분이 지나고 이젠 판단을 해야 했다. 포기하느냐 택시를 타느냐. 택시를 타려고 해도 외지라 보이지 않고 그 교통비가 아깝기도 했다. 여러 생각을 하는데 승합차가 오는 것을 보고 손을 드니 고맙게도 내 앞에 서주었다. 양평역까지 가느냐고 묻자, 그 중간이 집이라고 하였다. 대리기사인데 담뱃값 줄 테니 역까지 부탁하여 35분에 가까스로 도착하여 전철에 몸을 실었다.

한숨을 돌리니 그제야 아까 마중 나와 있던 달이 환하게 웃는다. 그리고 후하게 팁을 주고 노래도 잘하던 아주머니의 행복한 모습도 떠올랐다.

칭찬은 어떻게 보면 사람을 세뇌를 시키는 것 아닌가 싶다. 유아 때 어머님께서 자주 하신 말 "우리 '국'이는 착하지. 욕도 안 하고 참 착하다." 난 착한 아이며 욕도 하면 안 되는 아이인 줄 알았고, 고등학교 졸업 때까지 욕 한마디 하지 않았었다. 〈칭찬은 고래도 춤추게 한다〉 책에도 돌고래에게 반복적으로 같은 행동으로 칭찬할 때 그때 습관으로 굳어 훈련이 된다고 한다. 그것이 사람으로 말하면 인성이 굳어지는 상태이다.

오늘 만난 부부는 칭찬인지 사랑인지는 모르지만 아름답고 행복한 모습이어서 열차 밖에서 미소 짓는 고운 달님에게 기도해 본다. 오늘처럼 아름답고 행복하게 잘 살아가라고, 그리고 건강하게 오래오래 사랑을 나누시라고….

# "저는 행복합니다"

은혜를 베푼 자는 이를 기억하지 않으나
은혜를 입은 자는 죽을 때까지 잊지 않는다.
은혜를 갚을 수 있는 자에게는 은혜를 베풀지 말라고 했다.

- 사람 - 이용범 -

배움의 길이란 알면 알수록 어렵고 깊으며, 죽을 때까지 배워도 배우지 못하는 것이 배움이라 한다. 그리하여 눈을 감는 순간까지 배우며 책을 놓지 말라 했다. 학문도 끝이 없지만 특히 인간의 삶의 해석도 끝이 없다. 즉 어떻게 사는 것이 올바른 것이고 정답인지 나이가 깊을수록 더 모르겠다.

30대 중반쯤, 후배와 얘기 끝에 자기는 인생을 많이 알고 사람들을 어떻게 대해야 하는지 안다고 큰소리칠 때 그저 미소만 짓고 혼자 생각한 적이 있다. '자식 아직 어리군, 나 정도는 되어야지, 그런 소리 하는 걸 보니 철부지군.' 그때만 해도 참 많은 일을 하다 보니 나름대로 인생의 달인처럼 느껴졌다. 세월이 지나면서 선배들과 만나고 많은 지인들을 보면서 부끄러운 그때의 생각이 가끔생각나곤 한다.

마른장마가 연일 이어지는 유월의 밤, 낮에는 30도를 오르락내리락하지만 해가 지고 밤이 되면 바람이라도 조금 불어 일하기에는 나은 편이다. 대지가 메마르고 채소와 과일값은 뛰고 있으니 해갈을 위해서 비가 내려야 하는데 하늘에서는 아무런 소식이 없다. 그래도 내 손에서는 반가운 소식이 온다. 밝아지는 폰을 보니 삼전동.

출발지에 도착하여 자동차 키를 손님에게 건네받는데 트럭인데 괜찮겠냐고 묻는다. 트럭으로 대리 부르는 손님들은 미안함을 느끼는지 가끔 이럼 말을 하곤 한다. 대리기사들은 좋은 차만 운전하는 것으로 생각하여 고급 차만 보다가 좀 낮은 것을 보면 기분이 안 좋을 것처럼 여겨 하는 말인 것 같다. 사실 우리는 외제 차보다 국산 차를 운전하는 게 맘 편하다. 언젠가 한 번은 동료 대리기사가 겨울에 외제 차 운전하다 눈길에 미끄러졌다. 큰 사고는 없었지만 배상하는데 몇천만원 들었다고 한다. 몇만원 벌려다 전세 빼서 배상했다고 한다.

외체 차를 잡으면 인격적으로도 기분 안 좋을 때가 많다. 대리운전 처음 하는 사람들은 콜 받고 갔다 되돌아오는 경우도 종종 있다. 외제 차 운전할 줄 아느냐고 한다든지, 작동하는 폼을 보고는 처음이냐고 물어보고는 됐다며 그냥 가라고 하고는 다시 부르는 일이 있기 때문이다. 운전하다 보면 그놈의 차에 주눅이 들기도 한다.

두 사람이 탔는데 중간에 한 사람이 내린다고 한다. 후배가 선배 바래다주고 가려는 모양이다. 이런저런 얘기를 하면서 짧을 시간에 선배가 내린 후 반포에서 올림픽대로로 올랐다.

“저 선배님 참 대단하십니다.” 밑도 끝도 없이 내게 한마디 한다.

“네?”

“선배도 힘 드는데… 나도 힘들지만 참… 어때요?”

내게 묻기도 하고 뭐라고 말은 하는데 앞뒤 없이 이야기해 답하기도 곤란하다. 가끔 만나는 이런 손님은 누군가와 대화를 하고 싶어 하는 사람이다.

“어떤 선배님인데 대단하다고 하세요.?

“어려운데 왜 연락 안 했냐고 야단치네요. 자기도 어려운데.”

“그러게요, 자신이 어렵더라도 후배를 생각하는 선배의 맘으로 얘기하셨겠죠.”

“선배님께서는 경제적으로는 살만해요.”

“그런데 뭐가 선배님께서 힘들다고 하신 건가요?”

“사람이 꼭 돈으로만 힘들어야 힘든가요?”

“그래도 보통 사람들이 힘들다 하면 경제적으로 생각들 하잖아요.”

뭐라고 대꾸해야 할지 모르겠다, 차라도 좀 잘 나갔으면 좋으련만 속도까지 나지 않는다. 야밤의 올림픽대로는 언제나 달려도 시원한 맛이 있는데 그날은 왠지 상쾌한 기분이 나지 않는다. 그 손님은 계속 이야기를 이어간다.

“사람들은 돈 말고도 힘든 일이 많이 있죠! 자기가 가고자 하는 방향이라든가 가지고 있으면서도 불편한 것, 본의 아니게 타인으로부터 힘들거나 고통받는 것….”

말을 잇지 못하고 어물거린다. 듣고 있자니 뭔가 깊이가 있는 말이기도 하고 나름의 철학이 있는 것 같아 좀 더 물어보았다.

“근데 언제 만난 선배님이신가요?”

“만난 지 꽤 오래된 사회 선배님입니다. 그리고 오늘 약 10년 만에 만났어요.”

“오랜만에 만나셨네요. 그래서 오랜 시간 동안 약주를 하셨는가 봐요.”

오후 5시에 만나 10시까지 막걸리 3병을 먹었더니 술이 취하지 않는다며, 술은 이렇게 먹는 것이라고 두 사람이 얘기하는 걸 들었다.

“나도 지금은 힘들지만 행복합니다.”

“그럼 선배님에게 한번 부탁이라도 해보셨으면 되지 않나요?”

“10년 전 선배님이 나에게 1억5천을 주었습니다.”

“큰돈을 빌려주셨네요.”

“그냥 주었습니다. 근데 내 아내에게 얘기했더니 돌려주라고 해서 다음 날 돌려드렸죠.”

“어떤 이유인지는 모르지만 어려울 때 쓰고 잘되면 또 갚아 주면 되는데 왜 그랬어요?”

얘기를 하고 있으니 이제 궁금해졌다. 손님은 계속 말을 이어갔다.

“다음 날 형수님께서 연락이 와 집사람과 같이 나오라고 해 그다음 날 아내와 같이 네 사람이 만났는데 그 형수님께서 아내에게 아무 부담 갖지 말고 그냥 쓰라고 하면서 다시 주셨어요. 아내는 내게 물어보고 그 돈을 받았죠.”

“잘 되었네요. 그럼 그 돈으로 뭘 하셨나요?”

뭘 했다는 말은 구체적으로 하지는 않았지만 1년 반 만에 일일 적금을 들어 다 갚았다고 한다. 그 선배는 자기에게 더욱 신뢰가 생겼다며 언제라도 필요하면 얘기하라고 한 게 10년 전이었다. 그 이후 10년이 지나 오늘 만났다고 한다.

"그럼 그 이후에도 힘드셨던 것 같은데 연락 한번 하시지 왜 안 했습니까?"

"힘은 들었지만 나에게는 언제나 꿈이 있었고 누군가 날 도와줄 수 있다는 백그라운드가 있기에 희망이 있어 행복했습니다. 그런데 그 희망을 써버리면 꿈이 없어져 버리는 겁니다. 그래서 난 지금도 힘들지만 행복하고 꿈과 희망이 있습니다. 얼마 전까지만 해도 잠시 저도 대리운전을 했습니다."

힘들 때 경제적으로 도움을 받아 다시 일어서면 그때처럼 갚아 주면 되지 않느냐고 말하고 싶었지만 그만 말문이 막혔다. 앞에서 말한 것처럼 자기만 느낄 수 있는 기쁨과 아픔이 있다는 말을 이제는 어렴풋이 알 듯하다. 흥미로워 계속 질문을 했다.

"그전에는 뭘 하셨습니까?"

"조그만 사업을 했는데 부모님 때문에 그만두었죠."

"부모님?"

"형제가 있어도 제가 모셔야 할 일이 생겨 사업을 접어야 할 수밖에 없었습니다."

"뭔 일인지는 모르지만 부모님 모시는 관계로 생업이신 사업을 그만둘 수밖에 없을 정도면 큰 이유가 있는 거 같습니다."

"네. 사업보다 부모님이 더 중요하니까요"

"사장님께서는 그렇다 해도 사모님께서 보통 반대를 하셨을 것 같은데…."

“당연하죠. 승낙까지 그냥 되었겠습니까. 무진장 노력 많이 했습니다. 아내에게 뭐든 맞추었습니다. 저희 집안이 옛날 양반집이라 저 또한 사고가 아직 바뀌지 않는데 보통 노력했겠습니까. 제가 바뀌고 아내에게 맞췄죠.”

운전하다 말고 온몸이 굳는 것 같은 느낌이 왔다. 아무 말도 하고 싶지도 않았다. 누가 그랬든가. ‘세상이 나에게 맞지 않으면 내가 세상에 맞춰야 한다’고. 대부분 사람들은 자기 입장에서만 생각하지 않는가. 나는 할 말을 잃었고 그래서 답답하기만 한 차는 올림픽 운동장을 지나고 있었다. 손님은 잠시 쉬었다 말을 계속한다.

“전 행복합니다.”

“…….”

“내가 해야 할 일을 충실히 하고 있으며, 부모님 모시고 착한 아내와 자식들과 함께 작은 집이지만 만족하며 즐겁고 행복하게 살아가고 있으니 행복하지 않겠습니까.”

손님이 창문을 내리니 한강 바람이 창가에 부딪혀 와 실내의 공기를 정화 시켰다.

“그리고 언제든지 날 도와준다는 선배님도 계시고 희망 또한 있으니 부러울 것도 없습니다.”

차는 어느덧 덜컹거리며 둑길을 내려와 좁은 골목으로 들어서고 있었다.

“저 골목 돌아 세워주세요.”

그는 정답게 미소를 지으며 대리비를 건네고는 따뜻한 인사도 잊지 않았다. 그의 온기가 돈에 배여 내게 고스란히 전해졌다. 고집스러운 얼굴과 말투, 현실에 수긍하며 아픔을 기쁨으로 승화하며 사는 삶, 경제적으로 힘들지만 희망을 품고 살아가는 용기 있는 그 손님을 떠올리면 부끄러워 차마 뒤돌아볼 자신이 없었다.

'아무쪼록 그 아름다운 맘과 희망 잃지 마시고 행복하시길 빕니다. 그리고 속이 다 타 버렸을 것 같은 당신의 아내에게 알지 못하는 한 남자가 고맙다는 감사의 인사를 올립니다.'

골목길에는 장사를 끝내고 삼삼오오 모여 얘기꽃을 피우는 무리, 손님을 배웅하는 음식점 주인, 양손에 한 아름 비닐봉지를 들고 자기를 기다리는 가족이 있는 집으로 바쁘게 가는 이들, 길가에서 마지막 떨이를 하려고 손님과 흥정하는 할머니. 저마다의 이야기를 안고 모여 살아가는 골목길의 밤이 깊어만 간다.

"1년의 계획은 곡식을 재배하는 것이고,
10년의 계획은 나무를 심는 것이며,
평생의 계획은 사람을 키우는 것이다."

- <관자> '권수' 편 -

제6장

# 대리운전의 법칙

# 노동자인가, 자영업자인가?

## - 특수고용노동자(?) 대리기사

뛰고, 뛰고, 대기하고, 기다리고, 운행하고, 또 달리고, 대기한다. 텔레비전에 방영되고 있는 런닝맨 프로그램 이야기가 아니다. 다른 나라에서는 찾아볼 수 없는 음주문화에 맞춰 취객을 상대로 밤거리를 달리는 대리기사는 틈새시장의 일(직업)이다. 대리기사는 밤새 기다림과 달리기를 반복하는 직업이다. '일(직업)'이라고 표현한 것은 아직 직업으로서 인정받지 못하는 사회적인 분위기와 법적인 이유에서다.

대리기사는 특수고용노동자(택배기사, 대리운전기사, 골프장캐디 등)로서 정식 명칭으로는 특수형태근로종사자이며 정부로부터 일반적인 근로자로 인정받지 못하고 산업구조의 변화에 따라, 근로자의 특징과 자영업자의 특징을 모두 가지고 있는 셈이라 사대보험 가입 의무도 없다. 이 내용은 'YTN뉴스 국민신문고-벼랑 끝 대리기사'에 방영된 내용 일부다.

대리기사는 넓은 의미로 보면 1980년대 초부터 시작된 지역대리(고급주점에서 대리를 두고 하는 것)를 시작으로 볼 수 있다. 그 후 1990년대에는 픽업(팀으로 움직이면서 대리 운행하는 차를 따라가는 것)대리가 선행했으며, 2000년대 들어서면서 핸드폰이 대중화되면서 그 형태가 바뀌고, 스마트폰이 보급된 2010년을 기반으로 대리시장의 유형이 변화되고 급성장하게 되었다. 물론 지금도 지역대리가 있고 지방으로 가면 픽업대리(도심에도 간혹 운영 중)도 있으며, 그 외 대리운전의 종류도 다양하게 많다. 이 모든 것은 스마트폰 프로그램과 함께 발전하게 되었다.

짧게는 20년 길게는 40년 가까이 이어지는 만큼 대리기사들의 근무형태는 상당히 많은 변화가 있었는데도 정부나 국회의 태도나 인식은 제자리다. 2017년 국회 정무위원회 국정감사에서 공정거래위원장이 개선방법을 찾고 있다고 했고, 국토부에서 관련법 개정에 따라서 표준계약서를 만들 계획이라고 한다. 국가인권위원회에서 '특수고용노동자 노동삼권 보장하라'고 고용노동부에 권고했다고 하니 이른 시일에 그 결과가 나오길 바랄 뿐이다.

## 대리운전시장의 경제학

- 누가 하고 얼마나 벌까?

음주를 하는 사람라이면 누구나 한 번쯤은 불러봤을 대리운전기사는 전국적으로 20만 명을 넘는다고 한다. 하루에 40만 건의 콜 수가 뜨며 시장규모는 연 3조에 이르는 무시하지 못할 큰 시장이다. 또한 음주운전 처벌 강화를 위해 윤창호법이 시행되고 하루가 다르게 시장의 규모는 커지고 있는데 진작 대리기사들은 더욱 힘들고 호주머니는 얇아지고 있다. 참으로 아이러니하지 않는가. 여기에는 여러 이유가 있겠지만 크게 세 가지 때문이다.

첫째는 요즘 누구나 피부로 실감하는 경제적 불안이다. 연말연시 분위기를 비유해보면, 장기적인 경기 침체에도 2013년 정도까지는 11월 초순에 그 분위기(연말 분위기)가 시작되었다. 그 후 2014년에는 11월 중순, 2015년 11월 말, 2016년 12월 초로 차츰 뒤로 밀리더니 2017년에는 12월 중순, 2018년 연말은 12월 24일 전 일주일 정도 반짝한 게 다였다.

이런 분위기에는 법과 정책도 한몫을 했다. 2016년 9월 시행한 김영란법(청탁금지법-부정청탁 및 금품 등 수수의 금지에 관한 법률)이 되면서 일반 식당을 비롯한 주점의 손님이 눈에 띄게 줄었다. 이때 식당에 콜을 받고 가면 식당주인들이 다른 식당은 어떠냐고 묻는 게 일이었을 정도였다. 며칠 만에 한 지역을 가보면 식당이 한두 개씩은 새로 인테리어를 하고 있을 정도로 변화가 심했다. 이러면 인테리어하는 사람들은 호황이겠구나 생각하지만 그런 업종 종사자를 만나 운행하다 물어보면 그들 또한 죽을 지경이라고 한다. 그들의 말을 들어보면 일은 많으나 인터넷 발달로 정보가 너무 많아 업자들보다 소비자가 더 잘 아는 상태라 마진이 없고, 일을 마무리해도 대금을 다 받지도 못하는 경우도 종종있어 바쁘기만 하고 돈은 안 된다는 게 그들의 푸념이다.

김영란법이 시행되면서 매출이 절반 이상 줄었다는 업주들도 상당수다. 업소의 매출이 준다는 건 곧 대리운전이 줄어드는 것이다. 김영란법 시행 얼마 되지 않아 2016년 말부터 2017년 초까지 촛불집회가 이어지면서 사회적으로 음주마저 덜 하는 분위기였다. 그 후 회복 기미가 보이더니 2018년 초부터 미투운동이 시작되면서 급속도로 회사에서 회식이 줄어들었다. 그러잖아도 직장의 회식문화가 변해가는 상황에서 미투운동은 회식에 직격탄이었다. 여기에 사드 배치로 인한 중국의 압박 또한 국내 내수경제에 악영향을 끼쳤다.

급변하는 시대 속에서 생각지도 못하는 일들이 생기고 다시 좋아지는 것은 어쩌면 당연한 일이고 또한 경제의 순환 과정일 수 있다. 그러나 한번 바뀐 회식문화는 다시 예전으로 돌아가지 않을 것이라 생각한다. 연말 송년회가 먹고 마시자에서 공연이나 봉사 등으로 변화고 있다. 한잔을 하더라도 간단한 식사와 더불어 일차에서 끝낸다. 이차를 해도 간단한 차 한잔으로 마무리하는 팀들도 갈수록 많다. 술을 줄여 다음 날 일과에 지장을 받지 않으려 하기 때문이다. 한번 술을 마시면 자리를 옮겨

이차, 삼차로 이어지는 음주문화가 사라지고 있는 것이다.

당연히 좋은 변화이고 긍정적인 면이다. 과거처럼 낮에는 깨지고 저녁에 모여 회식을 하면서 달래주던 단합하는 시대는 지났다. 심지어 젊은 세대가 회식자리를 회피하는 현상에 간부들도 뭐라 못한다. 약속이 있어, 사정이 있어, 몸이 안 좋아, 술을 못 먹어 등 각가지 핑계로 참석하지 않거나, 밥만 먹고 가는 직원들도 많다고 한다. 그러니 회식의 의미가 있겠는가.

언젠가 대기업 임원 몇이 회식 끝나고 차에서 하던 말이다.

"요즘은 임원들이 사원들을 다 챙겨야 하니 원. 과거에는 우리가 윗사람 갈 때까지 다 기다리고 2차, 3차 같이 갔는데, 이젠 가기 싫으면 먼저 가버리고 지네들 다 가고 우리가 가야 하니…." 이 또한 낀 세대 베이비부머다.

우리나라에서의 베이비부머 집단은 1955~1963년생으로 2020년에 66세~58세이다. 보편적으로 50대는 가정에서나 직장에서 밀려나고 눈치봐야 하고 목소리 낮아지며 어깨가 줄어드는 세대이다.

대리기사들이 힘들어지는 두 번째는 이 베이비부머와 관계가 있다. 대리기사의 연령은 보통 50대~60대이다. 물론 방학(여름방학, 겨울방학)이 되면 대학생들도 학비나 여행경비 마련을 위해 대리기사를 하기도 한다. 아직 많지는 않지만 갈수록 30대도 늘어난다. 이들은 보통 투잡인데 퇴근하고 가방 하나 메고 핸드폰 켜고 두 콜 정도 타다 집 방향으로 가는 콜을 잡고 퇴근한다. 투잡이라고 자신 있게 말도 한다. 손님들도 투잡 하느냐고 묻기도 할 정도로 지금은 보편화되어 있다.

요 몇 년 사이 대리기사가 눈에 띄게 늘어나는 연령은 40대 후반에서 50대다. 2차 베이비부머들이다. 베이비부머들이 연간 100만 명씩 명퇴, 은퇴, 해고와 실직으로 직장을 그만두고 쏟아져 나오는 탓이 크다. 회사마다 조금씩 다르지만 퇴직 평균연령이 55세 정도다. 손님들과 얘기해보면 50대 전후가 되면 퇴직 준비를 위해 걱정(생각만 할 뿐)을 하고, 55세 이후가 되면 심각해지는 모습임은 알 수 있다. 즉 준비(퇴직 후 생애설계)가 안 되어 있다는 것이다. 막상 직장에서 나오면 막막해진다고 한다. 물론 아내들은 그동안 고생했다고 편히 쉬라고 하지만, 짧으면 3개월, 길어도 6개월쯤 되면 눈치가 온다고 한다. 그래서 일을 해야 하는데 경험이 없으니 집에서 후원해 줄 일도 없고, 따로 준비해 둔 돈도 없으며, 있다 해도 요즘처럼 경기 안 좋은데 선뜻 할 수도(개인 사업) 없는 실정이다.

그래서 자본 안들이고 쉽게 할 수 있는 대리기사를 찾는다. 그렇다고 누구나 대리기사를 할 수 있는 건 아니다. 성격과 취향에 맞아야 한다. 택시는 해도 대리는 못 하겠다고 하고, 대리는 해도 택시는 못하겠다고 하는 사람들이 있는 것처럼. 하여튼 이런 사람들이 늘어나다 보니 생계를 위해 대리로 전업하시는 사람은 줄어들고 있는 실정이기도 하다.

세 번째는 경쟁시대에서 동 업종 간의 경쟁이다. 2000년 초창기에는 업체(대리기사 운영업체나 콜센터)에서 시쳇말로 고객을 주워 먹는 것이었다 해도 과언이 아니다. 하지만 이제는 나눠 먹고 빼앗아 먹는 상황이라 업체 간의 경쟁이 가격으로 옮아가 타사보다 얼마라도 싸게 해주려고 한다. 업체들로서는 고객을 잡아야 하니 대리기사 쪽보다 고객들 편에서 서비스를 한다.

이렇게 시장경기는 안 좋아지고, 대리기사들은 계속 늘어나며 대리업체들의 경쟁은 치열하다 보니 제일 밑바닥에서 일하는 대리기사들만 힘들어지는 것이다. 이 글의 제목을 대리시장의 경제라고 쓰는 이유도 대리시장만의 측면이 아니라 사회 전체의 상황을 담고 있기 때문이다.

과거에는 현장경제를 알려면 포장마차에 가보면 안다고 했다. 포장마차에 손님이 많으면 경제가 안 좋고 손님이 적으면 좋다고 했다. 경제 상황이 좋지 않으면 상대적으로 값이 저렴한 포장마차로 손님이 몰리기 때문이다. 그 이후로는 또 택시를 타보면 경제의 흐름을 안다고 했는데, 만원권 지폐로 택시요금 지불이 많으면 경제 흐름이 좋고, 천원짜리가 많으면 불경기라 했다.

대리기사는 매일 반복되는 콜 수가 많고 적음, 역세권은 물론이고 골목상권까지도 눈으로 보며 경기를 파악한다. 고객 대부분이 직장인과 사업하는 사람들이기에 그들의 반응과 술자리 빈도, 그리고 직간접으로 듣는 이야기를 통해 경기를 알고 세상의 흐름을 포착한다.

## 지킬 건 지키자 1

- 대리기사들이 싫어하는 손님 유형

얼마 전부터 '갑질'이라는 단어가 유행어가 되어 번지는 가운데 '을'들의 하소연이 들려온다.

제주신보에서 전국 600명의 아르바이트생을 상대로 알바가 싫어하는 손님의 꼴불견을 설문조사했다. 설문 결과 꼴불견 1위는 42.33%를 차지한 '다짜고짜 반말부터 하는 손님'이었다. 2위는 '무시하고 갑질, 작은 실수도 용납하지 않는 손님'이다.

집을 방문하는 택배기사나 인터넷 기사가 싫어하는 고객 유형 1위 역시도 '반말'이 1위이고 2위가 '속옷 차림'이라 한다. 이들은 대부분 가정집을 직접 방문하는 직업이라 손님들의 사생활과 밀접한 관련이 있다. 그런데 기사들이 민망할 정도로 도를 넘어서는 일들이 많다고 한다. 고객들은 기사들을 유령 취급하는지 아니면 하등으로 취급하여 예의는 안 보여도 된다는 생각인지… 기분이 씁쓸하다. 어쨌든 둘 다 1위가 반말이다. 반말은 서로 아는 사람에겐 친밀감이 있지만 처음 보는 이에게는 업신여기거나 깔보는 면이 보이므로 자존심과 인격에 영향을 준다. 따라서 마음의 상처가 되고 자존감도 떨어져 일에 대한 의욕까지도 없어지게 만든다.

그러면 대리기사가 싫어하는 유형은 무엇일까? 대표적인 몇 가지를 추려본다.

## 무턱대고 반말하는 손님

역시 대리기사도 싫어하는 손님 중 하나가 반말하는 사람이다. 대리기사가 만나는 손님은 모두가 음주자들이기에 그 숙취 정도에 따라 이에 대한 대응이 달라지기도 한다. 처음 통화부터 반말을 하다가 대면을 하고 자신보다 나이가 많아 보이면 존칭을 쓰는 손님은 그래도 술을 많이 안 마셨거나 예의가 있는 사람이다. 그리고 동행(직장동료, 친구 등)이 있을 때는 과시하기 위해 개인 기사나 부하직원 다루듯 하다가 둘만의 공간이 된 차에서는 행동과 말투가 달라지는 손님들도 정신은 아직 괜찮은 상태인데 이들은 대개 회사의 간부나 개인회사의 대표이다. 그런데 많이 취하신 손님 중에는 반말로 마무리하는 사람도 있다. 술이 과한 걸 알면서도 그 순간은 기분이 좋지 않지만 내리고 나면 이해하고 금세 잊어버린다. 간혹 취기가 없어 보이는데 끝까지 반말을 하면 그 기분은 오래 가기도 한다. 참지 못하는 기사들 중에는 이것으로 다투기도 한다.

이제는 안다. 반말하는 그들의 심리를. 자신도 남들에게 어깨 힘을 주고 싶고 잘난 걸 보여주기 위해 술이라는 대리를 빌려 그 순간만이라도 표현하고 싶은 마음이라는 거. 맨정신으로 공적일 때 그 누구에게 함부로 반말할 수 있겠는가. 자신도 일할 때는 '을'이 되어야 하는 것을.

## 신발 벗는 손님

손님이 아무리 취했다고 이해하려고 해도 기분이 상하는 행동은 뒷좌석에서 신발 벗고 운전석과 조수석 사이에 다리를 뻗는 손님이다. 이런 손님은 숙취의 정도가 아니라 인격에 문제가 있다고 본다. 승용차는 앉은 사람의 다리가 편하도록 앞좌석(조수석)을 밀고 당기게 되어 있다. 그럼에도 운전석과 조수석 사이에 다리를 뻗거나 조수석 자리 위로 다리를 편하게 뻗는 사람이 있다. 본인 차에서 자기 마음대로 하는데 뭔 상관이냐고 한다면 할 말은 없다. 그러면 대리기사는 자기 집에 손님으로 온 것이나 다름없다. 앞에서 택배기사가 싫어하는 속옷차림인 사람과 같은 행동 않을까. 자신의 과시욕이라 생각할지 모르지만 본인의 인품을 떨어트이는 행동이라는 점을 알았으면 한다.

## 폭행

당연히 폭행은 있어서는 안 된다. 그런데 가정폭력, 학교폭력도 심각하지만 보이지 않은 곳에서 벌어지는 폭행이 취객의 대리기사 폭행이다. 2015년 한 뉴스에 서울 대리운전기사 85.9%가 '손님에게 맞은 적 있다'는 소식이 나왔다. 대리운전기사 10명 중 8명 이상이 손님에게 폭행을 당한 꼴이다. 요즘은 인식과 문화가 많이 바뀌고 좋아져 폭행의 경우는 없어지고 있는 느낌이다.

과격한 폭력으로 상해를 입는 경우도 있지만, 표시 없는 잔잔한 폭행들이 수없이 많다. 뒤에서 운전석을 발로 찬다든지 아님 운전하는 기사의 어깨를 툭툭 치기도 하고, 손바닥으로 기사의 머리를 때리기도 한다. 정말 위험한 짓이다. 조수석에 앉아 자신은 친한 거라 생각하고 이야기하면서 기사의 얼굴이나 머리에 친구나 동생처럼 알밤을 주고 쓰다듬기도 하며 팔을 꼬집기도 한다. 나아가 정말 위험한 행동을 하는 손님도 있다. 옆에서 마음에(운전기사가 하는 행동이나 자신의 기분을 참지 못할 때) 안 들거나 기분 나쁘면 핸들을 잡는 사람들이다.

손님의 이런 폭행은 술 때문이 아니라 사회에 대한 불만, 개인의 심리상태와 분노, 개인의 인격 때문이겠지만, 정말 알아야 할 것은 심할 경우 처벌은 당연하고, 운행 시 운전자의 심리상태 불안으로 큰 사고로 이어질 수 있다는 점이다.

## 깐죽이는 말

개그 유행어 중에 개그맨 황기순의 '척보면 압니다'가 있었다. 10년이면 강산도 변하고 서당 개 3년이면 풍월을 읊고, 부뚜막 개 3년이면 라면도 끓일 수 있다는데, 대리운전 십년쯤 하다 보니 말만 들어도 손님의 직업이나 직장에서 업무스타일을 알 수 있을 정도다.

집으로 가는 목적지는 대게 기사가 알아서 빠른 코스로 가지만, 좀 애매한 지리라면 묻기도 한다. 그런데 첫인사를 하면서 느끼는 감정이 깐깐하다 싶으면 아는 코스인데도 어디로 가느냐고 확인한다. 그러면 아니나 다를까, 내가 생각하는 코스가 아니라 자신이 평소 다니던 길로 가자고 한다. 대답을 하고 갈 수밖에 없다. 한마디 했다가는 잔소리가 시작되니까. 이 정도는 양반이다.

급브레이크를 밟지 마라, 속도는 60킬로를 넘기면 엔진에 무리가 간다, 노란 불이 들어왔는데 왜 진입하나, 끼어들기 하지 마라, 반 클러치(수동일 경우)는 사용 마라 등등. 뭐 이 정도로 나오면 역시 대답만 할 뿐이다. 이런 손님에게 핑계나 말대꾸를 했다간 또 잔소리하는 건 뻔하기 때문이다.

잔소리하고 운전 지시하는 손님 또한 싫어하는 유형이다. 말 많은 손님도 힘들다. 다 들어줘야 하고 대답해줘야 하니 그 또한 스트레스다. 잘 아는 기사는 립싱크를 잘 해줘 팁을 자주 받기도 한다. 말 많은 손님은 그래도 양호하다. 때로는 트집 잡고 시비 거는 손님도 있다. 뭔 말인지 모르지만 혼자만 아는 이야기를 막 하고는 기사에게 물어보고서 답이 없으면 왜 무시하느냐, 말 같지 않으냐, 대답하면 성의 없이 대답한다고 뭐라 한다.

뒤차를 보기 위해 어쩌다 백미러를 보면 왜 사람을 기분 나쁘게 본다고 화내는 손님도 있다. 반말하면서 시비 걸면 환장한다. 그래도 어쩌겠는가. 목적지까지는 안전하게 가야 하기에 심호흡 몇 번 하면서 자신을 안정시킬 수밖에.

# 지킬 건 지키자 2

- 손님들이 싫어하는 대리기사의 유형

모든 싸움은 양쪽 얘기를 다 들어봐야 한다. 인간은 자기 입장에서만 바라보고 이해하려고 하기 때문이다. 대리기사들이 싫어하는 손님의 유형이 있다면, 손님이 싫어하는 대리기사의 유형도 당연히 있다. 각양각색이겠지만 대표적인 몇 가지를 보자.

## 난폭 운전

낮에 약속이 있어 지인과 함께 택시를 탄 적이 있었다. 보통은 전철을 많이 이용하는 편이다. 버스를 많이 이용 안 할 경우는 전철정액권으로 사용하면 교통비가 훨씬 절약되기 때문이다. 무엇보다 건강에 도움된다. 언젠가 전철계단을 오르면 다리가 아팠다. 아니 벌써 이르면 안 되는데 싶어 따로 운동하기에는 돈과 시간이 부족한 것 같고 해서 차를 두고 출퇴근을 했다. 출근 시간에 불편함은 있었지만 운동도 되고 무엇보다 일주일에 책 한 권을 읽는다는 게 좋았다. 전철에서 보는 책은 집중도를 높여준다. 그때 경험으로 지금도 독서의 최고장소는 전철이다.

대리를 하고나서부터는 밤, 낮으로 걷다 보니 어지간한 계단은 불편함이 없고 몸무게도 항시 유지된다. 이 때문에 택시는 일행이 있거나 대중교통이 없을 경우만 이용하는 편이다. 누구나 직업의식이 있다. 개 눈에는 뭐밖에 안 보인다고 유치원 선생님들은 아이들만 보이고, 산부인과 의사는 배 나온 여성만, 이발사나 미용사는 머리스타일만 보면서 머리 할 때가 되었는데 걱정을 유독한다. 나 또한 차량 운행자의 습관을 관찰하게 된다.

이날도 택시에서 눈과 입은 지인과 이야기를 하고 몸으로는 택시기사의 운전 리듬을 느끼고 있었다. 그런데 운행이 난폭했고 택시는 으레 그렇다고 생각하기엔 멀미가 날 정도였다. 뭐라 한마디 해야 하는데 나도 운전하는 입장이라 기분 상하지 않게 하기 위해 '기사님 운전을 참 터프하게 잘하십니다'라고 했다. 칭찬하는 줄 안 택시기사는 자기가 택시 한 지 얼마나 돼 보이냐고 묻는다. 하고 싶은 말을 하려고 복선을 깔았는데 되려 질문을 하니 짜증이 나지만 참고 '글쎄요' 했다. 택시기사는 재미있다는 뜻이 택시 운전대 잡은 지 5시간밖에 안 된다는 거다. 교대 후 다섯 시간 되었냐고 물어봤더니 택시 운전한 게 그 시간이란다. 그러면서 자신이 운전을 잘하지 않느냐며 들뜬 목소리로 자랑인 듯 내뱉는다. 어이가 없어 할 말을 잊고 있는데 택시기사가 계속 말을 한다.

"제가 몇 달 전에 퇴직했습니다. 몇 달 쉬다 보니 집사람 눈치도 보이고 해서 일을 하게 되었습니다. 근데 전에 운전하던 실력이 도움이 되네요."

"전 직장에서도 운전을 하셨나요?"

"아닙니다. 전직은 형사였죠. 그때 운전을 많이 했죠." 엉뚱한 대답이었다.

자신은 당시 업무상 바쁘게 운전하는 습관이 돼버렸고 그것이 잘하는 운전이라 생각하고 있었다. 하지만 그건 본인 생각이고 범인과 고객을 구분을 못하는 것 같았다.

가끔 손님 입장에서 대리기사를 이용하면 차분하게 하는 기사도 있지만 카레이싱 하는 사람들이 많다. 택시나 대리는 시간이 돈이다. 어쩜 택시보다 대리운전시간이 짧다. 대리운전 피크 시간이 얼마 전만 해도 21시에서 1시 정도였는데 요즘은 9시부터 11시까지라고 해도 과언이 아니다. 피크가 2시간 정도에 불과하기 때문이다.

손님 중에는 기사 생각하여 천천히 가도 된다고 하나 듣는 기사의 속은 한숨이 나온다. 그 마음 안다. 그러나 전직 형사인 택시기사가 범인이송인지 손님을 태우고 가는지 구분 못 하는 것처럼 하지 말고 대리기사는 카레이싱이 아니라 고객을 태우고 간다는 걸 잊지 말자.

## 냄새

시대변화에 따라 대중문화도 많이 달라졌고 지금도 변화고 있다는 건 누구나 실감한다. 특히 인간 생활의 세 가지 기본요소인 의식주 중 음식은 단순히 배를 채우기 위함을 넘어 보다 맛있고 아름답게 먹는 미식을 찾는다. 나아가 건강을 위해 양을 줄이고 영양가 있는 식단을 만들며 보다 편리한 조리방식과 먹는 장소를 구애받지 않으려고 한다. 옛날 우리 문화는 음식을 먹을 때는 밥상에서 대화는 물론이고 수저 소리, 씹는 소리도 못 낼 정도로 조용히 먹어야 하고, 딴짓하는 행동은 용납이 안 되었으며, 음식도 테이크아웃이 보편화되니 선조들은 이를 보고 어떤 생각을 할까?

1999년 스타벅스가 우리나라에 문을 연 이후 커피부터 시작하여 점차 포장음식으로 손에 들고 다니면서 먹는 테이크아웃족들이 젊은이로부터 생겨나면서 대중문화로까지 자리를 잡아가고 있다. 또한 담배는 주로 성인남성만의 기호식품에서 폭넓은 층으로 확산되었지만 그래도 국가 차원에서 국민의 건강을 위해 강도 높은 금연캠페인을 많이 하고 있다.

시대가 변화고 문화가 바뀌면 그에 따라 행위는 변할 수 있어도 행위규범은 있어야 한다. 인간은 사회적 동물이다. 사회적 동물이란 혼자서는 살 수 없고 사람과 사람이 끊임없이 관계를 맺으면서 같이 살아가야 한다. 그러기 위해서는 상대를 생각하고 배려하는 마음과 공감을 가져야 한다.

개인적으로도 싫어하는 유형 중 하나가 흡연하는 손님이다. 출발 전에 담배 하나 피우고 타겠다는 손님은 기쁜 마음으로 기다리다 출발한다. 그러나 꼭 타면 담배에 불을 붙이는 손님들이 있다. 당연히 흡연할 때 기준을 정해놓고 피우지 않는다는 건 안다. 그래도 흡연의 해악은 담배를 피우는 사람도 아는 만큼 흡연하기 전에 옆에 사람이 있다면 '담배 하나 피워도 되겠습니까? 담배 한 개비 피우겠습니다, 기사님 담배 피우세요?' 같은 말로 양해를 구하는 게 도리 아닐까. 그나마 다행히도 차츰 이렇게 양해를 구하는 손님들이 많아지고 있다. 그 말을 들으면 마음은 '피우지 마세요' 하고 싶지만 어찌하겠는가. 그래도 그 한 마디에 이해하고 기분 나쁜 마음은 피해간다.

손님의 담배와 달리 담배 피우는 대리기사가 담배 냄새로 손님에게 불편을 끼치기도 한다. 모시는 손님의 담배 냄새도 기사들이 싫은데 기사에게서 냄새가 난다면 손님은 어떻겠는가. 담배 냄새 말고도 어쩌다 옷에서 찌든 냄새가 나는 기사도 있다고 한다. 현대인들은 냄새에 민감하여 조금만 역한 냄새에도 반응한다. 손님들이라면 이런 대리기사를 싫어할 수밖에 없다.

모든 생물은 각각의 색과 향을 간직하고 있다. 그 향으로 자신을 방어하기도 하고 유혹하기도 한다. 나에게서 나는 냄새는 나의 또 다른 표현이다. 기사로서 상대를 배려하는 매너도 중요하지만 더 중요한 것은 냄새도 나의 모습이기에 손가락질은 받지 말아야 한다.

### 주차는 기사 마음

최근에는 고객의 목적지에 도착할 때쯤이면 '지하 주차장까지 좀 해 주세요, 주차는 해주시지요?' 같은 말을 자주 듣는다. 그래서 몇 번 물어보았다. 주차는 당연히 해주는데 왜 그런 질문을 하느냐고. 주차를 안 해주고 가는 기사나 아파트 입구까지만 해주고 그냥 가는 기사가 많다는 거다. 각자 사정이 있을 거다. 하지만 그건 기사들 사정이고 대리기사는 승인을 하고 그 운행의 대가를 받아 수행하고 있다. 목적지라 함은 손님과 약속한 곳이다. 콜 받은 메시지에서 확인되는 목적지는 ○○동, ○○아파트 정도다. 구체적으로 어디까지 주차를 해줘야 한다는 내용은 없다. 상세 내용과 그런 법률은 없지만 이는 대리기사 마음대로 해야 하는 것이 아니라 기본적인 상거래상의 도리이고 규범이 아니겠는가.

그런데 각자의 사정과 기분에 의해 주차를 거부한다면 당연히 손님으로서는 이런 기사를 싫어할 수밖에 없고, 결국 전체 대리기사를 불신할 수 있다.

지인과 저녁 식사를 하고 대리를 부른 적이 있었다. 기사는 밝은 표정으로 인사를 하고는 시동을 걸고 어느 도로로 어디를 거쳐 목적지로 가겠다는 내용을 내비게이션처럼 전달하고는 출발했다. 이런 기사를 보니 정말 신선한 모습이었다. 그 모습이 좋아 보이면서도 난 그 정도까지 하지 못한다. 너무 친절하게 과하게 하는 것은 부담이 될 뿐 진심이 나오기 힘들다고 생각해서다. 다만 정해진 서로의 약속과 책임만이라도 다 했으면 한다.

# 책임을 다하는 대리운전 기사의 자세

## 목적지 도착 전 운행 포기는 안 된다

1톤 트럭을 운행한 적이 있었다. 부인이 식당영업을 끝내고 부부가 함께 퇴근하는 손님이다. 먼 거리는 아니지만 강북(아차산역)에서 강남(대치사거리)으로 영동대교를 건너가는 코스다. 대리기사들은 출발 시 그 시간대면 어느 쪽을 가야 막히지 않고 빨리 갈 수 있는지 생각하고 출발한다. 근데 이 손님은 내 생각과 반대방향으로 가자고 했다. 손님의 말투와 톤을 듣고는 더도 물어보지 않고 지시하는 방향으로 갔다. 내가 가고자 했던 A코스는 처음 신호 5개 정도만 받고 강북을 타고 영동대교로 넘어가는 코스이고, 손님이 원하는 B코스는 거리는 단축될 지는지는 모르지만 신호를 대략 15개 거친 후 영동대교에 진입하는 코스이다.

손님이야 기름값 생각할 수도 있지만 기사들이라고 무턱대고 돌아가지는 않는다. 거리가 얼마 차이 나지 않으면서 시간 단축을 할 수 있는 코스일 때만 돌아간다. 이 선택은 시간대와 요일, 그날 차들의 운행량을 보고 순간 판단을 해서 실시간 내비게이션처럼 운행한다.

가면서 그 남자는 아내에게 눈을 뜨라면서 불만스런 말을 한다.

"우리 집사람은 트럭타고 가는 게 창피하다고 꼭 타면 눈을 감고 갑니다."

가족을 먹여 살리는 트럭인데 뭐가 창피하냐며 내게 되묻는다. 언젠가 한 번은 아내가 그런 이야기를 한 적은 있었는지는 모르지만 취기가 있을 수 있고, 몸이 피곤할 수도, 어지럽거나 졸릴 수도 있는데 말이다. 그리고 의아하다는 듯이 내게 물어본다.

"왜 대리기사들은 열에 열 다 그쪽으로 가는지 모르겠습니다. 왜 그래요?"

다른 기사들 상황까지 알 수가 없기 때문에 선뜻 말문이 열리지 않았다.

"다 그러겠습니까?"

"다 그래요. 지금 기사님도 그쪽으로 가려고 했잖아요?"

"기사들의 경험에 의해 그런 거 아닐까요?" 밖에 할 말이 없었다.

앞에서도 말한, 대리기사가 싫어하는 유형 중 하나인 '자신이 가는 길이 최고'로 생각하는 손님이다.

"이 길은 내가 더 잘 알지요. 퇴근 시 항시 가는 길이니까."

"네~" 더는 대답을 하지 못했다. 손님이 흥분이 올라오는 느낌을 받아서였다.

"대리기사들은 정말 이해가 안 가. 자기네들 편하고 유리한 것만 하려고 하고…" 손님이 분이 올라오는지 말을 잇지 못한다.

분위기도 그렇고 해서 부드럽게 좋은 기사들도 많다고 한마디 했다.

그는 나쁜 기사가 더 많다며 본인이 겪은 이야기를 한다.

"지난겨울 그 추운 날에 다리 중간에 차를 세워두고 가면 어떻게 하라는 거야!" 이제 화가 나 있었다. 그 순간을 상기하니 열이 나는 모양이다.

이런 분위기면 가만히 있는 게 최선이다. 이유는 이 손님이 가자는 길로 안 가고 기사 마음대로 갔는데 그로 인해 계속 잔소리를 했을 것이고 대리기사는 듣다 화가나 다리 중간에다 세우고 갔을 것이기 때문이다.

요즘 심심찮게 대리운행 도중 차를 세우고 가버린다는 뉴스가 보도된다. 이유야 가지각색이다. 나도 대리기사라 어느 한쪽에 기울어지는 면은 있을 수 있다. 그러나 나를 포함한 모든 대리기사도 개인적으로 음주를 하고 대리기사를 불러 갈 때는 손님이 된다. 이런 때를 생각해 보면 어떠한 이유라도 손님을 목적지까지 안전하게 도착하는 게 대리기사의 소임이며 책임이고 임무이다.

아직 대리기사의 운행에 대해 법적으로 정해진 건 없지만 택시운전을 비롯한 서비스의 모든 운행은 손님이 약속한 목적지까지 도착하는 게 규정이다. 때로는 운행 중에 다짜고짜 차 세우고, 대리기사를 내리라는 손님들도 있다. 대리기사와 뭔가 맞지 않거나, 아니면 목적(대리비 때문에 안전한 곳까지만 가고 그 이후론 본인이 운행하려는 것)이 있는 사람들이다. 이럴 때는 어쩔 수 없다. 손님이 막무가내 화를 내기 때문이다. 이런 상황이 아닌 다음에는 우리가 선택한 일이기에 그 순간만 어떻게든 참고 그 한 사람과 또 다른 사람들의 불행을 막는다는 생각으로 대리기사의 본분을 다해야 한다.

## 바빠도 무단횡단은 하지 말자

경찰청이 발표한 2018년도 교통사고 사망자 자료를 사고 시 상태별로 구분해서 보면 보행 중일 때가 39.3%(1,487명)로 제일 많았다. 보행자 사망 비중은 OECD 평균 19.7%에 비해 우리나라는 30개국 중 30위로 이 또한 1위다. 보행자 사망 중에 무단횡단이 500명대로 30% 넘게 차지한다. 시간대별로는 18시~24시까지 퇴근 이후 저녁 시간대에 집중되어있다. 대리기사들이 제일 활발하게 활동하는 시간이다. 무단횡단의 경우, 사람 자체가 충격을 온몸으로 받아들이기 때문에 다른 교통사고보다 사망률이 10배에 달한다고 한다.

밤에 무단횡단을 하는 사람들을 보면 유난히 대리기사가 많다. 나 역시 초보일 때 필수인 양 많이 했다. 그래서 제일 싫은 곳이 종로 일대와 광화문, 을지로, 시청과 같은 사대문 안이다. 무단횡단하기가 정말 위험하고 힘든 곳이다. 백 미터라고 콜을 잡고 보면 길만 건너면 바로 앞 건물인데 건널목을 통해서 가려면 몇백 미터 돌아가야 한다. 그래서 바로 질러가는 것이 보통이다. 간혹 신도시나 지방으로 가면 5백 미터 내로 콜을 잡지만 손님과 나 사이에는 가깝고도 먼 당신이 되어 있다. 고속도로나 산이 중간에 가로막힌 경우다. 이럴 때는 취소를 하거나 양해를 구하고 택시로 이동하는 기사들도 있다.

하지만 시내에서는 무법자가 되어 도로를 가로질러 간다. 위험천만한 행동이다. 최근에는 시간 절약을 위해서 전동 킥보드나 전동 휠도 타고 다닌다. 낮에도 위험하지만 밤에는 더 위험한 것을 알아도 한 콜이라도 더 타기 위해서 위험 또한 감수한다. 대리비는 대리기사가 하는 일에 비하여 적으면서 리스크가 크다. 그러나 어쩌겠는가. 우리가 선택한 일이고 가족을 위해 뛰어야 하는 것을.

일한 만큼 대가도 제대로 가져가지 못하는 노예계약이란 말까지 있지만 어쩔 수 없다. 나 자신을 탓하면서 밤의 고요한 적막처럼 묵묵히 뛰어야 하는 대리기사는 오직 몸 하나밖에 없다는 것을 알아야 한다. 당신이 다치거나 쓰러지면 그 누가 알아주며 아파하겠는가. 오늘 삥바리(만원짜리) 한 콜도 못 탄다고 세상이 변하겠는가, 내일 밥을 굶겠는가.

대리기사는 각자 어떠한 이유이든 어두운 밤거리를 다녀야 하는 야행성이 되었지만 '천상천하 유아독존'처럼 스스로 지구(우주)의 중심이 되고 각자 인간의 존엄성을 지키고 만들어야 한다.

## 단정한 복장 착용

미아리 고개 하면 떠오는 것이 '단장의 미아리 고개' 노래와 '점집'이다. 예전에 어머니들이 주로 애용하는 점집. 그런데 요즘은 역세권으로 가보면 젊은이들이 사주, 타로를 많이 보는 것을 쉽게 볼 수 있다. 그리고 사주카페도 어렵지 않게 보인다. 우리 생활 주변에 아주 가깝게 들어와 있다. 우리나라가 어떤 나라인가. 인터넷 강대국 아닌가. 그래서 인터넷 전문 사이트 사주 카페도 등장하여 활발하게 큰 수입을 올리고 있다고 한다.

놀란 것은 생각보다 많은 사람들이 이용하는데 20~30대가 주를 이룬다고 하는 점이다. 이들이 보는 건 주로 금전, 연애, 출세 운 등과 같은 호기심 차원이지만, 타로를 보는 젊은 층이 궁금한 점이 '타인이 나를 어떻게 보는가'라고 한다. 자신의 앞날에 대한 불안한 마음도 있지만 사회생활에서 빼놓을 수 없는 게 인간관계이다. 그래서 상대의 마음을 알고 싶고 나를 어떻게 생각하는지도 알고 싶어 한다. 그래서 잘 보이려고 화장을 하고 옷을 잘 입고 부드러운 목소리로 미소도 지으며 나는 이런 사람이라고 표현한다.

첫인상으로 그 사람을 판단하는 데는 3초~5초밖에 걸리지 않는다. 신입사원이 면접을 볼 때 면접관들은 지원자들이 문 열고 들어와 자리에 앉는 순간이면 얼추 파악된다고 한다. 심리학 박사들은 시각적 이미지가 50% 이상을 차지하며, 첫인상을 평가요소로 외적인 부분이 80% 이상 차지 하기도 한다고 한다. 티비나 유튜브에 보면 첫인상에 대한 자료들이 많이 있다. 2017년 EBS에서 방영한 영상을 보면, 한 남성을 각각 캐쥬얼과 정장을 입혀 쇼윈도에 번갈아 세워 지나가는 시민들에게 호감도, 직업, 여자 친구 등에 관한 질문을 한다. 캐주얼일 때는 10점 만점에 대부분이 5점 이하를 주었고 직업으로는 만둣가게 직원, 백수처럼 보인다고 하고 여자 친구는 당연히 없으며 성격마저 안 좋아 보인다는 대답을 했다. 같은 사람이 정장 차림일 때 대부분이 점수로는 9점 이상을 주며, 단정하다, 깨끗하다, 깔끔하다고 하였다. 직업으로는 회사원, 변호사, 의사, 대기업 직원 이미지가 나고, 논리적이며 자신감까지도 보인다고도 했다. 외모가 좋아 보이니 성격까지도 좋아 보이는 것이다.

옷이 날개라고 한다. 옷을 잘 입으면 신수가 훤해 보인다고 한다. 옷을 잘 입는다는 건 비싼 옷 명품 옷도 있지만 개성을 표현하는, 즉 자신에 맞는 옷, 어울리는 옷을 입는 것이다. 옷은 신분의 표현이며, 예의의 표현이기도 하다. 죽마고우 중 한 친구는 어릴 적 항시 옷을 헐렁하게 입어 왜 그렇게 입는냐고 물어보면 엄마가 옷에 몸을 맞춰 입으라고 했다고 대답했다. 그 말이 아직 기억에 남는다. 요즘 같으면 힙합 스타일이다. 옷 스타일을 보고 직업을 대충 알 수 있듯 개성과 신분에 맞춰 입는 시대다. 명절에 한복을 입고 남성이 정장을 하는 것은 예의의 표현이다.

옷을 단정하게 입으면 행동 또한 함부로 하지 못한다. 남성들이 예비군복만 입으면 직업 신분 막론하고 행동이며 말투가 너무 자연스럽게 변한다. 옷은 비언어 커뮤니케이션이다. 임산복을 입고 있으면 임신한 여성이고, 흰 가운을 걸치고 있으면 보통 의사나 약사로 생각한다. 유니폼이면 서비스하는 사람으로 짐작하고, 트레이닝복으로 활동하면 운동 중임을 알아차린다.

자신감 있고 당당한 사람은 옷차림도 활기차고 산뜻할 것이고 동냥하는 이는 되도록 초라하게 입을 것이다. 대리기사 일은 구걸하는 일이 아니다. 나의 경우 정장 차림으로 일하는데 가끔은 손님들로부터 정장한 기사를 처음 본다면서 부담까지 느끼는 손님도 있다. 간혹 막 대하려다 차림을 보고는 멈칫하며 자제하려는 모습이 보이기도 한다.

대리운전은 우리나라만이 있는 세계 최초 서비스업종이며, 국민의 안정과 국민의 생명, 가정의 행복을 책임지는 일이라는 자부심을 가져보면 어떨까.

앞에서 언급한 첫인상 '초두효과'(심리학 용어로 처음 입력된 정보가 나중에 습득하는 정보보다 더 영향력을 발휘하는 것) 때문에 내가 한 차림이나 행동에 따라 상대의 행위는 달라진다는 사실을 잊지 말자.

# 대리운전 편하고 안전하게 이용하는 법

### 대리기사를 빨리 오게 하려면?

내가 대리기사 하기 전, 모임 하고 대리를 부른 적이 있었는데 생각보다 빨리 도착하여 물어보니 택시 타고 왔단다.

"통화 할 때 가까운 거리에 있는 것 같았는데 멀리서 오셨나 봐요?"

그는 삼백 미터쯤에 있었다 한다. 정말 그곳에서 출발했는지 모르지만 택시에서 내리는 모습을 보았고 빨리 왔으니 믿었다. 그 거리면 그냥 와도 되는데 왜 택시를 타고 왔냐고 물었더니 손님이 참지 못하고 가버릴까 봐 그랬단다. 그 짧은 시간도 못 기다리고 가는 사람들이 있냐고 물었더니 간혹 있다고 했다. 그 대리 기사도 이 일 하기 전 대리를 불러 놓고 참지 못해 운행하다 음주단속에 걸린 경험이 있기에 될 수 있으면 손님이 많이 기다리지 않게 택시비는 들어도 종종 이용한다고 했다.

지금 그때 그 기사를 생각하면 택시 이용하면서까지 수입이 생길까 의문이 들기도 한다. 멀리 가는 손님이면 가격이 좋아 이해는 하지만 가까운 거리면 답이 안 나온다. 지금 대리기사 생활하면서 가끔 그를 생각하며 최대한 빨리 가려고 한다. 손님을 위해서도 가야 하지만 한 콜이라도 더 타려면 시간 단축을 하기 위해 뛰어야 한다. 그래서 대리기사는 밤거리를 달리는 야행성이다.

처음 대리기사 시절에는 누가 시킨 것도 아닌데 콜을 잡으면 자동으로 뛰었다. 이렇듯 우리는 택시도 타고 어둠을 헤치고 육백만불 사나이처럼 도착을 하지만, 그래도 왜 늦게 오느냐 따지거나 아니면 가버리는 경우도 있다. 그래도 요즘은 손님들 이해심이 많아졌고 또 서브시스템이 근거리 배차(손님의 위치에서 가까운 거리에 있는 사람부터 배차하는 시스템)가 되기에 손님과의 거리가 무척 가까워졌다. 그리고 모바일 지도로 찾아가기 때문에 편리하고 더 신속하게 갈 수 있다.

그런데도 불구하고 가까이하기엔 먼 당신처럼 맴돌 때가 있고 만나지 못하는 안타까움도 있다. 이런 경우는 손님께서 너무 약주를 많이 해서 위치 파악이 잘 안 될 때이거나, 네가 찾아와야지 내가 가냐는 식으로 고집형일 때, 처음 오는 곳이라 나도 모른다는 속 터지는 형, 옆에 뭐가 보이냐고 물어보면 큰길, 골목길, 작은 간판에 적힌 글 하나 읽어주고 무조건 오라고 할 때이다. 특히 여성들은 지리적 설명이 서툴러 찾아가기에 힘들 때가 많다. 정말 짜증 나고 황당할 때는 '여기요'형이다. 분명 지도로 봐도 이 지점이고 알려준 곳도 맞는데 보이지 않아 전화 연락을 하면 '여기요, 여기요' 하면서 '어디 계세요' 반문에 '앞에요' '뒤로 보세요' '손 흔들잖아요' '○○검정 차요'와 같은 감이 잡히지 않는 소리만 한다. 결국 내가 있는 주위에서 자신은 나를 보고 있고, 난 안 보이는 본인의 차 안에서 내가 하는 행동을 지켜보며 지시하고 있다. 손님도 답답하지만 기사는 환장하고 팔딱 뛸 일이다. 바로 앞에 있다는 걸 알면 정말, 정말 화가 치민다. 차가 그곳에 한두 대만 있으면 파악하기가 쉽지만 도시에서 어느 곳을 가도 상황은 그렇지 못하다. 선팅은 또 얼마나 잘 되어 있나. 특히 겨울이면 머리에서 김이 서려 고드름이 될 징조까지 간다. 그리고 차에 타면 왜 그리 못 찾느냐고 도리어 짜증을 낸다. 그래도 신호를 준다고 창문을 조금 열고선 손목만 내밀고는 '여기요' 외치는 사람도 있다. 본인이 추워 그런 행동을 한다면 밖에서 안절부절못하는 기사는 어떤지 한번 생각해 주었으면 한다. '여기요'형은 취기 때문에 정신을 차리지 못해서 한 행동이 아니라 예의나 도덕성의 문제라 생각한다. 빠른 시간에 대리기사를 오게 하려면 처음에 센터에 전화할 때 정확한 장소를 알려 주면 센터에서 목적지를 지도에 찍어준다. 기사들은 그 장소를 보고 찾아간다. 대리기사들은 길은 잘 찾는다. 지리도 잘 알고 대충 위치도 파악한다. 애매할 때는 위치를 물어보는데 그때는 옆에 있는 큰 건물 이름이나 음식점 상호라도 알려주면 지도로 금방 찾아가는데, 화만 내고 짜증만 부리면 그만큼 시간도 흐르고 서로 만나도 기분만 상하게 된다. 콜 부르는 사람들이 아주 조금만 신경 써주면 대리기사들은 총알같이 달려간다.

### 도착 후 복귀해야 하는 기사에 대한 배려

손님들이 제일 궁금해 하는 것 중 하나가 24시 넘어 대중교통이 없는 외곽지역이나 신도시 그리고 도로와 먼 곳에 도착한 다음 그 후에 어떻게 움직이는지이다. 결론부터 얘기하면 운에 맡긴다. 방법은 여러 가지가 있다. 각 지역을 다니면서 대리기사들만 태우는 셔틀(밤 12시 이후부터)이 있고, 셔틀이 없는 지역에는 대리기사들이 보이면 같이 택시를 타고 움직이기도 하며, 요즘은 힘들지만 지나가는 차를 이용하기도 한다. 제일 좋은 것은 도착지 근처에서 운 좋게 콜이 뜨는 경우다. 그 외에는 산 넘고 물 건너 한없이 걸어가는 뚜벅이가 되는 수밖에 없다.

힘든 경우는 겨울이다. 허허벌판에 불어오는 찬바람 맞으면서 갈 때는 '내가 왜 이런 일을 해야 하나' 생각이 꼬리를 물면서 오만가지 상념에 빠진다. 새벽 2시~3시 넘어 외곽으로 빠지는 기사들은 첫차를 타기 위해 마트나 피시방에서 시간을 때운다. 몇 시간을 기다리다 이른 새벽 서리를 맞으면 달려오는 첫 버스에 몸을 실으면 따스한 히터의 온기로 온탕에 들어와 있는 느낌으로 몸은 처진다.

대리기사는 배트맨이 아니다. 부르면 금방 나타나고 쉽게 다니며, 어디에나 나타나는 황금박쥐나 배트맨이 아니다. 그냥 평범한 인간이며 일반인이 알고 있는 상식에서 움직인다. 그냥 걷고 뛴다. 손님 중에는 간혹 애매한 지역의 경계선 닿은 곳에 목적지로 콜을 부르고는 다른 곳으로 가는가 하면, 상황실에 콜을 신청할 때와 목적지는 동일 지역이지만 깊이 들어가는 손님들도 있다. 시내에서는 구역의 차이를 별로 느끼지 못하지만 외곽으로 나가면 그 거리 차이는 상당하다. 이쯤이면 기사들도 심기가 불편해진다. 콜을 부르는 것까지는 좋다. 기사들이 쉽사리 잘 가지 않는 곳이라는 것을 안다. 사람관계란 만날 때도 중요하지만 헤어질 때도 중요하지 않겠는가. 이럴 때 팁이 해결책이다. 금액이야 얼마가 되었든 상관없다. '나가시기 힘든데 택시비에 보태라'며 주는 그 자체가 기사의 마음과 얼굴을 풀리게 한다.

팁 이야기가 나와서 한두 가지 사례를 들어본다.

'손님들이 싫어하는 기사의 유형'에서도 언급했지만 아파트 입구에서 가는 기사들이 많다고 했다. 도심에서도 대로에서 많이 들어간 곳이나 언덕 위에 하얀 집 같은 곳, 아파트에는 맨 안쪽에 위치한 동이면서 또 지하 맨 아래층까지 갈 때, 팁이라도 주면 서로 돌아설 때 미소로 인사하면서 헤어진다. 물론 팁을 주지 않아도 상관은 없다. 법적으로 적용되는 부분은 아니니까. 기사는 목적지를 보고 운행을 한다. 그러면 대리기사는 목적지까지 가야 할 의무가 당연하다. 그 목적지라는 것이 ○○동, ○○아파트로만 보통 되어있다. 또한 손님이 원하는 곳까지가 목적지라고 상식으로 안다. 상식! 운행 도중에 내리면 의무불이행이지만 목적지라는 곳까지 가면 그 이후에는 상식선이며 도리다. 그리고 팁이라는 단어보다는 우리 정서에 맞는 정이며 성의가 아닐까 한다.

둘째는 손님들과 가끔 다툼이 있는 경유지에 대한 거다. 대리운전을 자주 이용한 손님들은 경유했을 때 경유비에 대하여 더러 알기도 한다. 운행을 하다 한 지역을 경유하면 평균 오천원을 더 주면 된다. 이 또한 딱히 규정이 있는 건 아니다. 예를 들어 직진 코스인데 중간에 한 사람이 내린다면 적용이 안 된다. 그런데 이 부분은 손님과 기사 간에 생각의 차이가 생긴다. 아예 직진이면 상관이 없는데 대게 손님들이 흔히 하는 말이 '가는 길에~'이다. 그 말은 경유 비를 안 주겠다는 신호이다. 그러면 기사는 운전대 잡는 순간부터 기분이 상한다. 그런 말 하지 말고 직진 경로에 있으면 양해를 구하면 되고, 조금 돌아간다면 얼마라도 주면 된다. 근데 너무하는 경우도 종종 있다. 선무당이 사람 잡는다고, 경유를 하면 오천원을 더 주면 된다는 것을 알고 강남에서 인천을 목적지로 하고 일산 경유한다면 이건 아니다. 빠른 이해를 돕기 위해 극한 사례를 들었지만 이 또한 상식선에서 생각하면 된다. 대리기사들이 막무가내로 팁을 강요(대리기사가 자제해야 할 행동중 하나다)해서도 안 되는 부분이지만 대리운전은 서비스업이므로 너무 원칙을 생각하는 손님들도 유했으면 하는 바이다.

### 배차를 빨리 받고 싶을 때

유통되고 있는 모든 거래의 상품에는 가격이 있다. 이 가격은 수요와 공급에 의한 시장가격이 형성되어 만들어진다. 물론 이론적 이야기이지만 어쨌든 가격은 형성된다. 어떠한 상품이 만들어질 때까지 들어간 자재비를 포함한 인건비, 시간, 물류비, 홍보비 기타 등등. 저가로 갈 것인가, 고가로 마케팅을 펼칠 것인가는 생산자가 결정하는 문제지만 중요한 것은 타 상품가격과 비교, 그 상품에 적당한 가격인지가 중요하다.

영업용택시는 거리, 시간을 계산하여 가격이 결정되어 있다. 후발업체로 들어선 카카오대리도 거리와 시간 그리고 현재 대리시장에 형성되어 있는 가격 포함해 요금이 결정된다. 대체로 대리업체는 예전보다 조금 변화는 있지만 지속적으로 이어져 오던 가격을 기준 잡아 정해지지만 업체마다 조금의 차이를 두고 있다. 간혹 손님들 중에는 가격이 비싸다고 따지는 경우와 깎아달라고 하기도 한다. 가격 결정은 대리기사가 하는 것이 아니라 센터에서 결정한다. 그리고 센터에서는 대리기사를 생각하는 거보다 손님 입장에서 더 서비스를 맞추는 편이다. 단골손님 한 사람 유치하기 위해서 광고비에 서비스가 투자되니 그만큼 관리 또한 잘해야 할 것이다.

지금은 정말 많이 좋아졌지만 몇 년 전만 하더라도 대리기사와 콜센터 아가씨들과의 싸움이 참 많았다. 기사들은 어디 하소연할 때가 없다. 손님에게 야단을 맞아도 콜센터에서 뭔 말을 들어도 잘못은 다 대리기사들 몫이다. 20년쯤 전에 대리한 기사들의 에피소드 들어보면 손님으로부터 참 많이 맞고 다녔다고 한다. 그때마다 그만하려고 마음먹어도 그다음 날 되면 다시 나온다 한다. 왜냐면 그때만 해도 가격이 좋았기 때문이다. 5만원은 기본이고 10만원까지도 받았다고 하니 지금과 비교하면 좋은 시장이었다. 물론 그때는 그 나름의 어려움이 있었겠지만.

콜센터에서 가격이 결정되어도 대리기사들이 잡지 않으면 콜 배정이 안 된다. 손님들이 짜증 내며 물어볼 때가 있다.

"약 올리는 것도 아니고 처음 해준다는 가격에서 왜 금액을 더 올리느냐?"

예를 들면 센터에서 '만원에 보내겠습니다' 하고선 몇 분 후 다시 연락이 와 대리기사가 없어 만이천으로 해 보겠다고 한다. 손님이 만원에 해달라고 한 것도 아니고 콜센터에서 정해놓고 다시 올린다고 하니 화를 내는 거다. 기사들도 답답한 부분이다. 기사들이 콜을 잡지 않는다는 것을 뻔히 알면서 손님들을 위한다면서 왜 그런 짓을 하고는 욕은 기사들에게 먹게 하는지.

조금이라도 저렴하게 이용하려고 하는 건 누구나 공감한다. 그러나 평균 형성된 가격이 있고 좋은 콜(가격 높고 도착지에서 바로 콜을 잡을 수 있는 곳)을 잡으려고 하는 건 대리기사들의 선택이자 희망이다. 때문에 손님들께서 빨리 가고 싶을 때는 콜센터에서 정해주는 가격보다 조금 더 올리면 기사는 금방 달려온다. 특히 비나 눈이 올 때 그리고 연말 같은 때는 먼저 더 주면 빨리 콜을 배정받고 귀가할 수 있다. 간혹 대리가 빨리 오지 않아 손님들은 콜센터에 배차가 왜 안 되는지 연락하면 직원 아가씨는 '오늘은 휴일이라, 비가 많이 와서, 날씨가 안 좋아서, 지역이 먼 곳이라, 기사들이 많이 안 나와서' 등등 멘트를 하곤 한다.

수도권 어느 지역이던 대리기사는 다 있다. 깊은 산속이나 공동묘지에서 콜 불러도 대리기사는 귀신같이 나타날 것이다. 몇천원이라도 아끼려고 하다 보면 결국 제값 다 주고 시간 낭비에 기다리는 고생만 하게 된다. '매몰비용의 오류'라는 경제학 용어가 있다. 이미 들어간 노력, 시간이 아까워 결과가 기대치에 미칠 가능성이 희박함에도 비용과 시간을 계속 들이면서 매몰비용의 함정에 빠진다는 것이다. 대부분의 사람들이 집착을 하며 자존심에 얽매여, 즉 본인은 올바른 선택을 했다고 생각하며 아깝다는 생각에 올바른 판단을 흐리게 된다. 합리적인 행동이라면 지난 것에 연연하지 말고 그 순간에 터닝 포인트를 하여 기다리는 스트레스와 화를 조금이라도 빨리 없애고 빠른 귀가를 하는 게 몇천원의 가치보다 훨씬 높다.

### '길빵' 자제

'길빵'이라 함은 '길을 걸어가며 담배를 피우는 것을 속되게 이르는 말'로 사전에 표시되어있다. 또는 '대리운전기사를 기다리는 손님을 중간에서 가로채는 개별 대리운전사'라고 네이버 국어오픈사전에 상세히 표기되어 있기도 하다. 그리고 '술집 근처에서 취객 상대로 차주가 부른 업체의 운전기사로 속여 바가지를 씌우기 일쑤'라고 까지 친절히 풀이되어있다. 앞에서 '대리기사의 의무'에 운행 중 도로에 차를 세워두고 기사가 가버리는 일이 종종 있다고 했는데, 그렇게 하는 대리기사들 대부분이 길빵으로 온 사람들이기도 하다.

길빵에 당하면 바가지를 씌워 금전적으로 피해를 보는 안타까움도 있지만 중요한 것은 사고라도 나면 보험 혜택이 적용되지 않는다는 점이다. 그래서 기사가 조금이라도 불리하면 도망쳐 버리는 것이다. 이런 일을 방지하기 위해서는 손님이 자제해야 할 부분이 하나 있다. 우선 여러 콜을 부르지 말아야 한다. 이왕이면 대리비 저렴하고 기사가 빨리 도착하는 곳을 이용하기 위해서이니 이해는 한다. 하지만 술에 취한 상태에서 길빵하는 기사가 접근하면 모른다. 손님이 물어보면 기사는 "네, 네, 맞습니다" 하며 빨리 그 자리를 떠나버리기 일쑤다. 간혹 출발 순간에 지정한 기사가 도착하면 손님은 귀찮으니까 타고 있던 기사와 출발해 버린다. 사고가 나지 않더라도 다른 범죄로도 이어질 수도 있다. 대리기사가 운전 중에 잠든 손님의 지갑을 훔쳤다는 뉴스가 간간이 나오기도 한다.

이런 피해를 막기 위해서는 길에서 물어보는 기사와 운행하지 말고, 필히 평소에 사용하던 센터를 이용하고 여러 곳의 콜센터에 연락하는 것도 자제하며, 한 곳만 이용하면 피해를 막을 수 있다. 그리고 콜 받고 달려간 기사가 너무 허탈해하는 일도 없다. 겨울이면 찬바람 가르며 뛰어가고, 여름이면 더위에 땀 흘려 뛰어가 손님이 보이지 않아 전화를 해보면 다른 기사와 출발해 가고 있거나, 아예 받질 않는다. 이러면 기사들은 손님에 대한 배신감과 인간성을 욕하지 않을 수가 없다. 콜센터 한 곳만 선택하여 조금의 여유를 가지면 안전하고 빠른 귀갓길이 될 것이다.

·마치면서·

# 아직은 살 만한 세상

20대부터 30여 년간, 열다섯 가지 정도의 일과 사업을 해오다, 2010년 즈음부터 정보통신 영역이 커지면서 하는 일도 어려워지자 직업 전환을 모색했다. 그때 친구가 권유한 대리운전을 시작하며 투잡이 시작되었다. 나보다 1년 빨리 시작한 친구는 처음 할 당시 15킬로나 살이 빠졌다고 했다. 뭐가 힘들어 그러느냐며 핀잔을 준 적이 있었다. 나도 대리운전을 시작하고 15일 만에 5킬로가 빠져 과로로 병원에 보름을 입원했다.

콜센터에서 시킨 것도 아닌데 콜을 받으면 손님이 있는 목적지까지 무조건 뛰고 본다. 1킬로는 기본이다. 이렇게 하루 평균 10킬로를 뛰어다녔다. 밤에는 뛰고 아침에 나와 일을 하니 체력은 자신 있었으나 살이 안 빠질 수가 없었다.

그리고 하루, 한 달, 두 달, 해가 지나면서 친구들도 하나둘 멀어져 갔다. 큰돈 버는 것도 아니고 일은 힘든 데다 친구도 대인관계도 거리가 생기니 큰아들 유학만 끝나면(2~3년) 빨리 그만둬야지 생각했다. 아들 공부 끝나고도 7년을 더 하고 있다.

초창기 때 대리기사들에게 일 시작한 지 얼마나 되었는지 물어보면 보통 5년 이상 7, 8년이라는 답이 올 때, 어떻게 그리 오래 하나 생각했는데, 나도 하루하루가 어느덧 10년이 되었다. 일을 하며 만나는 기사들 다수가 이제 그만 해야지 하지만 몇 년 지나 마주치면 계속 일하고들 있다. 일이 없어서도 그렇지만 하루라도 대리기사 일을 안 하면 안 된다고 하니 묘한 일이다.

대학을 졸업하고 부친과 가구점을 운영하면서 학교 전공(경영 이론)과 다르게 사람 공부를 많이 했다. 그다음 취직한 곳이 보험회사였는데 이 일을 일 년 해보니 가구점에서 장사하며 배운 거보다 10배나 더 사회와 사람에 대한 공부가 되었다. 대리기사 일 또한 사업에서의 배움보다 훨씬 더 많은 것을 느끼는 삶의 현장이다. 이 때문에 무인자동차가 운행되어 대리기사가 필요 없어질 때까지 투잡으로 대리운전을 할 것이다. 후회는 없다. 이로 인해 이렇게 글을 쓰고 책도 낼 수 있는 것 또한 감사하다.

사람들은 물어본다.

술을 마신 사람들을 상대하는 일인데 힘들지 않으냐고. 개인택시 기사 중에는 취객들 주사에 정신적으로 스트레스가 너무 심해 주간보다 야간 운행 수입이 좋지만 저녁 무렵에는 귀가한다는 사람들도 있다. 처음 일을 시작할 때는 겁도 났다. 하지만 나에게 10년간 대리운전하면서 만난 속칭 진상손님이 몇 명쯤 되느냐고 묻는다면 열 손가락도 되지 않는다고 자신 있게 대답할 수 있다. 수많은 사람을 만나고 운전하며 얘기하다 보면 술 한잔 마셨을 뿐이지, 대부분이 좋은 사람들이었다.

매일 같이 쏟아져 나오는 뉴스를 보노라면 정치, 사회, 문화, 경제 등 어느 하나 좋은 일이 없고 나쁜 일, 나쁜 사람들투성이이다. 심지어 가짜 뉴스까지. 그러나 간혹 가슴 따뜻한 사람들이 방송으로 알려질 때도 있다. 내가 대리운전을 하며 만난 사람들처럼 사실 개개인으로 대하다 보면, 우리 주위에는 착하고 아름다운 사람들이 많다. 사업할 때 나쁜 사람들이 많다고 생각했지만 그들 역시도 진심으로 얘기하다 보면 말 못할 사연이 있지 않을까 싶다.

나쁜 사람보다 좋은 이들이 많기에 이 사회는 돌아간다. 대리기사 10년의 깨달음이다. 그래서 이 한마디를 남기고 마친다.

**'그래도 아직은 살 만한 세상이다.'**

마뜩잖았을 글을 출판해준 도서출판 밥북 편집진, 그리고 남미경 선생님께 감사의 맘을 전한다.
나를 대리기사로 입문시키고 매일 밤 같이 일하고 있는 친구 산호와 오늘도 밤거리를 달리고 있을 전국 대리기사님께 안전운행과 건강하시라고 힘차게 응원한다.